講談社文庫

ハードラック

薬丸 岳

講談社

目次

ハードラック

プロローグ

ドアを開けると冷たい風が頰に触れた。

同時に、神谷《かみや》の姿が視界に入り、思わず笑ってしまった。

神谷が全裸で椅子に座らされロープで縛《しば》り上げられている。自分と目が合ってぎょっとした顔になり股間に視線を向けた。すぐに顔を上げて何かを叫び出したようだが、口にタオルを突っ込まれているので何を言っているのかわからない。

ガソリンを入れたタンクを床に置くと、哀れな男の姿を見つめながらしばらく愉《たの》しんだ。

このまま何時間でもそうしていたかったが、あいつが目を覚ます前に事を終わらせなければならない。

しかたなく神谷から視線をそらして室内を見回した。クローゼットの扉が開いていて大型の金庫が覗《のぞ》いている。金庫に近づいて蓋《ふた》を開けたが、空っぽだった。

ここにもない――

綾香《あやか》をナイフで脅して聞きだした三つの金庫にもほしいものがなかった。

神谷に近づくと、口からタオルを取った。

「いったい何者だ！　こんなことをしてタダで済むと思っているのか！」

とたんに神谷がわめきだした。

殴って黙らせたいところだが、気絶されたら起こすのが面倒だ。

「大切にしている書類はどこにある」

そう問いかけると、神谷の表情がさっと変わった。

「どこの組に頼まれた？」神谷が探るような視線で言った。

答える義理もないので、神谷から背を向けるとタンクのふたを外した。

タンクを持ち上げると神谷に近づいた。椅子のあたりの床にガソリンを撒《ま》いた。

「誰に頼まれたか知らないが、わたしのところに来ればもっといい暮らしをさせてやる。頼むから助けてくれ！　金ならいくらでもある！」

足もとに撒かれている液体が何であるのかわかったらしく、神谷が慌《あわ》てふためいたように身悶《みもだ》えている。

「質問に答えろ」

からだにもガソリンをぶっかけてやりたかったが、思い留まって言った。

先ほどのふたりは心臓を一突きして楽に死なせてやったが、こいつはそういうわけにはいかない。

「そこの金庫にUSBメモリーが入ってる。助けてくれ！」

「何もない」

「わたしを縛り上げた男が持っていったんだろう」

それを聞いて、また面倒くさい手間が増えるのかと舌打ちした。

「コピーは」

「ない」

もう訊《き》くべきことがないのでタオルを口に戻そうかと考えて、やめた。

冷ややかな一瞥《いちべつ》を残してガソリンを床に垂らしながら部屋を出た。神谷のわめき声が聞こえる中、そのままガソリンを垂らし続けて廊下を渡り、階段を下りて、玄関にたどり着いた。

ポケットからマッチを取り出して火をつけた。

やつの最期をこの目で見届けられないのは残念だが、せめて今際《いまわ》の叫びを聞いてから屋敷を出ることにしよう。

マッチを床に向けて放り投げると、目の前に炎が上がった。

自分の心のように激しい火焔《かえん》となって屋敷の中を駆け巡っていった。

1

蒲田《かまた》駅に降り立つと小雨が降っていた。

江原仁《えはらじん》は駅前の喧騒《けんそう》を見つめながら重い溜《た》め息を吐《つ》いた。

荷物を預けたコインロッカーは駅からかなり離れたところにある。駅のコインロッカーは三百円だが、そこは二百円で済むのでいつも使っている。だが、今夜はそこまで行くのがどうにも億劫《おっくう》だった。

今日は朝の八時から十二時間、大井埠頭《おおいふとう》の倉庫で食料品の仕分けをしていた。日給七千円の仕事に三時間の残業がついた。引っ越しや展示会場の撤去作業などに比べればたいしてからだを酷使する仕事ではない。だけど十二時間、ひたすらベルトコンベヤーで流れてくる食品を段ボール箱に詰めるという単調な作業をしていると、さすがにまいってくる。まるで自分がロボットになってしまったように思考が麻痺《まひ》してくるのだ。

疲れが溜まっているのでこのままネットカフェで休みたかったが、時計を見るとまだ十時前だった。ナイトパックの受付は十一時からで、朝の八時まで利用して千円。ここ蒲田にあまたあるネットカフェの中でも最安値だ。だが、十一時よりも早い時間に入店してしまうと一時間ごとの精算になり割高になってしまう。

仁はしかたなくジャケットのフードをかぶると小雨が降る中を歩き出した。ネオンがゆらゆらと揺れている。目の前を歩く会社員風の男にキャバクラや風俗の呼び込みが次々と声をかけていくが、自分には誰も声をかけてこない。だが、そんなことで自尊心が傷つくことはもうない。

蒲田に流れ着いて半年が経つ。どうにも好きになれない街だが、自分がこの街のもうひとつの風景に確実に溶け込んでいることは自覚している。ここは多くの住所不定者が流れ着いてくる街だった。

コインロッカーの鍵を開けてボストンバッグを取り出した。肩から提げるといつもより重く感じて足もとがふらついた。肩に食い込むバッグを抱えて近くにあるスーパーに向かった。総菜売り場に行くと半額のシールが貼られている弁当を探した。いつも探し求めている焼き肉弁当が半額になっていたが、どういうわけか食指が動かない。半額のおにぎりをふたつ買ってレジに向かった。

コンビニで読みたくもない雑誌を立ち読みして、十一時になるとネットカフェに入った。

受付に行って千円札を差し出すと、従業員の男が小馬鹿にしたような笑みを浮かべながら受け取った。よく見かける男だが、仁に対していつもそのような態度で接している。

顔を合わせるたびに腹立たしく思っているが、今日は不思議と何も感じない。どうでもよかった。男から伝票を受け取るとすぐに個室に入って、携帯の充電器をコンセントにつないだ。バッグから先ほど買ったおにぎりを取り出したがやはり食欲はない。臭いの染みついたカーペットの上に崩れるように寝転がった。

今日はさっさと寝よう。おにぎりは明日の朝食にすればいい。そう思ってスタンドの明かりを消したが、なかなか寝つけなかった。

無性に寒さを感じてからだが震えている。ちゃんと暖房を入れているのだろうか。寒さだけではなく関節もぎしぎしと痛い。何度も寝返りを打ちながら、寒さとからだの痛みに耐えた。

寒い……寒い……

どうやら熱があるようで、喉《のど》がからからに渇いている。

個室の扉の下の隙間からドリンクバーが見えたが、水を取りに行く気力もない。

だるい腕を伸ばして携帯を手に取った。画面を見ると深夜の一時を過ぎている。仕事が入っているので七時には起きなければならないが大丈夫だろうか。欠勤などすれば派遣会社はもう仕事を回してくれなくなってしまうかもしれない。そうなったらこれからどうやって生活していけばいいのだ。

いや、それ以前に自分はこのまま死んでしまうのではないだろうか。誰にも看取られることなく——

朦朧《もうろう》とする意識の中でそんなことを考えていると、扉の隙間越しに本棚の前にいた男と目が合った。男は視線をそらしたが、ふたたびこちらに目を向けた。男が近づいてくる。

「どうした、具合が悪いのか？」

扉の下の隙間から男が顔を覗かせて訊いたので、仁は小さく頷《うなず》いた。

「救急車を呼ぶか？」

男の問いかけに、仁は首を横に振った。保険証を持っていないから、相当な治療代を取られることになるだろう。

「ただの風邪だと思うんで……」

仁が答えると、隙間から男の顔が消えた。

遠ざかっていく足音を聞きながら、仁は溜め息をついて目を閉じた。しばらくするとノックの音が聞こえて、薄く目を開けた。コップに入った水と箱が隙間から差し入れられるのが見えた。

「風邪薬だ。自分で開けられるか?」

仁は小さく頷いて箱から袋を取り出した。震える指先で封を切って水と一緒に飲んだ。受付で借りてきたらしい毛布が隙間から差し入れられ、仁はそれでからだを包んだ。

「おやすみ」

意識の遠くで男の声が聞こえた。

男とネットカフェで再会したのはそれから三日後のことだ。

漫画を選んでいるときにドリンクバーにいた男を見つけて、仁はすぐに個室に戻った。デイパックから風邪薬とスーパーで買ったウイスキーの瓶を取り出すと、ドリンクバーにいる男に歩み寄っていった。

仁が声をかけると、男が振り返った。きょとんとした顔で見つめてくる。

「先日はありがとうございました」

風邪薬を差し出すと、男は「ああ、あのときの……」と笑顔になった。

「ずっと返さなきゃって思ってたんですけど」

翌朝、目を覚ましたときには熱が下がっていたようだ。万全の体調とはいえなかったがとりあえず仕事に行くことができた。ずっと礼を言いたいと思っていたが、男が何号室に入っているのかわからず、今まで挨拶《あいさつ》できずにいた。

「ああ、残り少なかったからよかったのに。ところで体調のほうはもう大丈夫なの？」

「おかげさまで助かりました。あの……えっと……ぼくは江原と言います」

「ああ、おれは芝田《しばた》。よくここを利用してるの？」

「ええ。芝田さんはお酒は飲みますか」

「ああ、好きだよ」

芝田が頷くと、仁はウイスキーの瓶を差し出した。

「たいしたことはできないんですけど、お礼をしたくて……」

「そんなに気を遣わなくてもいいのに。それよりもさ、どっかで食事でもしないか？まだ顔色がよくないし、何か栄養のあるものでも食べたほうがいいんじゃない」

せっかくの誘いだが、できるかぎり食費を削ることにしていたので答えに窮《きゅう》した。

「大丈夫だよ。おごるからさ、といっても、たいしたものはおごれないけど」

「こういう生活をしていると、人と話さなくなっちゃうじゃない」

向かいの席でうまそうに生ビールを飲みながら芝田が言った。

「そうですね」仁は頷いて網の上の肉をひっくり返した。

ネットカフェから出ると芝田はくいだおれ横丁にある焼肉屋に仁を連れてきた。一時間ほど焼き肉を食べながら世間話をしている。

たしかに仁もこんなに人と話をしたのはひさしぶりだった。もちろん仕事をしていて、誰とも口を利かないわけではない。だが、相手が話すことといったら仕事の指示だけで、自分が話しかけることも仕事の質問ばかりだ。一緒に派遣先に向かう同僚とはほとんど話をすることはない。それぞれが機械の歯車のひとつとして黙々と作業をして、仕事が終われば派遣会社から日当をもらって帰るだけだ。

芝田は仁よりも一回り近く年上の三十六歳だ。四年前まで名古屋で飲食店を経営していたそうだが事業に失敗してしまい東京にやってきたという。いくつか仕事を転々とした後、自動車工場の派遣社員になり寮に住みながら働いていたが、不況の影響で派遣切りに遭い職場と住居を失った。今はネットカフェを転々としながら日雇い派遣の仕事をしているそうだ。

仁も半年前まで狭山《さやま》にある工場で派遣社員として働いていたが、派遣切りに遭って、寮から追い出されてしまった。

「芝田さん、ご家族は?」

仁が訊くと、芝田は肉に伸ばしていた箸《はし》を止めて苦笑した。

「四年前に女房に愛想をつかされて離婚したよ。六歳のガキがいるんだけどね」

芝田がそう言いながら携帯を取り出してこちらに向けた。三、四歳ぐらいのかわいい男の子の写真が待ち受け画面になっている。

「しばらく会ってないからもうちょっと大きくなってるよ」

芝田は微笑《ほほえ》みを浮かべていたが、その隙間から寂しさが滲《にじ》み出ている。

「今、どちらに?」

「女房の実家さ。まったく不甲斐《ふがい》ない父親だよな。それでも月に何万円かは送ってるんだけどさ」

「偉いですよね」

今の仁は自分が生活していくだけで精一杯だった。

「離婚しても父親としての意地だよ。それに工場で働いていたときに貯めた金が少しあるからさ。今のところとりあえず何とかなってるよ。江原くん、貯金はあるの？」

「ええ、少しですけど……二十万円ぐらい」

「まあ、それぐらいあれば今すぐ路上生活に落ちることはないだろうけど。でも、それなりに手持ちの金があるうちにこんな生活から抜け出さなきゃね。日雇い派遣なんかやってると蟻地獄《ありじごく》だよな。あいつら思いっきり搾取するだろう。給料のピンハネもすごいし、やれ登録料だとか、ユニフォーム代だとか、業務管理費だとか……本当に人の足もと見やがって搾取できるだけ搾取してさ。まあ、今の世の中、搾取する者と搾取される者に分かれるんだろうな。立場の弱い者はいつも搾取されるだけ。こんな生活から早く抜け出したいけど、住所がなければまともな仕事にもありつけない」

まったく同感だった。ネットカフェを転々としているような生活をしているかぎり、ろくな仕事にはありつけない。仁も寮を追い出された後、いくつもの仕事の面接に行ったがどこも断られた。定住できるところがないかぎり、日雇い仕事で何とか食いつないでいくしかない。

「ようやくこんな生活から抜け出せると思ったのに……」芝田が悔《くや》しそうに呟《つぶや》いた。

「どういうことですか？」

仁が訊くと、芝田がポケットから紙を取り出してテーブルの上に置いた。

アパートの間取り図だった。東中野《ひがしなかの》にある家賃七万二千円の二DKの部屋だ。

「職場で知り合った奴とアパートを借りてシェアするつもりだったんだ。すでに預かり金を払っているんだけど、ここ数日そいつと連絡が取れないんだ」

「どうして……」

「金の用意ができなかったか、東京での生活に見切りをつけて田舎にでも戻ったのか」

たしかに家を借りるとなれば敷金やら礼金やら相当な金がかかる。仁も部屋を借りようと不動産屋を訪ねたことがあったが、自分が出せる金額を言ったら、そんな安い物件などないと門前払いを食らわされた。それからは不動産屋の前に貼り出された物件情報を高嶺《たかね》の花のように見つめて通り過ぎるだけだ。

「敷金、礼金、保険に手数料なんかで契約するときに四十五万ちょっとかかるんだ。それを半分ずつ出し合おうって話になってたんだけどさあ」

「これからどうするんですか」

「まあ、ひとりでその金額を払うのは厳しいから今回は諦《あきら》めるしかないな。こんな生活から抜け出せる千載一遇《せんざいいちぐう》のチャンスだったんだけど、うまくいかないよなあ……」

芝田が嘆息《たんそく》を漏らした。

「芝田さん、ぼくじゃだめですかね」

仁が切り出すと、芝田が首をひねった。

「いや、あの……もし芝田さんさえよければ、一緒にルームシェアしませんか」

仁も住むところがほしかった。住むところさえあれば、新しい仕事を見つけて生活を立て直せるのではないか。このままでは芝田の言うとおり、どこまで行っても蟻地獄だ。

少ししか話をしていないが芝田の人柄のよさは伝わってくる。一緒に生活してもうまくやっていけるのではないだろうか。

「お金は大丈夫なの？」芝田がこちらを見つめながら訊いた。

「ええ。アパートの契約をするのに四十五万円かかるんですよね。ひとり当たり二十二、三万円。それならあと三日ほど仕事をすれば用意できます。ただ、それがぼくの全財産なので、引っ越してすぐには生活に必要なものを用意できないんですけど」

「まあ、それは心配いらないけどさ。おれにも少し蓄《たくわ》えがあるからそこらへんはこっちが準備するよ。エアコンがついてない部屋だからストーブや毛布ぐらいは必要だろう。それに当分の生活費ぐらいは貸してあげられるよ」

「ありがとうございます」仁は頭を下げた。

「ただ……家賃をちゃんと払っていけるのかな。せっかく引っ越しても家賃を払えなくなったら追い出されてしまう。おれひとりで負担するのはきついからね」

家賃七万二千円を折半するとなるとひとり当たり三万六千円。ネットカフェのナイトパックに一ヵ月通うのとほぼ同額だ。それに風呂もついているからネットカフェで生活するよりも節約できるのではないか。何よりも六畳の部屋で手足を伸ばして寝られるのだ。何よりアパートを借りれば今よりもいい仕事を得ることができるだろう。もう搾取されるばかりの仕事はまっぴらだ。

「わかった。おれも江原くんとだったらうまくやっていけそうな気がする。正直なところ、職場で知り合った奴っていうのは、ちょっと信用できるかなって不安だったんだ」

その後、芝田からいくつかの提案があった。アパートの契約にかかる金額を折半して、仁は二十三万円を出す。もちろん退去するときに返される敷金はふたりで二等分する。生活に最低限必要な日用品は芝田が用意してくれることになった。

「ひとつだけ言っておきたいことがあるんだ」芝田が仁の目を見つめて言った。

「何ですか?」

「二年後の契約更新のときにはお互いに独立できるようにしよう。おれも前の女房と子供のことを諦めたわけじゃないんだ。これからの二年間で生活を立て直して、よりを戻したいと思ってるからさ」

「そうですね」仁は頷いた。

今は自分だけの力ではまともな生活など望めないが、二年後には仁だって立派に独り立ちしたい。あいつに負けないようにきちんとした仕事に就いて、素敵な恋人を作って、一日も早く新しい家族を作りたかった。

「これからよろしくな」芝田がこちらに手を伸ばしてきた。

「こちらこそ」

仁はその手をがっちりと握り締めた。


ネットカフェの個室に戻ってからも、なかなか興奮が醒《さ》めなかった。

明日の早朝から仕事が入っているから早く寝なければならないが、あと少しでこんな生活から抜けられると考えると寝つけない。

仁は毛布に包《くる》まりながら二畳にも満たない狭い個室を見回した。派遣切りに遭ってから半年間過ごした窮屈な空間。薄い壁越しに漏れてくる誰のものとも知れない鼾《いびき》と歯ぎしりの音。最初に泊まったときには不快に感じていたはずなのに、いつしか慣れてしまっている個室に充満するすえた臭い。

うんざりするような半年間だったが、これでようやく人生をやり直せるのだ。

自分はこんな所で過ごさなければならないような人間ではない。高校を出てから自分なりに一生懸命に生きてきた。それなのにどうしてこんなことになってしまったのかと嘆くばかりの日々を過ごしてきた。

思い返すと、自分の人生に影が差し始めるきっかけになったのが両親の離婚だった。仁が小学校五年生のときに両親が離婚した。原因は父の浮気だった。家庭では仁のことを大切にしてくれる優しい父だと思っていたが、職場では何年にもわたって同僚と浮気していたという。

母と離婚すると、父はそれまで住んでいた長野《ながの》市内から離れて浮気相手の女性と一緒になったそうだ。家を出て行ってから仁は一度も父と会っていない。

仁を引き取った母は保険の外交員として働き始めた。そこで母は会社の上司だった江原光雄《みつお》という男といい仲になった。

中学校に入って間もなくの頃、母から外食に誘われ、光雄を紹介された。目の前の光雄は父とはまったく違うタイプの人物だと直感的に思った。父はいろいろな意味でルーズなところもあったが、人を包み込むような優しさのある人だった。光雄は身なりもきちんとしていてインテリ風だったが、いかにも神経質そうな、仁の苦手なタイプだった。

初対面であるにもかかわらず、仁の食事のしかたが気に入らなかったようで、フォークの持ちかたなど何かにつけて注意してきたのが強く印象に残っている。

だが、それ以上に気になったのは、光雄の隣に座っていた少年だった。光雄の息子で秀雄《ひでお》といい、仁と同じ中学校一年生だという。

母と秀雄はそれよりも前に面識があったようで気さくに会話を交わしている。光雄の妻は四年前に死去したそうだ。母と光雄はその場でそれぞれの息子に結婚したい旨を切り出した。

突然の話に戸惑いながら、仁はトイレに行くために席を立った。トイレから出たときに秀雄と鉢合わせになった。仁は思わず「いきなりあんな話をされても困るよな」と同意を求めたが、秀雄はふたりの結婚に反対ではないようで「いいじゃないか」と笑みを浮かべた。

しかも、病気を抱えながら仕事をして子供を育てていくのは大変だから、仁も結婚に反対しないほうがいいと諭《さと》すようなことを言ってきた。

何のことを言っているのかわからず病気のことを問いかけると、「母親のことなのにそんなことも知らなかったのか」と蔑《さげす》むような視線を向けられた。

母はこの数年間、バセドウ病に罹《かか》っているという。どのような病気なのかそのときの仁は知らなかったが、母が病気だったということを他人である秀雄から知らされたことがショックだった。

こうして仁の気持ちなどおかまいなしに再婚話は進んでいった。

半年後には母は再婚し、仁は光雄の家に移り住むことになり、秀雄が通っている中学校に転校することになった。

仁は新しい生活になかなか馴染《なじ》むことができなかった。兄弟となった秀雄とそりが合わなかったことが最も大きな原因だろう。

教育熱心な光雄の影響か、秀雄は中学校でもつねにトップクラスの成績だった。勉強があまりできなかった仁は学校でも、家でも、ことあるごとに同い年の兄弟である秀雄と比較された。

秀雄は親や教師がいる前では、新しい生活に馴染めない仁に気を遣っているように見せていたが、ふたりになるといつも馬鹿にするような態度をとっていた。秀雄は外面《そとづら》のいい優等生だが、性格はかなり悪かった。

高校受験で秀雄は私立の進学校に入り、仁はすべり止めで受けていた公立校にぎりぎりで合格した。その頃には秀雄はできのいい息子で、仁はできの悪い息子という図式が両親の中で完全に出来上がっていた。

高校三年生のときに、光雄から大学には行かないで働けと言われた。どうせ仁の成績ではろくな大学には入れないだろうし、そんなところに入っても金の無駄だから働けということだ。仁は高校を卒業すると、なかば強制的に光雄の知り合いがいる食品加工会社に就職することになった。

朝から晩まで立ちっ放しで工場内のベルトコンベヤーを見つめるつまらない日々。家に帰れば大学生活を謳歌《おうか》している秀雄のうっとうしい顔がちらつく。どうして同じ息子なのに自分ばかりがこんな目に遭わなければならないのだ。家にいても、職場にいても、不満と腹立たしさで息が詰まりそうだった。

二十一歳のときに、仁は職場の上司を殴ってしまい会社を解雇されることになった。

その日、仕事でちょっとしたミスをして上司に説教された。ねちねちと説教されているうちに苛立《いらだ》ちが顔に出てしまったみたいで、上司から屈辱的な言葉を投げつけられた。

「秀雄くんはそうとう優秀らしいけど、父親の血が違うとこうもできが変わってくるものなのかね。きみの父親は浮気して女房子供を捨ててしまうろくでもない男らしいね」

光雄から聞かされていたのだろう。仁は上司の言葉にずっと溜め続けてきた鬱屈《うっくつ》を爆発させてしまい殴りかかった。何より、本当の父親を悪く言われたことに耐えられなかった。

仁が会社を解雇されたと知った光雄は、仕事を紹介した自分の顔に泥を塗ったと激怒した。

母はどうしてそんなことをしたのかと理由を訊いてきたが、仁は何も言わなかった。母に上司から言われた屈辱的な言葉を話しても、理解してはもらえないだろうと思ったからだ。母は父のことが憎くて離婚したのだから。

それから仁と光雄との関係は修復が不可能なほどに険悪なものになった。

仁は長野市内で新しい仕事を探し始めたが、なかなかいい職が見つからなかった。

そんなときにある求人広告を目にした。

『神奈川県藤沢市月収三十二万円自動車組み立て工場経験不問』

三十二万円——

会社を辞めてから数ヵ月間仕事を探し続けていたが、こんな好条件はなかった。

　仁はさっそく広告に書かれていた派遣会社に電話をかけた。電話に出た女性から事務所に来てくださいと告げられ、仁はすぐに面接に向かった。

　藤沢《ふじさわ》市の自動車組み立て工場はすでに求人枠が埋まっているとのことだが、埼玉《さいたま》県狭山《さやま》市にあるプリンター工場ではまだ募集しているという。自動車組み立て工場に比べれば仕事は楽だが、残業代を含めて月収二十七万円と給与は下がる。

　二十七万円でも悪くはない。二年半勤めた食品加工会社の手取りは十五万円ほどだった。

　学歴や経歴を考えると、長野市内でこれだけの好条件の仕事を探すのは無理だろう。

　工場の近くには派遣社員専用の寮があるという。家賃はひとり三万四千円で光熱費は一律六千円。敷金、礼金はかからない。何も持たずとも、貯金がなくとも、身ひとつで住むことができる。今すぐにもあの息苦しい家から出ることができるのだ。

　スタッフの言葉にときめきを感じながら、母のことを考えていた。

　仁があの家からいなくなってしまったら、母に寂しい思いをさせてしまうのではないか。

　いや、このままあの家にいてもいいことはない。仁があの家にいて光雄や秀雄と険悪な関係を続けていれば母だって辛いに決まっている。

二十七万円も給料があれば、短期間にかなりの貯金ができるはずだ。そうしたら東京で部屋を借りて、どこかで正社員の職を探せばいい。寮にいる間に就職に役立つ資格を取ることもできるだろう。

仁は新天地での夢のような生活に思いを馳《は》せ、狭山の工場で働くことに決めて家を出た。だが、そんな夢のような生活はどこにもなかった。

工場での仕事は残業も含めると一日十二時間近く、立ちっ放しで作業する過酷なものだ。寮に戻っても見知らぬ他人と相部屋で、心休まるときがなかった。だが、工場が忙しい頃はそれなりに楽しいこともあった。休日には東京に出て遊んだり、気の合った仲間たちと飲みに行ったりすることができたからだ。

景気が悪くなると残業は減り、給与はどんどんと下がっていった。手取りは十四万円を切り、とても貯金をするどころの話ではなく、日々の生活費を切り詰めて何とかやりくりをする状態になった。

そんな生活でも何とか踏ん張っていけたのは母の愛情があったからだろう。

工場で働き始めてから、母は毎月かかさず寮に荷物を送ってくれた。米や缶詰や野菜とともに仁のからだを気遣う手紙が入っていた。

母もきっと寂しい生活を送っているにちがいない。あの家で母と血のつながりのあるのは仁しかいないのだ。母も身内のいない寂しさに耐えているのだから、自分ももっと仕事を頑張って大手を振って母に会いに行けるようになろう。

だが、自分が原動力にしていたそのときの思いは、勝手な思い込みに過ぎなかったのだと痛感させられる出来事があった。

一年前に秀雄が結婚した。秀雄は大学を卒業後、地元の信用金庫に勤めていて、結婚相手は支店長の娘だという。

仁は気が進まないながら、なけなしの金で新しい背広と祝いを用意して秀雄の結婚式に出席した。

秀雄の結婚式は盛大なものだった。光雄は上機嫌で出席者に酒を振る舞っている。新婦がかなりの美人だったことに悔しさを感じながら、早くこの場から解放されることを願っていた。

ようやく式が終わりに差しかかり、新郎新婦の両親が前に立った。新婦が父と母に近寄っていき花束を差し出した瞬間、母の目から大粒の涙がこぼれた。そして、秀雄のほうを見て今までに見せたことがないような優しい笑みを浮かべた。

その光景を目の当たりにして、心臓をえぐられるような痛みが走った。

半年後、絶望的な不景気のあおりを受けて、仁は工場の仕事を解雇された。しかも派遣会社のスタッフから一週間以内に寮を出て行くようにと一方的に告げられた。手持ちの金は十万円ほど。新しい場所に引っ越すといってもどうしようもできない状態だ。

寮から退去しなければならない日、どうにも追い詰められた仁は藁《わら》にもすがる思いで実家に電話をかけた。

「はい――」

聞き慣れない女性の声が電話に出た。女性の声に混じって楽しそうな家族団欒《だんらん》の声が漏れ聞こえてくる。

仁は動揺しながらも女性に名乗って、母に電話を代わってもらった。

先ほど電話に出た女性は秀雄の妻で、今は光雄の家で同居しているという。秋には子供が生まれるという母の嬉しそうな声を聞きながら、自分にはもう帰る場所がないことを悟った。

母に用件を訊《たず》ねられて、仁は言葉に詰まった。もう荷物は送らなくていいとだけ告げて、電話を切った。

あれから半年、母からはたまに携帯に電話がかかってくる。まさか仕事も住む場所も失ったとは言えず適当にごまかしていたが、最近では母の声を聞くのが辛《つら》くて電話に出てもすぐに切っている。

引っ越しが終わったらひさしぶりに母に連絡してみようと考えながら、仁は目を閉じた。

2

室内に充満する粉塵《ふんじん》で目と鼻と喉がおかしくなっている。

今日の現場はビルの解体工事だが、今までに経験したことがないほど劣悪な環境だった。壁や天井を崩すたびに白い粉塵が猛烈に舞ってくる。現場に来る前にコンビニでマスクを買ってきたがまったく役に立たない。

「おいッ、そこのッ！」

現場で壁を崩している社員に大声で呼びつけられ、仁は涙で滲んだ目を向けた。

「サボってないでさっさと運べよッ」

ここにいる社員は全員、顔全体を覆《おお》う防塵《ぼうじん》マスクをつけている。日雇い派遣にはそんなものは用意されない。もし、この粉塵の中にアスベストが舞っていたらと考えると寒気がしてくる。日雇い派遣は人間扱いされないということか。

「わかりましたよ」

仁は舌打ちして、一輪車に載せた廃材を運んだ。


駅に向かう途中でポケットの中の携帯が震えた。画面を見ると芝田からだった。

「もしもし……」

仁は電話に出ると同時に咳《せ》き込んだ。かなり粉塵を吸い込んでしまったようで、仕事が終わってからも喉の調子がおかしい。

「大丈夫か……？」芝田の声が聞こえた。

「大丈夫です。ちょっと今日の現場がひどくて。アパートの件ですよね」

「そう。どうだろう」

「お金のほうは大丈夫です。今日働いたぶんを入れて二十三万円になります」

解体の仕事などしたくなかったが、一日でも早く契約に必要な金を用意したかったので日給の高い仕事を選んだ。

「そうか、よかった。今日が契約金を払う期限なんだ。じゃあ、とりあえずおれが立て替えておいて契約してきちゃうよ。これから東中野に来られるか？」

「事務所に寄って給料をもらってから行きますね。一時間ほどかかると思いますけど」

「わかった。じゃあ、七時に東中野駅で」

電話を切ると、先ほどまで抱えていた不快さが嘘《うそ》のように晴れていた。

電車に乗って品川《しながわ》にある事務所に向かった。部屋に入ると事務所のスタッフから不愉快そうな目で見られた。

仁は少し怯《ひる》みながらもスタッフの前に座った。

「江原くん、現場で評判が悪いよ」スタッフが封筒をこちらに差し出しながら言った。

今日の現場のことを言っているのだろう。

仁はスタッフから視線をそらして封筒の中身を確認した。四日間の給与で三万二千七百円が入っている。これで預金と合わせれば二十三万三千二百円だ。

「そういう態度だとこれから仕事を回せなくなるよ」スタッフが嫌味ったらしい口調で言った。

「だけど、今日の現場はひどすぎますよ。すごい粉塵で……あの中にアスベストが混ざっていたらぼくたちのからだはどうなっちゃうんですか。せめて防塵マスクぐらい用意して……」

「仕事が欲しくてたまらない人間はいくらでもいるんだよ」

仁の訴えを遮《さえぎ》って、スタッフが吐き捨てるように言った。

「うちの仕事に不満があるんだったら別にやってもらわなくてもけっこうだけどね」

自分たちのことを奴隷とでも思っているのだろうか。

「こっちから願い下げですよ」仁は封筒をポケットの中に突っ込むと立ち上がった。


東中野駅の改札を出ると、芝田が手を振っているのが見えて仁は駆け寄った。

「契約は済んだんですか?」

仁が訊くと、芝田が笑顔で手に持った鍵をひらひらさせた。

「無事に済んだよ。これから行ってみよう」

芝田と一緒に駅を出ると、目の前の商店街を歩いていった。大きな通りを渡って五分ほど歩いたところで芝田が立ち止まった。静かな住宅街の一角に『キャッスル東中野』と書かれた二階建てのアパートがあった。

「ここだよ」芝田が得意そうな顔で言った。

「意外ときれいなアパートですね」

「そうだろう」

一〇三号室の前に行くと芝田が鍵を開けて中に入っていった。玄関の上にあるブレーカーを上げて、室内の電気をつけた。

芝田に続いて仁も靴を脱いで部屋に上がった。玄関を入ってすぐ六畳の台所があった。

「とりあえずガスレンジが必要だな」

たしかにガスレンジはついていなかった。だが、思っていた以上にきれいな部屋だ。

「他の部屋を見てもいいですか」仁は興奮を抑えられずに訊いた。

「もちろんだよ。これからきみの部屋になるんだから」

仁は浮き浮きしながら室内を見て回った。風呂とトイレが別々になっている。ふたつの六畳の部屋もきれいだ。少なくとも狭山の工場の寮よりもずっとまともな部屋だった。

「気に入ってもらえたかな」

「もちろんです」仁は大きく頷いた。

「じゃあ、立て替えておいたお金をもらっていいかな。これからいろいろと買い出しに行かなきゃいけないから」

仁が二十三万円の入った封筒を渡すと、芝田は中身をあらためて「たしかに」とポケットにしまった。

「江原くん、荷物はそのデイパックだけ？」芝田が訊いた。

「いや、大きな荷物は蒲田のコインロッカーに預けたままです」

「じゃあ、今日のうちにそれを取りに行ってきたら？　その間におれは近くのスーパーで日用品を揃《そろ》えておくから。とりあえず今夜はガスコンロを買ってきて鍋でも作ろうかなと思ってるんだ。今日は特に冷えるからね。江原くんが戻ってくる頃には夕食の準備ができているはずだよ」

「ええ。その前にひとつお願いがあるんですが……今のところぼくの全財産は三千円ほどなんです。給料が入ったら必ず返しますんで……」

仁がためらいながら言うと、芝田が笑った。

「そんなこと心配しなくていいから。後で一ヵ月分ぐらいの生活費を貸してあげるよ」

それを聞いて安堵《あんど》した。

部屋から出ると芝田が鍵を閉めて、ポケットからもうひとつの鍵を取り出して仁に手渡した。

「ここの鍵だから」

仁は手のひらの鍵をしばらく見つめた。半年間、求め続けていたものだから薄闇の中でも一際輝いて見える。

仁はコインロッカーからボストンバッグを取り出すと、すぐに蒲田駅に戻った。売店で求人雑誌を買って電車の中で眺めた。もう派遣の仕事はうんざりだ。今の自分には定住できる場所がある。多少の時間がかかってもいい仕事を探そう。

仕事が欲しくてたまらない人間はいくらでもいるんだよ――

派遣会社のスタッフの顔が脳裏によみがえってきた。

二度と買い叩かれてたまるか。自分の人生はそんなに安くはない。

東中野駅で電車を降りてはやる気持ちを抑えながらアパートに向かった。

部屋の前で呼び鈴を押したが応答はなかった。芝田はまだ買い物をしているのだろうかと、ポケットから鍵を取り出して鍵穴に差し込んだ。

あれ――？

入らない。鍵の向きを変えて何度も鍵穴に差し込もうとしたがそれでも入らなかった。

仁は鍵を見つめながらその場に立ち尽くした。

どうやらこの部屋の鍵ではないようだ。間違えて違う鍵を渡されたらしい。

仁は携帯を取り出して芝田に連絡をした。留守電につながりメッセージが流れた。

「江原です。今、アパートの前にいるんですけど、もらった鍵が違っていたようなので早く戻ってきてもらえますか。お願いします」

アパートの前で待っていたが芝田はいっこうに帰ってこない。仁の携帯に連絡もないまま、十一時を過ぎた。

いったいどうしたんだろう。東中野駅で別れてから四時間近く経っている。買い物をするといってもそれほど時間がかかるとは思えない。

こんなところでじっとしていると寒さが身に染みる。とりあえずファミレスかどこかで待つことにして、芝田の携帯の留守電にメッセージを入れた。

ファミレスのドリンクバーを頼んで二十分おきに電話をしてみたが、留守電のままだった。

夜中の一時を過ぎる頃にはさすがに、うっすらと心に不安が忍び込んできた。

芝田に騙《だま》されたのではないだろうか――

いや、そんなことあるはずがないと、すぐにその考えを頭の中で打ち消した。芝田がそんなことをするはずがない。芝田は風邪で苦しんでいた赤の他人の仁を助けてくれたのだ。それに芝田はあの部屋の鍵を持っていたではないか。部屋を契約したという何よりの証拠だろう。

せっかくの晴れやかな記念日に水を差されたようで少し腹立たしかったが、初日からこんなに簡単に相手を疑ってしまうようではこれからの生活もうまくいかないだろう。

もしかしたら仁が蒲田に行って帰ってくるまでの間に、何かあったのではないか。携帯を見つめているうちに、芝田の待ち受け画面にあった子供の写真を思い出した。

まさか、子供の身に何かあったのではないか。子供が病気になったり事故に遭ってしまったと元妻から連絡を受けて、慌てて病院にでも向かったとか。

それでもひと言ぐらい連絡をしてくれればと思うが、芝田としては仁に鍵を渡しているから大丈夫だと考えているのかもしれない。

仁はふたたび芝田の携帯に電話をかけた。やはり留守電になっている。

「江原です。芝田さん、いったいどうしちゃったんですか。ずっと外で待っているんです。もしかして、お子さんの身に何かあったとか……そういうことじゃないですよね？　とにかく心配なので、メッセージを聞いたらすぐに連絡してください。お願いします」

その後も芝田からの連絡はなかった。

ドリンクバーだけで時間をつぶすのはこれが限界だと、朝の六時過ぎにファミレスを出た。

その足でアパートに向かってみたがやはり芝田は戻っていない。建物の周囲を回ってみた。一〇三号室のベランダに入って何とか部屋に入れないだろうかと確認したが、しっかりと鍵がかかっている。窓を破って部屋に入ろうかとも考えたがためらった。

仁はそれから当てもなく東中野周辺を歩き回った。時間が経つにつれ、心細さと、心臓が締めつけられるような不安に苛まれる。このまま芝田と連絡が取れなかったら、自分はどうすればいいのだろうか。財布の中には千六百円ほどしかない。今日一日やり過ごすことだって厳しい。

不動産屋の前で足を止めた。店前に貼り出された物件情報の中に『キャッスル東中野一〇三号室』があった。

この不動産屋が取り扱っていた物件だったのだ。だがどうして、契約した物件を貼り出してあるのだろう。契約したのは昨日の夜だったから剝《は》がし忘れているだけか。いずれにしても、事情を説明すればスペアキーを貸してくれるかもしれない。

「すみません――」

仁が店に入ると、従業員が「いらっしゃいませ。お部屋をお探しですか」とカウンターに勧めた。

「いえ、そうではなくて……昨日、外に出ているキャッスル東中野の一〇三号室を契約した者なんですが……」

「キャッスル東中野ですか？」従業員が首をひねった。

「ええ。といっても契約したのはぼくではなくて芝田さんという人なんですけど。一緒に暮らすことになっているんです。ただ、鍵がなくて部屋に入れない状況で……」

仁が説明すると、従業員が書類を調べ始めた。しばらくすると仁に目を向けて「あの部屋はまだ契約されていませんね」と言った。

「そんなはずはありませんよ。だって昨日の夜、その人は鍵を開けて部屋の中に入っているんですから。鍵を持っていたということは契約しているってことでしょう」仁は従業員に詰め寄った。

「昨日の夜ですか？」

「そうです」

「昨日の夜でしたら一度お客様にあの部屋の鍵を貸し出しましたけどね。ただ、芝田さんというお名前ではありませんが」

従業員がふたたび棚の中を探して一枚の紙をカウンターに置いた。入居申込書とあった。岡崎忠志《おかざきただし》と名前が書かれている。

「大阪のかたらしくて、今度東京に転勤になるから部屋を探しているということで数日前からおみえになっていたんですよ。いくつかお部屋をご案内して一応申込書を書いてもらいました。昨日の夜もおみえになられて、どの物件にするか決める前に、もう一度キャッスル東中野を見せてほしいということで鍵をお貸ししました。ただ、鍵を返しに来られて、もう一日考えたいと言って帰られましたけど。ですから、まだ契約はしていません」

従業員の言葉に、目の前が真っ暗になった。

騙《だま》された——

おそらくその男が芝田だ。芝田はこの不動産屋から鍵を借りて、仁を部屋の中に案内して信用させ、蒲田まで荷物を取りに行っている間に鍵を返して逃げたのだ。

悔しさや腹立たしさを感じたのと同時に、激しい焦燥感《しょうそうかん》がこみ上げてきた。

全財産を芝田に渡してしまった。これからいったいどうすればいいのだ。

仁は申込書に目を向けた。ここに書かれている名前も住所も電話番号もきっとでたらめだろう。

「お部屋をお探しでしたら他にもいい物件が……」

仁は従業員の言葉を振り切って店から飛び出した。

しばらく歩いたところで立ちくらみがして、その場にしゃがみ込んだ。行き交う人たちが仁に関心を向けることもなく通り過ぎていく。

一分ほどうずくまっていたが、仁は気力を振り絞って立ち上がった。

このまま簡単に泣き寝入りなどしてたまるか。芝田の携帯に連絡をしてみよう。電話には出ないだろうが留守電になっているから、警察に行って詐欺の被害届を出すとメッセージを残せば金を返すにちがいない。

仁は路地裏に移動して電話をかけた。

「もしもし……」

意外なほどあっさりと電話がつながったので、仁は言葉に詰まった。

「芝田か――」

もう敬語を使う必要はない。

「そうだけど、何か？」芝田が事もなげに言った。

「騙しやがったな」

「騙してなんかいないさ。子供が事故に遭っちゃってさあ……しかたなく連絡できなかったんだよ。心配してくれてありがとさん」

芝田の笑い声を聞きながら、はらわたが煮えくり返りそうになる。

「あんた、こんなことして恥ずかしくないのか。父親がそんなクソみたいな人間だと子供もまともに育たないぞ」

「そうだな。おれもマジでそう思う。だけど安心してくれ。愛人はたくさんいるけど、おれに子供なんていないからさ」

あの待ち受け画面も仕込みだったということか。待ち受け画面を見つめながら家族のことを語る芝田に、一時でも同情した自分が馬鹿に思える。

「本当は電話になんか出ないでこのままシカトしてようかと思ったんだけど、きみがあまりにもおめでたくて哀れだからさ、忠告してあげようと思ってね」

「忠告？」

「言っただろう。今の世の中は搾取する者と搾取される者に分かれるってさ。立場の弱い……まあ、おれに言わせれば、馬鹿な奴はいつも搾取されるだけってこと。わかる？」

胸の底から激しい怒りがこみ上げてきた。

ずっと搾取されてきた。だけど、それは自分が馬鹿だからではない。おまえみたいな腐った人間が世の中にあふれているからだ。

「おれはこれから警察に行く。あんたはおれから奪った以上の報いを受けるんだ。黙って金を返すんなら考え直してやってもいい。とにかく金を返せッ！」仁は携帯に向かって叫んだ。

「警察に行きたいんならご自由にどうぞ。この携帯はとばしで使っているやつだから足なんかつかないし、これだけ凶悪な事件が発生しているご時世にこんなケチな事件にどれだけ関わってくれるかね。おまえが馬鹿なんだと言われて追い返されるのがオチさ。まあ、授業料だと思って前向きに生きるんだな。だけど、おれから言わせりゃ今回の授業料は高くはないぜ。いつかおれに感謝するときがくるさ」

「ふざけるなッ」

「まあ、きみからの電話であまり長話しちゃ申し訳ないからこのへんで切るわ。じゃあな」

電話が切れた。

「もしもし――もしもし――もしもしッ――」

すぐに電話をかけ直してみたがつながらなかった。

仁は携帯を見つめながら奥歯を噛《か》み締めた。あんな男に一時でも好感情を抱いた自分の甘さを呪っている。

だが、激しい後悔はすぐにどこかに消えた。目の前に差し迫っている現実を思い出したからだ。現在の所持金は千六百円あまりだ。怒りや悔しさを引きずっていてもしようがない。何とかして当座の金を手に入れなければならない。

仁は近くの公園に移動して電話をかけた。

「はい、『デイリースタッフジャパン』品川営業所です」

相手の声を聞いて、仁は頭を抱えそうになった。

昨日さんざん嫌味を言われたスタッフだ。このまま電話を切ってしまおうかと思ったが、どうせ営業所中に昨日の話は広まっているだろう。とにかく下手に出て仕事をもらうしかない。

「江原ですが……あの……明日の仕事はありますか？　どんな仕事でもかまわないので」

「おやおや、うちの仕事なんかそっちから願い下げじゃなかったっけ」

やはり昨日のことを根に持っている。

「昨日は生意気なことを言って本当に申し訳ありませんでした。もう絶対に仕事の文句は言いませんから、仕事を回してもらえないでしょうか。本当に……反省しています……」仁は屈辱感を噛み締めながら懇願した。

「悪いけど、きみに紹介する仕事なんかないよ。ブラックリストに載せたから、うちのどの営業所に連絡しても無駄だし、もしかしたら他の派遣会社でも働けないかもね」

いたぶるようなスタッフの言葉に、目の前が真っ暗になりそうになった。

仁はこの派遣会社にしか登録していない。他の派遣会社でも働けないというのがどこまで本当かわからないが、いずれにしても新しい派遣会社に登録に行く金もないし、仮に登録できたとしてもいつ仕事が回ってくるかわからない。ここで仕事を回してもらえなければ絶望的な状況だ。

「まあ、せいぜいうちなんかよりもマシな仕事を探すんだね」

スタッフはあざ笑うように言うと、電話を切った。

仁は静まり返った神田川沿いの遊歩道をさまよっていた。

今日は一日何も食べていない。肩にかけたボストンバッグがずしりと重く、ベンチで休みたかったが、じっとしていると寒さがこたえるのでしかたなく歩き続けている。せめてこのボストンバッグだけでもどうにかしたかったが、コインロッカーに預ける金さえ惜しかった。

このままではどうにもならないと何軒かの消費者金融に飛び込んでみたが、派遣会社から仕事を干された仁に金を貸してはくれなかった。

遊歩道の草むらで段ボールに包まって寝ている人がいる。自分と同じように重そうな荷物を抱えてさまようホームレスらしき人とすれ違った。

あの人たちは日々、どうやって生きているのだろうか。自分はこれからどうやって生きていけばいいのか。

たとえ光雄に疎《うと》まれ、秀雄から馬鹿にされようと、長野の実家に帰りたかった。

いや――

そうするだけの金がないことが、今の絶望でもあり、ささやかな救いなのかもしれない。

どの面を下げて光雄や秀雄に会えるというのだ。

これからのことを考え続けたが、やはり最後の頼りは母しかいなかった。

仁はひんやりとしたベンチに腰をおろし、携帯を取り出した。

母は携帯を持っていないから実家に電話をかけるしかない。母が出てくれることを願って電話をかけた。

「もしもし、江原です……」

その声を聞いて、漏れそうになる溜め息を必死に押し留めた。秀雄だ――

「もしもし……もしもし……」秀雄が呼びかけてきた。

「おれだけど、母さんいるかな」

「仁か？」

秀雄の問いかけに黙っていた。早く母に替われと心の中で叫んでいる。

「どうしたんだよ、ひさしぶりだな。結婚式以来か。元気にしてるか？」

「ああ……母さんは？」

「はるかとデパートに行ってまだ帰ってきてない。たかおの服を買いに行ってるんだよ」

たかおというのは秀雄の子供だろう。

「そうか」

「だけど、おふくろもすっかりおばあちゃんだよな。おれたちがあまり甘やかさないでくれと言っても、おふくろはたかおのために何でも買いたがるんだ。ほんとにまいっちゃうよ」

秀雄の口からおふくろという言葉を聞いて虫唾《むしず》が走った。

「ところで今何やってるんだよ」秀雄が言った。

「別に……元気でやってるさ」

「この前、宅配便を送ったら宛先不明で戻ってきたって、おふくろが心配してたぞ。仁は堪《こら》え性がないから仕事を辞めてしまったんじゃないかってさ。どこで育て方を間違えたんだろうって嘆いてたぞ。おまえもいい年なんだから、あんまりおふくろに心配ばかりかけるんじゃ……」

仁は電話を切った。

3

この三日間、まともに食べていないし寝てもいないので、頭の中が朦朧としている。

一日に菓子パンひとつだけを食べて何とかしのいでいた。夜は公園の草むらでからだを丸めて束の間の休息をとった。無料求人誌で探した会社に電話をかけ続けているが仕事は見つからない。ついに携帯の電池も切れてしまった。

所持金は四百七十円。もうどうにもならない。

街をさまよっていると、コンビニのごみ捨て場を漁《あさ》っている男を見かけた。自分がああなってしまうのも時間の問題なのか。そんなことを想像するとやり切れなくなった。自分は何も悪いことはしていない。ただ、不運なだけだ。

チャンスが欲しい。贅沢《ぜいたく》は言わないから、何とかして以前の生活に戻りたい。

目の前にネットカフェの看板が見えた。一時間、四百円と出ている。

とにかく携帯を充電しなければ仕事を探すことができないと、ビルに入ってエレベーターに乗った。

ネットカフェの受付に行くと、従業員が少し顔を歪《ゆが》めた。

今の自分はそんなに臭うだろうかと自尊心を傷つけられながら、免許証を差し出して受付を済ませた。

ドリンクバーでコーラを一気に三杯飲むとすぐに個室に入り、携帯の充電器をコンセントにつないだ。

たった一時間しかない。携帯を充電しながら、パソコンで求人情報を探し、片っ端から電話をかけていった。

仕事が欲しい――何でもいいから仕事を探さなければ――

時間が残り十五分になっても仕事は決まらない。胃のあたりがきりきりと痛んだ。

仕事を断られて電話を切ると、すぐに違う求人を調べた。経験者を求めると書いているのできっと断られるだろうが、時間がないのでとりあえず番号を押した。

ふと以前ニュースで観たことを思い出し、手を止めた。

そこであれば仕事を得られるかもしれない。だが、行動に移すのをためらっている。

ちょっと覗いてみるだけだと自分に言い聞かせて、仁は携帯のネットにつないだ。

『裏』『求職』と入力して検索をかけると画面にいくつかの『闇の掲示板』が出てきた。サイトにはいろいろな書き込みがあった。

『日払い確実！　報酬一万円～拘束二、三時間。簡単な仕事です』

『現在失業中のかた。支払いが大変なかた。今日明日のお金が必要なかた。おまかせください。簡単な仕事で三万円以上の報酬。リスク中の上』

『単発の仕事。とにかく今すぐお金が必要なかた、ご連絡ください』

どう考えても胡散臭《うさんくさ》い仕事だということはわかる。だが、ここまで追い詰められている自分にも、まだこれだけの仕事があるのだと思うと不思議と気持ちが少し楽になった。

仁はとりあえずこの中から、比較的まともそうな『日払い確実！　報酬一万円～拘束二、三時間。簡単な仕事です』という書き込みをしていた『森下《もりした》』にメールを送信して個室を出た。

店から出ると後悔が押し寄せてきた。自分はとんでもないことをしてしまったのではないかという恐れが胸を覆い尽くしている。

所持金は残り七十円だ。こんなことなら最後の所持金で食事をすればよかった。

ポケットの中の携帯が震えてびくっとした。取り出してみるとメールが届いている。件名は『森下です』とあった。

『仕事はいくつかあります。もちろん報酬は即金でお支払いします。今、どちらにいらっしゃいますか？』

メールの文面を見て返信すべきか迷ったが、とりあえず様子を窺《うかが》うために『どんな仕事ですか？』と送った。すぐに返信があった。

『申し訳ありませんが、それはお会いしたときにしかお話しできません。都内であればすぐに伺います。今、どちらですか？』

仁は迷った末に『高田馬場《たかだのばば》です』と送った。


ビッグボックスの前に立っていると、後ろから肩を叩かれた。

びくっとして振り返ると、ダーク系のスーツを着て眼鏡をかけた背の高い男が立っていた。年齢は三十代半ばといったところだろうか。どこかの会社のやり手営業マンといったたたずまいをしている。

「仁さんですよね」

男が眼鏡越しに爽やかな笑みを浮かべながら訊いた。

「ええ……森下さんですか？」

男は頷いて、「とりあえずお茶でも飲みながら話をしましょうか」と仁を近くの喫茶店に案内した。

「コーヒーでいいですか」

森下に訊かれて、仁は頷いた。

うまそうな匂いにつられて思わず隣の席に目を向けた。隣の客が食べているスパゲッティーを見て腹が鳴った。

「よかったらお食事もどうぞ」

仁は森下の言葉に迷った。

「別にそれで仕事を強要したりはしませんから安心してください。無理強いはしませんから。自分に合わない仕事だと思ったらすぐに席を立ってくださってけっこうです」森下が微笑みかけながら言った。

「じゃあ、すみませんけどコーラとナポリタンをお願いします」

森下は注文したものが来てもすぐに仕事の話はしなかった。仁が食事をするのを見ながら、こんな生活に至るまでになった身の上話を聞いている。

「所持金が七十円じゃ大変でしょう」森下が同情するように言った。

「五日前まではこんな生活になるなんて想像もしてなかったです」

「本当に世の中には悪い奴がいるものですねえ」

森下と接しているとそれほど危険な仕事をさせるような人物には見えない。

いや、簡単に信用してはいけない。芝田の本性を見抜けなかったことで、こんな泥沼《どろぬま》の生活に陥《おとしい》れられることになったではないか。

「それで、仕事というのはいったいどんなものですか」仁は切り出した。

「いろいろありますよ。どういう仕事をお望みですか？」

「危険ではないものを」

「危険といってもいろいろな意味がありますよね。少なくとも肉体的に危険な仕事はうちでは扱っていません。多少のリスクはあるでしょうが」

「リスク……」

「うちで取り扱っている仕事で一番楽なものといえば、そうですねえ……あなたの携帯電話をいただければ即金で二万円お支払いしますよ。そのポケットから携帯電話を出すだけで二万円が手に入るんですよ。ねっ、簡単でしょう」

仁は顔を伏せた。やはりまともな仕事であるはずがなかった。

「ですが、これは最後の手段ですよね。先のことも考えず、自分で何かをする気力も勇気もない、クソみたいな人間に最後に提案する仕事です。少ししかお話ししていませんが、わたしはあなたのことが気に入りました。できればこれからもお付き合いしていきたいし、できるだけ楽な仕事をさせてあげたい。それでご提案する仕事は――」

森下は黒革の手袋を取り出してはめた。そして、まわりの客がこちらを見ていないことを確認して背広の内ポケットから数枚のカードを取り出した。銀行のキャッシュカードだ。

「このカードで金を引き出してくれれば一万五千円の報酬を差し上げます」

仁はテーブルに置かれたカードを見て溜め息を漏らした。

出し子というやつだろう。振り込め詐欺などで得た金を銀行口座から引き出す末端の仕事だ。よく防犯カメラに撮られた出し子の手配写真がテレビのニュースで流れている。

「早ければ十分で終わる仕事です。時給に換算すれば九万円。悪い仕事じゃないでしょう」

「犯罪じゃないですか」仁はまわりを気にしながら小声で言った。

「だから何です?」

「犯罪に手を染めるなんて……そんなこと……」

「どうせこのままだったら、あなた、生きていけないでしょう。それともあそこのホームから電車に飛び込みますか？　いや、所持金が七十円しかなければ改札を抜けることもできないか」

鼻で笑う森下を見ながら、仁は悔しさに唇を嚙み締めた。

「断ってくださってもこちらは全然かまいません。ただ、夜中のコンビニとかで店員を刺すよりはまだマシなんじゃないかと思いますけどね。今のあなたには仕事を選んでいる余裕なんかないでしょう。だからこそ、あんな糞溜《くそだ》めのようなサイトにアクセスしてきた。ちがいますか？」

なかばやけっぱちになってテーブルのカードをつかむと、森下が表情を緩《ゆる》めて頷いた。

「携帯電話と免許証を預からせてもらっていいですか。現金を持ち逃げされると困るので」

仁は携帯と免許証を差し出した。

「マスクはありませんか」

仁が訊くと、森下は鞄《かばん》の中からマスクを取り出して渡した。

「それに、無駄に警視庁のデータベースを増やす必要はありません」

森下が黒革の手袋を脱いで、こちらに投げた。

仁はその意味を察して、手袋をはめるとカードをおしぼりで拭《ぬぐ》ってからポケットに入れた。

「行きましょうか」森下が伝票をつかんで立ち上がった。

とうとう、悪魔にまで魂を売ってしまうのか——

だけど……

仁は覚悟を決めて席を立った。

「その荷物も預かりましょう」

喫茶店から出ると、森下が仁のボストンバッグを指さして言った。

「そんな重そうな荷物を抱えて、もし何かあったら逃げられないでしょう」

仁は持っていたボストンバッグを地面に置いた。

「四枚のカードで五十万円ずつ引き出してください。暗証番号はすべて〇・三・二・四です」

森下が黒いセカンドバッグを差し出した。これに金を入れろということだろう。

「あなたは近くにいるんですか」

仁が訊くと、森下は「まさか」と肩をすくめた。

「金を引き出したら明治《めいじ》通り沿いにある『トクノヤ』の駐車場で落ち合いましょう。場所はわかりますか？」

トクノヤはチェーン展開しているディスカウントショップだが、この近辺にあるかどうかは知らない。仁は首を横に振った。

「ここをまっすぐ行くと大きな道と交差します。それが明治通りで、右に曲がって五百メートルほど行ったところにトクノヤがあります」

仁は頷いた。

「とにかく敏速に行動することです。金を引き出したらすぐにATMから離れてください。万が一、誰かに追われたら何としてでも逃げ切ってください」

誰かに追われたら——そんなことを想像しただけでからだが強張《こわば》った。

今ならまだ引き返せる。そんな弱気が自分の心に訴えかけてくる。だけど、他にこの泥沼の状況から抜け出す術《すべ》があるというのか。

こんな悪事に手を染めるのはこれが最初で最後だ。森下から報酬を受け取ったらすぐにまともな仕事を探そう。こんなことをするのはこれ一回きりだ。

だから神様、今回だけはどうか見逃してください——

「では、幸運を祈ります」

森下がボストンバッグを持ち上げてその場を立ち去ると、仁は駅前の広場に行ってあたりを見回した。いくつかの銀行やATMの看板が見える。

もし、警察がやってきたらどうやって逃げようか。しばらく駅前の光景を見ながらあれこれ想定していたが、そんなことを考えるのは無駄だと悟った。警察がやってきたら、とても逃げ切れやしないだろう。

仁はデイパックから帽子を取り出してかぶった。森下からもらったマスクをつけると無人のATMを探した。

駅周辺のATMはどこも人が並んでいる。だがむしろ、人が大勢いたほうが目立たないのではないかと思い、近くにある無人ATMの外に並んだ人の列についた。

「空いてますよ」

後ろの人に言われて、仁は自動ドアの向こう側を見た。三台あるATMの一台が空いている。緊張感に我を忘れていた。

仁は溜め息を押し殺して自動ドアをくぐった。頭上の防犯カメラが目に入った。すぐに視線をそらしてATMの前に向かう。ATMの正面に丸い小さなガラスがはめてあるのがわかった。いつもならそんなことを気にも留めたりしないが、この中に防犯カメラがつけられているのだろうと思うと背中に嫌な汗が流れた。

今、自分の顔は犯防カメラに撮られている。できるだけ正面に目を向けないようにして、タッチパネルの引き出しの表示を押した。『カードをお入れください』と表示が出た。

カードを入れようとする手が震えた。もし、この口座が違法なものに利用されていると知られていたら、カードを入れた瞬間に警報器が鳴り、警察官が駆け込んでくるかもしれない。

隣にいる人にまで聞こえてしまうのではないかというほどに、心臓が早鐘を打っている。だけど、もう後には引けない。

仁はカードを挿入した。ほんの数秒のことなのに次の画面に切り替わるまでの時間が途方もなく長く感じられた。ようやく『暗証番号を押してください』と表示が出て、タッチパネルの番号を押した。すべての操作を終えてカードと五十万円が出てくる。同じ動作をさらに三回繰り返して、震える手でセカンドバッグに札束を突っ込むとすぐに外に出た。

実際には十分と経っていないが、日雇い派遣で十二時間働くよりも身も心も疲弊《ひへい》している。

仁は急いでトクノヤに向かった。途中で何度もあたりに視線を配った。先ほどから誰かに見られているような気がしてならないのだ。

トクノヤの駐車場に着くとあたりを見回した。森下の姿はない。しばらくその場で待っていると、駐車場に黒い車が入ってきて仁の少し先で停まった。クラクションを鳴らした車に近づいていくと、スモークガラスが下りて森下の顔が見えた。

「後ろに乗ってください」

森下に言われ、仁は後部座席に乗り込んだ。後部座席に仁のボストンバッグが置いてある。

「なかなか手際がよかったですね」森下がこちらに顔を向けて言った。

この男は、どこからか仁のことを監視していたのだろう。

「一応、あらためさせてもらいますね」

森下が仁から受け取ったセカンドバッグの中の札を数え始めた。

仁はそれを見つめながら、森下の手にある金がどういうものなのだろうかと想像した。

子供の身を心配した親がなけなしの貯金から工面した金だろうか――

それとも、老後のために爪に火をともすようにして蓄えた金だろうか――

いずれにしても、自分はそれらをむしり取った悪党の片棒を担いだのだ。

「たしかに」

金を数え終えた森下が財布を取り出した。仁は胸を覆い尽くす罪悪感を嚙み締めながら差し出された二枚の札をつかんだ。

「携帯と免許証も」

「わかってますよ」

森下がダッシュボードから携帯と免許証を出して仁に手渡した。仁はボストンバッグを持つとすぐに車から降りた。

「いつでも言ってください」

声をかけられ、仁は運転席に目を向けた。

「仕事はいくらでもありますから」森下がこちらを見つめながら微笑みかけてくる。

もう二度とこんなことをしてたまるか。

ドアを思いっきり閉めると、クラクションを一回鳴らして車が走り出した。車が見えなくなると、仁は駐車場から出て先ほど来た道とは反対方面の新宿に向かって歩き出した。

新宿にたどり着くとすぐにネットカフェを探した。もう何日もシャワーを浴びていない。それ以前にまともに寝ていない。

先ほどからずっと罪悪感に煽《あお》られ続けているが、今は何も考えたくなかった。ただひたすら眠って、現実から逃避したいのだ。

だが、ネットカフェでシャワーを浴びて個室に入っても、まったく眠ることができなかった。

リクライニングチェアにもたれて、手に持った一万円札と五千円札をじっと見つめた。

この金であと何日生活できるだろう。その間にまともな仕事を見つけることはできるだろうか。

どこかで日雇いの仕事を見つけられたとしても、その日を何とか生きていくだけで精一杯だろう。けっきょくは今までと何も変わらない。

この金があれば長野に帰れる。光雄から疎まれ、秀雄から馬鹿にされたとしても、こんな生活を続けているよりはマシではないのか。

どこで育て方を間違えたんだろうって嘆いてたぞ――

秀雄の言葉が耳の奥でこだましている。

『また仕事をお願いしたいのですが』

森下からのメールを見て、仁は唇を嚙み締めた。

四日前に仕事をした後には二度とやりたくないと思っていたが、森下は今の仁の状況をまるで見透かしているみたいだ。

仕事はまだ見つけられずにいる。森下から金をもらった後に新しい派遣会社に登録したが、まだ一度も仕事の依頼がない。それ以外に電話をした会社も定住先がないと言うとすべて門前払いされた。手持ちの金は二千円を切っている。今日もこのまま仕事が決まらなければ明日はどこかで野宿をするしかないだろう。

森下のメールには、今回の仕事は三時間ほどの拘束で報酬は二万円とある。しかも、出し子ではないという。

『危ない仕事ではないんですか』

仁がメールを送るとすぐに返信があった。

『少なくとも前回よりは安全ですよ』

仁は迷った末に、『わかりました』とメールを返した。

ネットカフェから出ると、森下との待ち合わせ場所である新宿駅に向かった。駅のコインロッカーに荷物を預けて、東口の改札口で待っていると、人波の中から森下が現れた。

「こんにちは」森下が片手を上げて近づいてきた。

「今日はどんな仕事ですか」

「たいしたことはありませんよ。ちょっと横浜《よこはま》に行って荷物を取ってきてもらいたいんです」

「荷物って……」

「それは聞かないほうがいいでしょう」森下が口もとだけで笑った。

何が、前回よりは安全ですよ――だ。森下を見つめながら心の中で毒づいた。

「どうしますか？　仕事をしたいという人は他にもたくさんいますから、別にあなたじゃなくてもいいんですけどね」

どこかで聞いたような台詞《せりふ》に苛立ちを覚えた。

「やりますよ」

ただ、これが本当に最後だ。

「これを渡しておきます。一万円分のチャージをしてありますから好きなように使ってください」森下がＩＣカード乗車券を差し出した。

前回のように携帯と免許証を渡そうとしたが、「もう必要ありませんよ」と森下が手で制した。

「あなたの身元はしっかりしている」

「おれの身元？」仁は怪訝《けげん》な思いで訊き返した。

「江原仁さん。実家は長野市長野大門町《だいもんちょう》一×二――お父様は『大京生命』長野支店長で、ご兄弟の秀雄さんは信用金庫で働いてらっしゃる。信用のおけるご家庭ですからね。あなたなら即金で百万円ぐらい貸してあげられますよ」

こいつはどうしてそんなことを知っているのだ――

仁は愕然《がくぜん》としながら森下を見つめた。

「我々の情報網を使えば携帯番号ひとつでそれぐらいは簡単に調べられるんですよ。まあ、変なことを考えなければこの情報をどうこうするつもりはありません。あなたはわたしにとって大切なスタッフですからね」

「横浜のどこに行けばいいんですかッ！」仁は腹立たしさをあらわにして訊いた。

「それはあなたの携帯にご連絡します。とりあえず横浜に向かってください。ああ、そうだ……」

森下がポケットから何かを取り出して仁に握らせた。

「その荷物はとても貴重なものなので、一応これも渡しておきますよ。使わないに越したことはありませんけど」

森下はそう言うと、踵《きびす》を返して人波の中に消えていった。

手を開くと、口紅ほどの大きさのスプレー缶があった。催涙《さいるい》スプレーだ。

こんなものがどうして必要なんだ。貴重な荷物っていったい何なのだ。

嫌な予感に足をすくませながら改札をくぐると湘南《しょうなん》新宿ラインに乗った。ちょうど帰宅ラッシュとぶつかって車内は混み合っている。横浜駅に着くと押し出されるようにホームに降りた。

ホームも人であふれている。これからどうすればいいのだろうか。とりあえずこの人混みから逃れたくて階段を下りた。そのとき、ポケットの中の携帯が震えた。

「横浜に着きましたか」

電話に出ると、森下の声が聞こえた。

「今着いたところです。これから……」

「寄り道しないでまっすぐ来たみたいですね。それではどこかの売店で『週刊現実』という雑誌を買ってください」

「週刊現実？」

「そうです。お渡ししたカードで買ってかまいません。表紙の一部を三角に折って、それが見えるような形で四番線のホームにいてください」

森下はそこまで言うと電話を切った。

仁は駅構内の売店で週刊誌を買った。言われたとおりに、表紙を三角に折って四番線のホームに向かった。人であふれかえるホームに立っていると、邪魔だと言わんばかりに後ろからぶつかられ倒れそうになった。

「失礼――落としましたよ」

ダウンジャケットを着た中年男がセカンドバッグを取り上げる格好をしてこちらに渡した。

「リョウゴクに行け」

仁と目が合うと、男が小声で言った。

「リョウゴク？」

男が四番線に停まっている電車に目を向けて、そそくさと歩いていった。仁はセカンドバッグを手に電車に飛び乗った。

リョウゴク――

国技館がある両国のことだろうか。東京の地理にはあまり詳しくない。ドアの上に貼られている路線図を見た。このまま秋葉原《あきはばら》に行って総武《そうぶ》線に乗り換えるようだ。

混雑した車内で、胸もとに抱えたセカンドバッグに視線を向けた。この中にはいったい何が入っているのだろうかと、気になってしかたがない。

秋葉原駅で電車を降りると総武線のホームに向かった。途中で携帯が震えて取り出した。

「もしもし……」

「ちょっとトイレに寄ってもらえますか。すぐに個室に入ってください。個室が空いていなければ他のトイレに移動してください」

森下の声が聞こえた。

「いったいどういうことですか」

「とにかく早く！」

仁は電話を切ってトイレを探した。個室に入るとどっと疲れがこみ上げてきて便座に腰をおろした。ふたたび携帯が震えた。

「いったい……」

「あなたは運が悪い」

仁の言葉を遮るように森下が言った。

「どういうことですかッ！」

「大声を出さないで聞けッ！　今、トイレにふたりの男たちが入っていきました。どうやらずっとつけられていたみたいです」

「つけられてたって……警察に？」仁は小声で訊いた。

「いや、違うようですね。詳しい事情はお話しできませんがこの世界にはいろいろとあるんですよ。おそらくあなたを自分たちの縄張りを荒らす密売人だと思っているのでしょう」

森下の言葉を聞いて血の気が引いた。膝の上に置いたセカンドバッグに目を向ける。やはりこの中には麻薬か何か、ヤバイものが入っているのだ。

「どうすれば……」

「奴らも人目のあるところでは無茶なことはしないでしょう。ただ、いずれにしても奴らに捕まったらあなたはただでは済まない」

冗談じゃない——どうして自分がそんな目に遭わなければならないのだ。

「とにかくそいつらを撒いて逃げてください」

電話が切れた。

「もしもし……もしもし……」仁は小声で叫んだ。

くそッ——どうやってそいつらを撒いて逃げろというんだ。

仁はかかってきた番号にかけ直したが、電話はつながらない。

その男たちがトイレに入ったことを知っているということは、森下はこの近くから様子を窺っているにちがいない。それならばおまえが何とかしろ。

突然、外から激しくドアを叩かれて心臓が縮み上がった。仁は控えめにノックを返した。

「早くしろよ。いつまで入ってるんだ！」

男の怒声を聞きながら、がくがくと膝が震えだした。

奴らに捕まったらあなたはただでは済まない――

仁はポケットに手を突っ込んだ。催涙スプレーをつかむと警戒しながら扉を開けた。すぐ目の前に男が立っていてぎょっとした。催涙スプレーを取り出そうとした仁を押しのけて、男が個室に入っていく。勢いよくドアが閉まった。

この男ではない。そう思った瞬間、視界の中にいる厳《いか》ついふたりの男に気づいた。ひとりは小便器の前に立っていて、もうひとりは入口の前で立ちふさがっている。ふたりとも仁に鋭い視線を向けていた。

「兄ちゃん、ちょっと付き合ってくれよ」

入口の前に立っていた男が、上着のポケットに片手を突っ込みながら近づいてきた。

「あまり手荒なことはしたくねえんだよ。ちょっと話を聞くだけだからさ」

男の威圧するような表情に、仁は小さく頷いた。

「素直だな」

後ろからもうひとりの男に肩をつかまれた瞬間、仁は振り返って男の顔に催涙スプレーを噴射した。すぐに目の前の男にも催涙スプレーを向ける。

男が顔を押さえて床に倒れたのと同時に、顔中に激しい痛みが走った。自分の顔にも催涙スプレーの霧がかかってしまったみたいだ。

仁は床に倒れて身悶えている男のからだを飛び越えてトイレから出た。無我夢中で駅構内を走った。涙が止まらない。階段を駆け上がって停まっていた電車に駆け込んだ。手で目のあたりを拭いながら反対側のドアに向かった。ひんやりとした窓ガラスに顔を押しつける。

電車のドアが閉まる音がして、からだに振動を感じた。電車が動き出したようだ。あの男たちが追ってきていないか確認したかったが、目を開けられるような状態ではない。

「次は御《お》茶《ちゃ》ノ水《みず》――御茶ノ水――」

両国とは反対方向の電車に乗ってしまったようだ。

　仁は御茶ノ水駅で電車を降りた。滲んだ視界の中で必死にトイレを探した。トイレを見つけて駆け込むと洗面台で顔を洗った。トイレから出ると警戒しながらあたりを窺った。

　あの男たちの姿はない。だが、一駅しか離れていないこんなところにいては危険だろう。すぐに駅から出て、当てもなく坂道を駆け下りた。

　坂の下にある大型書店に入ったところで携帯が震えた。

「もしもし！」仁は怒りを込めて電話に出た。

「大丈夫ですか？」

　森下の声が聞こえた。

「ずっと見てたんだろう」

「お見事でしたよ。駅ではちょっとした騒ぎになっていますがね。今、どちらにいらっしゃるんですか」

　平然とした森下の口調に、仁は憎々しげに今いる書店の名前を告げた。

「しばらくJRは使わないほうがいいでしょう。神保町《じんぼうちょう》から地下鉄を乗り継いで両国まで来てください」

「冗談じゃない！」仁は携帯に向かって吐き捨てた。

これ以上、こんなことに関わりたくない。

「金なんかいらないから早くこいつを取りに来てくれ」

「あともう少しで二万円が手に入るんですよ」

「いいからッ！　早く取りに来ないとこんなものどこかに捨てるぞ」

「しょうがないですね。じゃあ、せめて坂を上った途中にあるお茶の水病院まで来てくださいよ。その前が広場になっています。そこで待ち合わせましょう」

電話を切ると、仁はふたたび坂を上ってお茶の水病院に向かった。ひっそりと静まり返った広場でしばらく待っていると、森下がやってきた。

仁は森下にセカンドバッグを投げつけた。森下はバッグの中身を確認するとゆっくりと仁に近づいてきた。

笑みを浮かべているように見えるが、森下の目は笑っていない。さっきは怒りにまかせてあんなことを口走ってしまったが、この男も闇の住人なのだということをその目を見て思い出した。

森下が右手を後ろに回したので、仁はびくっとして身を強張らせた。取り出したのが財布だとわかり安堵した。森下が財布から一万円札を抜いてこちらに差し出した。

「本来なら仕事を途中で投げ出した人間にはペナルティーを科す決まりなんですが、

あなたは見どころがありますので半分だけ差し上げましょう」

仁は森下の手に握られた一万円札をじっと見つめた。

「いらないんですか？」

仁は森下の手から一万円札を奪った。

「テストにも合格したことですし、もっといい仕事を紹介してあげましょう」

「テスト？」仁は森下を睨《にら》みつけながら訊いた。

「わたしのメインの仕事は人材のスカウトなんです。闇の掲示板で出し子やヤバイ荷物の受け渡しや密売などの仕事を斡旋《あっせん》して、その中から優秀で度胸のある人材を発掘する。それであなたを試したというわけです」

「試したって……じゃあ、さっきのトイレの男たちは……」

「わたしのスタッフです。まあ、さくらとでも言うんでしょうか。ただ、彼らには本当のことは告げていません。あなたをつかまえて痛めつけろと指示したから本気であなたに向かっていったでしょう。それを逃げ切ったのはお見事でした」

テストだって――ふざけるな。

「あなたならどこに紹介しても問題ないでしょう。ちょっとヤバイ仕事ですが確実に稼げますよ。一ヵ月も働けば今あなたが欲しいと思っているもののほとんどが手に入るでしょう。どうですか？」

「冗談じゃないッ！　そんな仕事はしないし、二度とおまえらなんかに関わりたくもない」仁は言い放った。

「そうですかね。本当に追い詰められれば最後には何でもやりますよ。たとえ腐った藁《わら》だと知っていてもそれにすがってしまうのが人間なんです」

そう言った森下の目がぎらっと光ったように感じた。

この男は今までにどんな人間を、どんな世界を見てきたのだろう。ふと、そんなことを思った。

「無理強いはしないんじゃなかったんですか」

「そうですね。わたしは無理強いはしません。でも、あなたとはまたどこかで会いそうな気がする」

森下はそう言うと闇の中に消えていった。

目を開けると、机に置いた携帯が震えていた。

携帯を手に取った仁は着信を見て驚いた。母からだ。

「もしもし……」

電話に出ると、「仁なの?」といきなり母が問いかけてきた。

「そうだよ」

「本当に仁なの?」

「そうだよ。いったいどうしたのさ」

「やっぱりそうだったんだ……」

そう言って母が黙り込んだ。

「だからどうしたのさ」

母の言っていることがわからなくて苛立った。

「さっき、警察を名乗る人から電話があったの」

警察と聞いて、心臓が跳ね上がりそうになった。

「あなたが暴力事件を起こして逮捕されたって……あなたに成りすました人が電話に出て、相手への示談金に百万円が必要だからすぐに振り込んでほしいって」

典型的な振り込め詐欺の手口だ。

「まさかそんな話に引っかかってないよね。おれは逮捕なんかされてないよ」

「そうよね。でも、あなたに成りすました人は涙声でいろいろと話をしたの。それが妙に説得力のある話だから信じそうになっちゃった。だけど、秀雄に話したらおかしな電話だからあなたに連絡して確認してみろって」

「何だよ、妙に説得力のある話って」その言葉が気になって訊いた。

「半年前に派遣の仕事を解雇されて寮からも追い出されてネットカフェで生活してるって。実家に帰りたいけど兄弟の嫁が家にいるから帰れない……いろんなことにむしゃくしゃしていて人を殴ってしまったって。あなた、前の職場でもそういうことがあったでしょう。だから、その話を聞いて……」

 母の話を聞きながら、言いようのない怒りがこみ上げてくる。

 その電話は森下が仕組んだにちがいない。初めて会ったときにいろいろと身の上話をした。自分が気づかぬところで、また搾取される側に回っていたのだ。

「あなた、今どんな生活をしてるの？ もうあの工場では働いてないんでしょう。宅配便を送っても宛先不明で戻ってくるし、最近ではほとんど電話もしてこないじゃない。あなたのことを考えると心配でしょうがないの」

 母にすべてを吐き出したかった。その話の半分は本当だと言いたかった。手元に残された金はあと四千円あまりだ。もうこんな生活は限界だと泣きつきたかった。この先どうやって生きていけばいいのかもわからないまま仕事が見つからなければ、これからどうやって生きていけばいいのかもわからない。

実家に帰りたい——

どんなに屈辱的な生活が待っていようと、母さえ自分の味方でいてくれれば生きていける。

「おれのこと……育て方を間違えたって思ってる？」思わずその言葉が口から漏れた。

「正直言って……もっと厳しくしつけるべきだったかなって反省してる。秀雄は何も言わなくてもちゃんとできる子だったから、いつの間にかあなたに対してもそういう気でいたのね」

母のその言葉が胸に突き刺さった。

「あなたはあの人に似て、堪え性がなくてルーズなところがあるって……そのことをきちんと認識していなかったわたしの責任でもある」

母はもう自分の味方ではないのだ——

「大丈夫だよ。ちゃんとやってるさ」

仁は溜め息を必死に押し留めながら言った。

「確かに工場の仕事は辞めたけど、今は友人と東中野のアパートで一緒に暮らしながらちゃんと仕事をしているよ。建築会社のアルバイトなんだけど、そこの社長が早く正社員になれってうるさいんだよね。だけど資格を取ったらもっといい条件で雇ってもらえるところがあるから今はそこのアルバイトで我慢してるんだ」

最後の期待が剝《は》がれ落ちたせいか、妙に饒舌《じょうぜつ》になってすらすらと嘘が出てくる。

「心配させて悪かったね。だけど、おれは東京での生活を楽しんでるよ。落ち着いたらこっちに招待するから」

仁は言うだけ言うと電話を切った。その瞬間、涙があふれてきた。

携帯を見つめているうちに、この数日、心の片隅に追いやっていたある思いが急速に湧き上がってきた。

今のままでは何も変わらない。何も変えられやしない。

派遣社員の仕事も、日雇い労働も、いつだって搾取されるばかりだった。闇の求職さえもそうだ。

もうこんな思いはたくさんだ。今度は自分が……

仁は携帯のネットにつなぎ『裏』『求人』と検索をかけてみた。携帯の画面に闇の掲示板が出てきた。今までは掲示板の求職の欄にアクセスしていたが、今回は求人の欄にアクセスする。書き込みのところでボタンを押した。

ジン

仲間求む。

今の生活にもがき苦しんでいる人たち。一発逆転を狙って一緒に大きなことをやりませんか。

4

ポケットの中で携帯が震えて、仁は足を止めた。

メールが届いている。『無題』という件名と、見慣れないアドレスを見て、思わず身震いがした。

そばにあったベンチに腰をおろし、メールの中身をチェックした。

『わたしは三十七歳の男性です。今すぐにお金が必要な状況です。どうか助けてください。どんな仕事でもかまいません』

メールを見ているうちに、鼓動が速くなるのを感じた。

本当に返信が来てしまった――

闇の掲示板の求人に書き込みをして三時間、どうにも落ち着かなくなり、ネットカフェを出て新宿の街をさまよっていた。

母の言葉にやけになってあんなたいそうな書き込みをしてしまったが、自分には何をやるという当てもなかった。

仁は携帯を見つめながらしばらく考え込んだ。

この男もきっと自分と同じように今日明日を生きていくことすら困難な状況なのだろう。藁にもすがる思いでメールしてきたにちがいない。だが、今の自分にはこの男に与える仕事も、金もない。

いや、それ以前に、何か大きなことをやってやろうという度胸すら失《う》せてしまっている。

このまま無視してしまおうか。それとも、最低限の礼儀として適当な断りのメールでも送るべきか。

だが、もうひとつの思いも胸から離れなかった。

ずっと孤独だった。どうすればこんな泥沼のような状況から抜け出せるだろうかと、ひとりで思いつめる毎日だった。もしかしたら、似たような境遇の者と話をすれば、こんな状況から抜け出せるヒントを得られるのではないだろうか。ひとりではどうにもできないことでも、誰かと一緒に考えれば、何らかの打開策が見えてくるかもしれない。

『とりあえず会ってみませんか』

仁がメールするとすぐに返信があった。

『ぜひ、お願いいたします』

メールの主は『鈴木《すずき》』と名乗り、池袋にいるという。時計を見ると夜の八時を過ぎていた。

『九時に池袋の西口公園でどうでしょうか。ぼくはニューヨーク・ヤンキースの帽子をかぶっています』

メールを送ると、デイパックからキャップを取り出して新宿駅に向かった。

池袋西口公園に着くとあたりを見回した。公園にはたくさんの人がいる。会社帰りらしいサラリーマンやＯＬの姿。噴水の前で待ち合わせをしている若い男女の集団。片隅では地面に寝そべりながらカップ酒を飲んでいるホームレス風の一団。

公園の石段に腰をおろしてそれらの光景を眺めていると、こちらに近づいてくる人影があった。

る。

鈴木だろうか――

小柄な男がきょろきょろとあたりを窺い、片足を引きずるようにしながら歩いてくる。

「ジンさんでしょうか？」

男は仁の前までやってくると、怯えたような口調で訊いた。

「鈴木さんですか？」仁が問いかけると、男が弱々しく頷いた。

ぼろぼろのダウンジャケットを羽織り、薄い頭髪にはところどころ白いものが混じっている。折れたフレームをテープで補強しているのか、眼鏡が斜めにずれていた。メールには三十七歳と書いてあったが、とてもその年齢には見えない。五十代に届いているのではないだろうかと思えるぐらいに、全身から疲れが滲み出ている。

鈴木はからだを震わせながらじっとこちらを見ている。

たしかに今夜は一段と寒さが厳しい。屋内で話をしたかったが、そんな余裕は自分にはなかった。目の前の鈴木もそうだろう。

「ちょっとここで待っててください」

仁は近くの自動販売機に向かった。温かい缶コーヒーを二本買うと鈴木のもとに戻って差し出した。

「ありがとうございます」

鈴木は深々と頭を下げてプルタブを開けた。温かい缶を両手で包むようにしてゆっくりとコーヒーを飲む。

鈴木の隣に座ると、異臭が鼻をついた。失礼だと思いながら、少し身を引いて仁も缶コーヒーを飲んだ。

「ジンさんはおいくつですか」鈴木がこちらに目を向けて訊いた。

生気のない澱《よど》んだ目をしている。

「二十五です」

「羨《うらや》ましい。書き込みを見て、もう少し上だと思ってました」

「そうですか？」

「ところで……わたしはどんなことをすればいいんでしょうか」鈴木が訊いてきた。

「その話なんですが……実は、何も決まっていないんです」

「何も決まっていない？」

「あんなたいそうな書き込みをしたんですが、まだどんなことをするのか決めてないんです」

「どういうことでしょうか」鈴木が怪訝そうな表情になった。

「ぼくは半年前に派遣切りに遭って……それからは日雇い派遣で何とか食いつないでいました。だけど、詐欺に引っかかってしまって全財産のほとんどを奪われて、今は今日一日をどうやって生きていこうかという状況です」

鈴木は仁にどんよりとした視線を据えながら黙っている。

「ひとりでもがいていても何も変わらない。仲間がいれば、みんなで知恵を出し合えば、こんな状況から抜け出せる方法が見つかるんじゃないかと思ってあの書き込みをしたんです」

「それじゃ、今現在は何か仕事があるわけじゃないんですね」

「そうです」

仁が頷くと、鈴木が大きな溜め息を漏らした。あきらかに落胆しているようだ。

「てっきりここに来ればお金がもらえると思ってたんで……」

「期待させてしまってすみません」仁は頭を下げた。

「わたしはここに来るまで何でもやる気でいました。この三日間、水以外に何も口にしていない。百円ショップでナイフを万引きして強盗でもしてやろうかと……まあ、そんなことをしてもこの足じゃすぐに捕まってしまうでしょうがね。そんなことを思っているうちにジンさんの書き込みを見たんです」鈴木がちびりちびりと缶コーヒーを口に含みながら言った。

「鈴木さんも派遣切りですか？」

仁が訊くと、鈴木が頷いた。

「八ヵ月前まで神奈川の自動車工場で働いていました」

神奈川の自動車工場――もしかしたら、自分が最初に行こうとしていた仕事かもしれない。

「最初のうちは給料もよかったんですけどね……まあ、自分が馬鹿だったんでしょう。そういう状況がずっと続くと思って、給料をもらっても酒や女やギャンブルにほとんど使ってしまって、仕事を解雇されて寮を追い出されるときには貯金もほとんどなかった。とりあえず急場しのぎに日雇いの仕事を探したんですよ。寮がついているね。だけど、まともな会社じゃなかった」

鈴木の話によると、そこは暴力団が絡んでいる会社だったようだ。雇った人間をアパートの一室に軟禁して、解体作業や荷下ろしなどの危険な仕事をさせていたという。

「ピンハネがすごくてね、一日働いてもまともに金が残らない」

「どうして違う仕事を探さなかったんですか」

「そこがうまいんでしょうね。寮では毎晩のように、そこの社員も交えてちょっとした賭け事をしていたんですよ。そこで負けが込んでしまってね……借金を返し終えるまで辞めることができなくなってしまったんです。働いても働いても金が貯まらないどころか借金がかさんでいく。そういう悪循環です。まあ、自業自得なんでしょうけど……」

鈴木が片足をさすり、溜め息を漏らした。

「現場で事故に遭って足を複雑骨折したんですよ。骨はぼろぼろ。だけど、違法なことをさせているからか、その会社も後ろ暗いところがあるのか、労災の申請もさせてもらえなかった。もう使い物にならないとその寮からも追い出されてしまいました。借金は帳消しにしてやるからありがたく思えと言われてね。こんな足になったら、まともな仕事なんてできませんよ」

自分と似た環境の者と話すことで何か有意義な情報を得られるのではないかと期待したが、どうやら無駄足だったようだ。それればかりか、近くにいるだけで、鈴木が発する強烈な負のオーラにからめとられそうになっている。

「大きなことっていったら何でしょうね」

鈴木が身を乗り出して訊いてきたが、仁は何も答えられなかった。

「手っ取り早いものといったら強盗ですかね。夜中のコンビニを狙うとか。わたしはこんな足だからアレだけど……ふたりでやったらうまくいくんじゃないでしょうか」

ぽつりぽつりと雨が降ってきた。冷たい滴《しずく》が、仁の頭を冷静にさせた。

鈴木と一緒にいても、今の状況を変えることはできない。それればかりか、さらに自分を奈落の底に突き落とすような気にさせる。

「焦ってそんなことをしても警察に捕まるのがオチですよ。何をするにしてもきちんと計画を立てて準備をしなければ。何かいい計画があったらまた連絡します」仁は鈴木の視線を振り切って立ち上がった。

「あの……」

鈴木が見上げてくる。

「言いづらいんですが……千円……貸してもらえないでしょうか」

「ぼくもお金がないんです」

「五百円……いや、三百円でもいいので……お願いします」鈴木が懇願するように言った。

仁はしかたなく財布を取り出した。中に入っていた五百円玉を差し出すとその場から立ち去った。

鈴木と一緒にいる間中、嫌な感情に支配されていた。

まるで、近い将来の自分を映し出す鏡を見ているようだった。

おそらく今頃、鈴木は五百円玉を握り締めながら冷たい雨の中をさまよっているのだろう。自分は、今夜はとりあえずネットカフェで雨宿りができている。だけど、明日にはどうなっているかわからない。

目の前に置いた携帯が点滅している。メールが届いたようだ。

鈴木からだろうか——

手にしてみると、『無題』という件名と、また見覚えのないアドレスがあった。

『何をするのかわからないけど、おれにも一枚かませてくれ』

メールにはそうあった。

無視していると、一時間の間に立て続けにメールが入ってきた。

『当方、金欠で困っています。その話に興味があります。連絡ください』

『何かわかんないけどおもしろそう。大きなことって何？』

仁は新しく入った三件のメールを交互に見ながら思案した。このメールを送ってきたのがどんな人物かはわからない。だが、自分の呼びかけに、こうやって賛同してくる人間がいる。

自分はまだ社会とつながっていると思えることがささやかな救いだった。たとえそれがどんなに脆《もろ》いつながりであったとしても。

所持金は残りわずかだ。この金がなくなって仕事も決まらなければ、明後日には鈴木のように路上生活に転落してしまう。

仁はしばらく考えてから三人にメールを送った。

ファミレスに近づいていくと、ドアのそばに鈴木が立っていた。

鈴木が仁に気づいて小さく手を振った。

「あの……昨日お借りしたお金は全部使ってしまって……」鈴木が申し訳なさそうに言った。

「ここはぼくがおごります。ただ、ぼくもあまりお金がないのでドリンクバーだけにしてください」

鈴木とともに店に入ると、ウエイトレスがやって来た。

「何名様でしょうか？」

「五人です」

まわりに客がいる手前の席に案内されたが、仁は一番奥の窓際の席を指さして「あそこはダメでしょうか？」と訊いた。

これからどんな話をするかわからないが、できるだけまわりに人がいないほうがいいように思った。

「あちらは喫煙席ですけど、よろしいですか？」

ウエイトレスの言葉に頷いて奥の席に向かった。鈴木と並んで座るとドリンクバーをふたつ注文した。

「ジンさんは何を飲みますか」鈴木が訊いてきた。

「じゃあ、コーラを」

鈴木が立ち上がって足を引きずりながらドリンクバーに向かっていく。

腕時計を見ると二時五十分だった。三時に昨日メールがあった三人とここで待ち合わせをしている。

仁は迷った末に鈴木にもメールを送った。ここにやってくる三人がどういう人物かはわからないが、決して舐《な》められてはいけない。それは芝田や森下との苦い経験で学んだことだ。話の主導権を自分が握るためには、多少なりとも顔見知りである鈴木を同席させたほうがいいだろうと考えた。

鈴木がコップをふたつ持って席に戻ってきた。仁は緊張を悟られないように、軽く微笑みながらコーラを飲んだ。

「遅いですね」

鈴木の呟きに仁は腕時計を見た。三時を十分過ぎている。

「場所がわからないのかな」

窓の外に目を向けながら、心臓がはちきれそうになっている。

このまま誰も現れないほうがいいと、心の片隅で思っていた。

一発逆転を狙って一緒に大きなことをやりませんか――

その言葉に賛同した者たちはどんな人間なのだろうか。その者たちとこれからどんな話になるのかと考えると怖かった。

鈴木が立ち上がってドリンクバーに向かった。仁はふたたび窓の外に視線を向けた。

「あんたがジンか？」

いきなり野太い声が聞こえて、仁はびくっとして振り返った。

革ジャンを着たガタイのいい男がこちらを見下ろしている。

仁が頷くと、男は向かいに座った。浅黒い肌で、そり込みを入れている。軽く笑っているようだが目つきは鋭い。一見しただけで苦手なタイプだと感じた。

「おれとおまえだけか?」

たしかに自分よりも少し年上に見えるが、しょっぱなからの舐められた口調にむっとした。

仁はドリンクバーにいる鈴木に目を向けた。

「彼と、あとふたり来る」

あくまで敬語は使わなかった。

「まったく時間を守れない奴は最低だね」男が煙草をくわえてマッチで火をつけた。

自分だって十五分遅刻しているだろうと、仁は男を冷ややかに見つめた。

「あの━……ジンさんっすか?」

気だるそうな声に目を向けると、髪を逆立てて鼻と口にピアスをした小柄な男が立っている。

「そうです」

仁の言葉に、ピアスの男が革ジャンの男の隣に座った。

「おめえ、初対面の人物に会うときは時間厳守だろうが」

革ジャンの男が睨みを利かすと、「ちょっと仕事が遅くなっちゃって……」とピアスの男が言い訳した。

「仕事何やってんだ」

「ティッシュ配りっす」

仁はふたりを見ながら頭を抱えたくなった。ふたりとも苦手なタイプだ。もうひとりに期待するしかなさそうだ。

鈴木がコーラを持ってこちらに戻ってきた。

「何か冴えねえおっさんだな。おれにもコーヒーを持ってきてくれ」

席に座ろうとした鈴木に、革ジャンの男が顎で指図した。

「じゃあ、ぼくはアイスティーを」ピアスの男が言った。

鈴木は渋々といった様子で、ふたたびドリンクバーに向かった。

「あとひとりか。どうする？　先に話を始めっか」革ジャンの男が言った。

「もう少し待とう」

この状態で話を始めたら、革ジャンの男のペースに飲まれてしまいそうだ。仁は革ジャンの男から顔をそむけて、入口のほうを見つめた。

しばらくすると店内に女性が入ってきた。肩までかかった茶髪に黒いコートを羽織った女性がきょろきょろとフロアを見回している。大きなバッグを提げていた。やがて女性の視線が止まり、ゆっくりとこちらに向かってくる。仁の席に来て立ち止まった。

「ジンさん……？」女性が声をかけてきた。

甘ったるい香水の匂いに鼻を刺激されながら、仁は頷いた。

「遅くなってごめんね。支度に時間がかかっちゃって」

女性はそう言うとコートを脱いだ。赤いタートルネックのセーターに黒革のホットパンツを穿《は》いている。

「そんな格好で寒くない？」ピアスの男が言った。

「ストッキングしてるから問題ない」

女性はそう返してテーブルの上にある呼び出しボタンを押した。やってきたウエイトレスにコーヒーとケーキを注文するとドリンクバーに向かった。カップを手に戻ってくるとピアスの男の隣に座った。

「ようやく揃ったってわけか。じゃあ、さっそく始めようぜ」

革ジャンの男がまわりを見回しながら言った。

「始めるって、何から話す？」ピアス男が口を開いた。

「まずは自己紹介だろう。名前がわかんなきゃ呼びようがない」

仁が言うと、隣に座った鈴木が小さく頷いた。

「馬鹿じゃねえか、おまえ。こんなところで知り合った奴らに自己紹介してどうする。おれたちこれから何をやるつもりだよ」革ジャンの男が言った。

「偽名でもあだ名でもいい」仁は思わず睨みつけた。

「おまえがジンならおれはバーボンだ。何かそんな感じだろう」

「じゃあ、わたしはラムちゃんって呼んで」

ケーキを食べていた女性が笑いながら手を上げた。

「じゃあ、ぼくはテキーラかな。マタドールっていうカクテルが好きだから」ピアス男が言った。

「さしずめ、あんたはどぶろくってところだな」革ジャンの男が鈴木を指さして笑った。

鈴木はその言葉もたいして気にしていないようで、目の前にある女性のケーキを羨ましそうに見つめている。鈴木の腹が鳴った。

「あげないよ」女性が鈴木を睨みながら言った。

「冗談じゃない。そんな呼び名――」

仁が首を振ると、「いいじゃない」と女性が言った。

「クエンティン・タランティーノの『レザボア・ドッグス』みたいで格好いいじゃない」

「何だよ、それ？」

革ジャンの男が興味を示したようで女性のほうにからだを向けた。

「知らないのお？　超有名な映画だよ。ギャング映画なんだけどね、その中で仲間同士がホワイトとかオレンジとかピンクとかって呼び合ってるの。冒頭がレストランで仲間同士雑談しているシーンなんだけど、ちょっと今のこうゆう感じに似てるかなって。ハーヴェイ・カイテルが渋くってさ」

「映画が好きなのか？」

「うん。とくにギャング映画とかサスペンスとかがね。下北沢《しもきたざわ》のレンタルビデオ店でバイトしてたときにはけっこう観られたんだけど」

冗談じゃない――アメリカ映画ならホワイトだのピンクだのと呼び合うのは格好いいかもしれないが、ここは日本のファミレスだ。これからバーボンだのラムだのテキーラだのと呼び合うなんてあまりにも滑稽《こっけい》すぎる。

「ただ、どぶろくはかわいそうだから、せめてウオッカにしてあげようよ。ウオッカと違ってちょっと臭うけど」

女性に言われて、鈴木が恥ずかしそうにうつむいた。

「ぼくも最近その映画を観たよ。ギャングが宝石強盗をして自分たちの隠れ家に逃げ込む話だろう」

ピアス男が言うと、女性が「そうそう」と頷いた。

「バイトの最中に観たんだよな。おもしろかったから自分でDVDも買っちゃった」

「趣味が合う人がいて嬉しいわ」

「ティッシュ配りのバイトで映画なんか観れるのかよ」革ジャンの男がピアス男に訊いた。

「いや、それは別のバイトで……闇の掲示板で探した仕事なんだけど、楽な仕事だったな」

「どんな仕事なんだよ」

「まあ、そんな話は後でいいじゃない。とりあえずその名前で携帯番号とアドレスを登録しない？」

女性が携帯を取り出して言うと、みんながお互いの番号とアドレスを登録し始めた。

仁の抵抗も虚《むな》しく、この呼び名が決定事項になってしまったようだ。

「ところで大きなことっていったい何をやるの？」

ラムの言葉にみんなが一斉に仁に目を向けた。

「正直なところ……何をやるかはまだ決めていない」

仁が言うと、それまで盛り上がっていた場が静かになった。

「何だよ、あんな偉そうなことを書き込んでるから、てっきり何か大きなヤマがあるとばかり思ってたのによ」バーボンが吐き捨てるように言った。

「まあ、いいじゃないの。別にあの書き込みには仕事があるとは書いてなかったんだし。でも、あの書き込みを見たときにはちょっとときめいちゃった。ここに集まってるってことは、みんな底辺でもがき苦しんでるんでしょう。あの書き込みがなかったら知らない者同士こうやって集まることもなかったんだし。ジンはどうしてあの書き込みをしようと思ったの？」

こちらに顔を向けたラムと目が合って、どきっとした。

吸い込まれそうな大きな瞳を見ていると、とても底辺でもがき苦しんでいるようには見えなかった。少なくともキャバクラなどで働けばそれなりの人気になるだろうと思えるぐらいのルックスだ。

「半年前に派遣切りに遭ったんだ……」

仁はそれから今までのことを正直に話した。何とかして新しく部屋を借りられるだけの金を手に入れて、今の生活から抜け出したいのだと。

「わたしも同じようなものです。それで昨日ジンさんにメールを送って会いました」

鈴木がうなだれるように言った。

「バーボンは？」ラムが訊いた。

「おれはちょっと借金があってな……そいつを早く返済したい」

「なんだか、みんなヘビーっすね。おれはもっとライトな理由でここに来たんだけどな」テキーラが肩をすくめた。

「ライトな理由って何だよ」

「夢のために少しでも金が欲しいんですよ。ティッシュ配りのバイトじゃ生活するだけでやっとだから」

「夢のためにって……まったくお気楽な奴だぜ」バーボンが鼻で笑った。

「いいじゃない。夢でも何でも……わたしもまとまったお金を手にして海外にでも行きたいわ。いずれにしてもみんなかなりのお金が必要ってことよ。まあ、これだけ集まれば何かいいアイデアが出るかもしれないじゃない。みんなどうせ時間だけはあるんでしょう？」

ラムの言葉に、みんな頷いた。

「いいアイデアかあ。やるとしたら……例えば工事現場から銅線を盗むのってどうかな。比較的リスクが少なそうに思えるけど」テキーラが提案した。

「銅線って重いんでしょう。わたし、重労働はいやだな」

「じゃあ、ラムは運転手役でどう」

「免許持ってないし」

「それに銅線を盗んだって売るところが必要だろう。当てでもあるのか？」

バーボンに訊かれて、テキーラが「ない」と首を横に振った。

「ひったくりとかは？　夜道をひとりで歩いている女を狙って……」

ラムの口から飛び出した言葉に、仁はぎょっとした。

「女性と子供に危害を加えることにはちょっと抵抗があります」それまで黙っていた鈴木がラムの言葉に反応して言った。

「わたしは幸せそうにすかしている女を見ると吐き気がしてくるのよ」

「それにそんな女性を狙ってもたいしてお金を持っていないと思いますよ」

「そうかなあ。けっこう貯め込んでると思うけど。男に貢がせて自分はせっせと貯金にいそしんでたりして」

「カードを奪っても引き出すのはリスクが大きいです。今はたいていのATMにカメラがついていますから」

みんなの話を聞いているうちに、ある思いが急速に広がってきた。話が暴走する前に歯止めをかけなければならない。

「ひとつ言っておきたいんだけど」

仁が口を開くと、全員がこちらに目を向けた。

「ルールを作ろう。絶対に人は傷つけない。まかり間違って相手を死なせてしまったら大変なことになってしまう」

犯罪に手を染める最低な人間に落ちぶれたとしても、そこだけは自分の中で絶対に守らなければならないルールだ。

「そうだな、その意見には賛成だ」

珍しくバーボンが仁の意見に同調した。

「今はひとり殺しても死刑になる可能性がある。たかが数十万の金のために死刑になるなんて馬鹿らしい。それにもうひとつルールが必要だ」

みんなの視線がバーボンに移った。

「絶対に仲間を裏切らないこと。これから何かヤバイことをするとなるとおれたちは一心同体だ。ひとりが捕まっちまったら芋づる式にみんな捕まっちまう。そうだろう」

バーボンの言葉にみんなが頷いた。話の主導権がバーボンに移りそうで悔しいが、仁も頷いてしまっている。

「でも、人を傷つけずに大金を手に入れるなんて……それこそ、アメリカ映画に出てくる銀行強盗か宝石強盗ぐらいしか思いつかないな」テキーラが天を仰ぐように言った。

「さっきからみんなの話を聞いてて思い出したことがあるんだ」

バーボンがテーブルの上に肘をつき身を乗り出したので、自然と一同が前かがみになった。

「二年前、軽井沢《かるいざわ》のスキー場で働いたことがあったんだ。寮に住み込みでな。そのとき、同僚と飲みに行ったスナックがあったんだけど、そこによく来るけったいな客のことを思い出したんだ」

「けったいな客って?」ラムが訊いた。

「五十代半ばくらいの男かな……神谷っていってすごく羽振りのいい客だったんだよ。いつも財布の中に百万円ぐらいの札束を入れててさ、店の者にもおれたち他の客にもばらまくように金を使ってた。タクシーの運ちゃんにも毎回一万円のチップをくれてやってたそうだ。そういうおれもずいぶんご馳走になった」

「何をやってる人なの？」

「それはよくわからない。ただ、少し前に軽井沢に移り住んできたばかりだと言ってたから親しい人間があまりいなくて寂しかったんだろう。まわりの人間に惜しみなく金をばらまいていたのはそういう表れなのかもしれない。おれがそんなに金を使って大丈夫なんですかって訊くと、その男は自慢げにこう答えたよ。うちは金持ちだから大丈夫だって。銀行は信用していないとかで、つねに一千万円以上の現金を家の金庫に入れてるんだとさ」

「本当なんですか？」テキーラが信じられないというように言った。

「もちろん、その金を実際に見たわけじゃない。ただ、あの金の使いようを知っているおれからすればそれもまんざら与太話《よたばなし》じゃないだろうと思えるんだ。おれが想像するに、あの男は何か後ろ暗い商売でもしてて、銀行に金を預けるわけにはいかないんじゃないかな。だから大金を金庫にしまいこんでるのさ」

「その人には家族とかいないの？」ラムが訊いた。

「奥さんとふたりで暮らしてるそうだ。会ったことはないがずいぶん若くて美人の奥さんだって評判だったよ。一度だけその男の家に行ったことがあるんだ。かなり酔っ払ってて、しょうがねえからタクシーを呼んで送ってやったんだ。山の上のほうにある豪邸だった。木ばっかり生い茂ってるところでさ、近くに何軒か家らしいものはあったが、そのときには車の通りも人の気配もまったくなかった。不気味なくらいひっそりとしたところだよ。あそこらへんは別荘地だから夏以外はあまり人が来ないんだろう。おれが言いたいことがそろそろわかるよな?」

バーボンがゆっくりとみんなに視線を配った。このテーブルにいる全員の緊張感が伝わってくる。

「その家を襲撃しないか――」

バーボンの言葉に、仁は息を呑んだ。

ゆっくりと視線を巡らせると、テーブルを囲んだみんなが強張った表情でバーボンを見つめている。

一千万円以上の現金が金庫にある――

「その男の話が本当なら……ここにいるみんなで分けても、ひとり二百万円の取り分ってことだよね」テキーラがみんなの心中を代弁するように言った。

「それだけあれば……まさに一発逆転だね」

ラムが目を輝かせている。たしかにそれだけの大金が手に入ればまさに一発逆転だ。

「なあ、悪い話じゃないだろう」バーボンが同意を求めるようにみんなの顔を見回した。

「たしかに……銀行や宝石店を襲撃するよりは安全かもしれませんね」

しばらく腕を組んで考え込んでいた鈴木が顔を上げて言った。

どうやら、みんなはバーボンの話に乗り気なようだ。だが、先ほどから仁の頭の中は警戒心で占められている。

「よし——そうと決まったらさっそく具体的な計画に移ろう。実行するなら一日でも早いほうが……」

「ちょっと待ってくれ」

仁が声を上げると、みんなの視線がこちらに注がれた。

「みんな、もう少し冷静にならないか」

いつの間にかバーボンに主導権を握られ、どんどん思わぬほうに話が転がっていくのが怖かった。

「冷静にってどういうことだよ。おれたちはさっきから冷静に話をしてるじゃねえか」バーボンが仁を睨みつけてきた。

「その家を襲撃するといってもそんなに簡単なことじゃないだろう」

「どういうこと?」ラムが訊いた。

「それだけの大金を家の金庫にしまっているとしたら、警備会社の警報器ぐらいつけているだろう。それに、バーボンの話はあくまでも二年前のことだ。今、その夫婦がどんな生活を送っているかわからないじゃないか。二年前はふたりで生活していたかもしれないけど、今はそうじゃないかもしれない」

「夫婦だけだと思って襲撃したら、他にも人がいっぱいいたってことがあるかもしれないってことね」

ラムの言葉に、仁は頷いた。

「強盗をして捕まれば何年も刑務所に入れられることになるし、まかり間違って人を死なせてしまうようなことでもあれば死刑か無期懲役になるかもしれない。実行するにしても念入りに計画を立てる必要があるだろう。そのためには軽井沢という場所は遠すぎると思う」

「おまえ、もっともらしいことを言ってるが、ただ単に怖いだけなんだろう。何か大きなことをやって一発逆転を狙おうだなんてご大層《たいそう》なことを書き込んでいたくせに、いざとなるとああだこうだと理由をつけて逃げちまう」

「ちがう！」

バーボンに本心を見透《みす》かされて、仁はむきになって声を張り上げた。

「確かにおまえの言うとおり、警備会社の警報器ぐらいはついているかもしれない。だけど、それが何だっていうんだよ。あんな山奥で警報器が作動しても警備員がすぐに駆けつけて来られるわけねえだろう。それにこういうことっていうのは得てして、念入りに計画なんか立てないほうがうまくいくってもんだよ」

「そうですかねえ……」鈴木が言い返した。

「そうだよ。おれたちはプロじゃねえんだ。念入りに下見なんかしているうちに足がついちまう可能性だってあるだろう。近隣住民に目撃されたりしてな。今のおれたちなら中軽井沢《なか》に住んでいるその夫婦とは何の接点もないんだ。勢いのままにやっちまったほうがかえってうまくいくんじゃねえか」

「ちょっとクールダウンしよう。おかわりをもらってくる」

ラムがそう言って立ち上がるとコップを持ってドリンクバーに向かった。

「接点があるとすればバーボンだけだね」テキーラが言った。

「ああ。だけど、二年前に飲み屋で会った客まで警察も調べやしないだろう。顔さえ見られなければ大丈夫だ」

どこからか振動音が聞こえてきて、バーボンが立ち上がった。

「ちょっとトイレに行ってくる。おっさん、コーヒーのおかわりを頼む」バーボンがそう言ってトイレに向かった。

鈴木がしかたなさそうな顔でバーボンのコーヒーカップを持つと立ち上がった。仁もすかさずグラスを持って鈴木についていった。

「鈴木さん――」

ラムがドリンクバーから離れると、鈴木に声をかけた。

「あの話……どう思いますかと言われましても……」鈴木が言葉を濁《にご》した。

「どう思いますか？」

「バーボンを……あの男を信用できると思いますか」

仁が問いかけると、鈴木がかすかに笑った。

「こんなところで知り合う人間を信用などすべきではないでしょう。たとえ、わたしとジンさんの間柄であってもね」

そうかもしれない。だけど、年の功かもしれないが、この中で鈴木が一番冷静に状況を見ているような気がする。

「わたしに言えるのはひとつだけ……もう猶予《ゆうよ》はないということです。ここを出て行ったらこれからどうやって生きていけばいいのかわからない。今日食べる物も、雨風をしのげる寝床もないんです。たとえ危うい船であっても、とりあえずそのふたつが得られるのであれば、わたしには降りるという選択肢はないんです」

鈴木はそう言って、カップにコーヒーを注ぐと席に戻っていった。

仁は鈴木の背中をしばらく見つめた。

わたしには降りるという選択肢はないんです――

自分だってここを出たら二千円ほどの金しか残っていない。それでもまだ、自分には他の選択肢が残されているのだろうか。

ふと、トイレから出てきたバーボンが目に入った。バーボンは立ち止まってフロアを見渡している。

何をしているのだろう。少し離れたところから見つめていると、バーボンと目が合った。バーボンはすぐに視線をそらしてテーブルに戻っていった。

仁が席に戻るとラムが錠剤と水を口に含んでいた。

「どこまで話したっけな……」

その声に、仁はバーボンに目を向けた。

「顔を見られなければ大丈夫って話だった」テキーラが言った。

「そうだった。ただ、そうは言ってもこの中で一番のリスクを抱えるのはおれだ。おまえらじゃない。これだけは言わせてもらおう。それでもこの話をしたのは、おれには今すぐにでも金が必要だからだ。だけど、おれひとりじゃこのヤマは踏めない。仲間が必要だ。おまえたちもそうじゃないのか？　今すぐに金が必要なほど困っているんだろう。だからこそ、あんなクソみたいな掲示板にアクセスしたんじゃないのか？」

「そうです」

鈴木が強い口調で言った。

「すぐにでもお金がほしい。そうしなければ生きていけない。だから、あなたのその話にぜひ乗らせてもらいたい。だけど……今のわたしにはぜんぜんお金がありません。中軽井沢に行くとしても、準備をするにしても、それなりにお金がかかるでしょう」鈴木が顔を伏せた。

「ここにいる奴らはそれぞれ持っているものと持っていないものが違うだろう。それをお互いに出し合って補い合えばいいんじゃねえのか。その前に確認したい。この計画に乗るか、降りるか、今決めてもらおう。じゃなきゃ、計画だけ聞いて裏切る奴が出てくるかもしれないからな。どうだ？」

　バーボンがテキーラとラムの顔をそれぞれ見つめた。

「乗った」

　ラムとテキーラが同時に答えた。

「おまえはどうなんだよ」

「ああ……わかった」仁はためらいながらも頷いた。

「じゃあ、これからは便宜上、おれがリーダーとして話を進めていっていいか」

　バーボンが訊くと、仁以外の三人が頷いた。

　不服そうにこちらを見たバーボンに、しかたなく仁も小さく頷いた。

「まず、今回の計画に必要なものを挙げていこう。ひとつは足。あと、夫婦を脅すための凶器や縛り上げるためのロープ。それに顔を隠すマスクなんかだな。どれもみんな持ってねえだろう」

　全員が頷いた。

「とりあえずみんなの全財産を教えてくれ。この五人でどれぐらい準備に金をかけられるか知りたい。おれは五万円ぐらいだ」

「ぼくは四万円ってところかな……」

テキーラが財布の中を覗きながら答えた。

「わたしは一万ってとこ。ごめん、あまり持ってなくて」ラムが笑った。

「申し訳ありません。わたしは何十円という単位です」

鈴木が恐縮するようにうつむいた。

「おれは……二千円……」

仁も視線を落としながら答えた。

「全部で十万ってところか。じゃあ、車の免許を持ってる奴は？」

バーボンの言葉に仁は手を上げた。隣を見ると鈴木も手を上げている。

「テキーラは持ってねえのか？」

「ええ。原付の免許は持ってますけど。バーボンさんも持ってないんですか？」

「あだ名だからバーボンでいい。一年前に事故を起こして免許取り消しになっちまってな。面倒くさくて講習にも行ってない。まあ、これでそれぞれの役割も決まったな」

「役割って？」ラムが訊いた。

「これから説明する。まず、おれとテキーラで三万円ずつ出し合って計画に必要なものを用意する。さっき言った夫婦を脅すための凶器や、顔を隠すためのマスク、それと車にかかる金だ。おっさんとジンは運転手。金を出さない代わりにレンタカーを借りて運転してもらう」

「ただ……レンタカーを借りるといっても、最近ではクレジットカード払いがほとんどだとどこかで聞いたことがありますが。わたしはクレジットカードを持っていないので……」鈴木が思い出したように言った。

「そうなのか？　ジンはクレジットカードを持ってるか」

「いや、持ってない」仁は答えた。

「ちょっと待って」

携帯を見ていたラムが顔を上げた。

「レンタカー会社のホームページを見てるんだけど、現金で払うこともできるみたいよ。住民票や年金手帳なんかの本人確認ができるものがあればね」

「年金手帳なら持ってる」

仁は答えて鈴木に目を向けた。鈴木も頷いている。

「じゃあ、問題ないな」

「わたしは？」ラムが訊いた。

「ああ。ラムは金を出さなくてもいいし、運転もしなくていい。ただ、ちょっと重要な役割をやってもらいたい」

「何よ……重要な役割って……」ラムが表情を曇らせた。

「おれの計画はまずこうだ。夜中に男たちはマスクや凶器を準備して玄関の前で待機する。そこへ、ラムが悲鳴を上げながら夫婦の家に助けを求めに行くんだ。ドアが開いた瞬間におれたちは中に押し入って夫婦を縛り上げて現金をいただく。ラムはおれたちが家に入ったら車に戻っておれたちが出てくるのを待つ。どうだ、意外と簡単そうだろう」

「ちょっと待ってよ。ってことは……わたしだけ夫婦に顔を見られちゃうってことじゃない？　まさかマスクをかぶって助けを求めるわけにはいかないでしょう」ラムが不満そうに言った。

「そういうことだ。だけど、かつらをかぶってメイクを変えればどうにでも化けられるだろう。もちろん、かつらやメイク道具なんかはおれたちが用意する」

バーボンが説得するが、ラムは納得していないようだ。

「夫婦に顔を見られるといってもほんの一瞬だ。それにまわりは暗いからはっきりとはわからないだろう」

それでもラムは納得しない。すねたような顔でジュースを飲んでいる。

「金が欲しいんじゃねえのかよ」

バーボンが言うと、ラムがストローから口を離して視線を上げた。

「ひとつ条件がある。みんなよりも五十万円取り分を多くして」

「はあ？　どういうことだよ。優しくしてるからってあまりつけ上がるんじゃねえぞ」

「だってそうでしょう。あんたたちの誰かがひとり欠けたところでこの計画に支障は出ないでしょうけど、わたしが欠けたらどうなるの？　わたしにはそれだけの価値があるってことじゃない。ちがう？　それとも、この中の誰かが女装でもする？　それもおもしろいかもね」

ラムが男たちを見回しながら愉快そうに笑った。

「どうする？」バーボンが苛立ったような表情で男たちに訊いた。

「まあ、しかたないでしょうね。たしかに、一番リスクが高いといえば高い役割ですし」

鈴木の言葉に、仁もテキーラも頷いた。

「わかった。しょうがねえ」バーボンが怒りを抑えつけるように腕を組んで顔を伏せた。

「ところで、いつ決行するんですか」

テキーラが訊くと、バーボンが顔を上げた。

「さっそく明日っていうのはどうだ――」

「ご馳走さまでした――」

会計を済ませて外に出ると、鈴木が頭を下げてきた。

「いえ。それよりも今日はこれからどうするんですか」

「いつものように適当に野宿しますよ。明日の夜にはお互いに笑ってられたらいいんですけどね」鈴木が弱々しく笑った。

先ほどの打ち合わせで、明日の朝十時に池袋に集合することになっている。

店から出てきたバーボンがこちらに目を向けないまま駅のほうに向かっていく。

「じゃあ、ぼくはこっちのほうなんで。また明日――」

その声に振り向くと、クロスバイクに乗ったテキーラが走り去っていく。背負ったデイパックから棒のようなものが出ているのが見えた。

「ジンはこれからどうするの?」

ラムが仁たちに近づきながら訊いてきた。

「どこかで時間をつぶして夜中からネットカフェに泊まるよ」

「そうだったね。金か家があれば泊めてもらおうと思ったんだけど」

仁はその言葉に少しうろたえた。自然とラムの胸もとに目がいき、変な想像をしてしまいそうになった。

「いいな、女は」

仁が思わず言うと、ラムがこちらを見て小首をかしげた。

「女であれば最悪、どうやってでも生きていけるじゃないか」

「からだを売ればいいってこと?」

こちらに向けたラムの眼差しに鋭いものが宿っていたが、仁はそうだと頷いた。

「男に比べて女のホームレスは圧倒的に少ないだろう。おれが女だったらこんなことにはならなかった。こんなこと……しようとは思わなかった」

どうしようもない罪悪感が言わせた。

みんなと別れてからも、心の中から恐怖心が消えることはなかった。

警察に捕まってしまうかもしれないことへの怯えもあるが、それ以上に自分の良心に逆らってしまうことが怖いのだ。

自分の些細《ささい》な幸せのために、強盗に手を染めようとしている。いつから自分の感覚はこんなにも麻痺してしまったのだろうか。だけど、他にいったいどんな手があるというのだ。明日になればきっと自分も鈴木のように路上生活に堕《お》ちてしまうだろう。善人だからといって報われる世の中ではない。悪人だからといって必ずしも報いを受けるわけではない。

バーボンの言うとおりだとすれば、明日奪う金は何か後ろ暗いことをやって得た金だ。その金を奪ったところでどれだけの罪になるというのだ。

芝田は仁が爪に火をともすようにして貯めた生きるために必要な大切な金を奪い、何ら罪悪感を抱くこともなくのうのうと生きているのだ。

二百万円だなんて大金はいらない。二十万円でいい。

芝田から奪われた金を違う形で取り返せればそれでいいのだ。

5

ネットカフェで会計を済ませると、手持ちの金は五百円ほどになった。

仁は待ち合わせ場所に向かいながらまだ迷っていた。

昨日、ネットカフェに入る前に派遣会社に連絡を入れてみたが、やはり仕事にありつくことはできなかった。もし、そこで仕事が得られれば今日の強盗計画には参加しないつもりだったが、最後の望みも断たれてしまった。

池袋の東急ハンズの前にたどり着くと、バーボンとテキーラが待っていた。さらに十分ほど待っていると大きなバッグを抱えたラムが眠そうな顔でやってきた。

「遅くなってごめん。どぶろく……ちがった、ウオッカは？」

「まだ来てない。おっさん、ビビっちまったんじゃねえか」バーボンが腕時計を見ながらせせら笑った。

「もう少し待ってみよう」仁は言った。

昨日はあれだけこの計画に乗ることを熱望していたのだ。そんなに簡単に気が変わるとは思えない。

「いいよ。どうせ、あんなおっさん使いものにならねえからさ。行くぞ――」

バーボンがテキーラとラムを引き連れて東急ハンズに入っていく。

仁はその場に残って鈴木の携帯に電話をかけた。

「もしもし……」

鈴木が電話に出た。

「ジンです。約束は十時だったでしょう。どうしたんですか」

「いや……わたしは……やっぱり……」鈴木が言いよどんでいる。

「いったいどうしたっていうんです。昨日はあれほど乗り気だったじゃないですか」

「わたしなんかが行っても足手まといになるだけですし……」

「そんなことはありませんよ」

「それに……やっぱり怖くなっちゃったんですよ……わたしは……だめですね。まったく……」

「そんな」

鈴木が抜けると知って、急激に心細さに襲われた。

「成功を祈ってます」

鈴木がそう言って電話を切った。

携帯を見つめながら心がぐらついた。鈴木が計画に乗ると言ったから、自分も迷いながら乗ることにしたというのに。

自分もこのまま逃げてしまおうか。やはり強盗をするだなんて、自分には無理だ。

「ジン、どうしたの？」

ラムに呼ばれて振り返った。

「鈴木さんが抜けた」

「そうなんだ……まいっちゃったわね。とりあえずバーボンに話してみよう」

ラムと一緒に東急ハンズに入った。バーボンとテキーラはアウトドアグッズの売り場でナイフやロープを吟味している。バーボンに近づいていき、鈴木との電話のやり取りを話した。

「まあ、いいじゃねえか。ひとり当たりの分け前が多くなるし、それに道具も三人分で済むしな」

鈴木が来ないことを知っていたのではないだろうかと、バーボンの口ぶりから感じた。

練馬《ねりま》駅に降り立つと、駅周辺を歩き回ってレンタカー会社を探した。

「三列シートのSUVを借りてきてくれ」

バーボンがレンタカー会社の看板を指さしながら財布を取り出して指示した。

「四人ならそんなにでかい車でなくてもいいんじゃないか？」

「おまえはおれの言うとおりにすりゃいいんだよ」

仁はバーボンの手から札をひったくるとレンタカー会社に入っていった。

受付で車を選んで申込書に記入する。免許証と年金手帳を渡してコピーをとられた。車に乗り込むとバーボンたちが待っている場所に向かう。

バーボンは一番後ろの席に座った。二列目にテキーラ。助手席に乗り込んできたラムが缶コーヒーを差し出した。

「ありがとう」

「眠そうな顔をしてる。事故られたら困るからね」ラムが微笑みかけてきた。

たしかに昨日はあまり寝ていない。これから起こることを想像しているうちに眠れなくなってしまったのだ。

「悪いがちょっと寝る。軽井沢に着いたら起こしてくれ」

フロントミラーからバーボンの姿が消えた。

車を運転するのはひさしぶりだ。実家にいた頃は何度か運転したことがあるが、それも数えるほどだ。

車の中では起きているラムもテキーラも無口だった。これから自分たちがしようとしていることに思いを向けて緊張しているのかもしれない。

仁もこみ上げてくる緊張感を必死に抑え込みながら運転に集中した。事故を起こさないか不安だったが、思っていたよりもスムーズに碓氷《うすい》軽井沢インターチェンジに着いた。

「そろそろバーボンを起こしてくれ」仁は後ろの席のテキーラに告げた。

「着いたか」

フロントミラーに起き上がったバーボンの姿が映った。それからはバーボンの道案内にしたがって車を走らせた。

「こっちは雪が積もってるんだね」

ラムが言うように視界に映る景色はどこも真っ白だった。

「次を左に曲がれ」

バーボンに言われ、仁はハンドルを切った。

「同じような景色ばかりで迷いそうだ」仁は不安な思いで言った。

「たしかに……夜になったらおれもちょっと自信がない。今のうちによく覚えておいてくれ」

坂道を上っていくにつれ、建物らしきものは見えなくなり、あたりは木々に覆われただけの風景になった。

「こんなところに本当に家があるの？」ラムが怪訝そうに言った。

「そこだよ。徐行してくれ」

車を徐行させながら窓の外に目を向ける。鬱蒼と生い茂る木々の隙間から大きな二階建ての屋敷が見えた。

あれが――

広大な敷地に立つ豪邸を目にして、心臓が締めつけられるように痛くなった。

「本当だ。すごい大きな家……」

助手席のラムがこちらに身を寄せるようにして窓の外を見つめている。

「怪しまれるからあまりじろじろ見るんじゃねえよ」

バーボンにたしなめられ、ラムが「ごめん……」と身を引いた。

「たしかに……こんな寂しい場所なら人の目を気にしないで仕事ができるかも。あとはあの家にふたりしか住んでいないのか、本当に金庫の中にそれだけの大金があるかってことだね」

すでにテキーラの中では、強盗が『仕事』という言葉にすり替わっているようだ。

「まあ、ここまで来たんなら四の五の考えるよりやるしかねえだろう」

今夜、自分たちは本当にこの家を襲撃するのか。あの中にいる人を脅し、縛りつけ、金を奪うのか――

「そろそろ行くぞ」

バーボンの言葉に、仁は我に返ってアクセルを踏み込んだ。

「これからどうする？」細い山道を下りながらバーボンに訊いた。

「夜まで適当に時間をつぶすか。とりあえず軽井沢駅に向かってくれ。おれはちょっと旧軽《きゅうかる》あたりで観光してくる」

「観光？　これから強盗しようっていうのによくそんな気になれるわね」ラムが呆れたように言った。

「夜までずっとおまえらと過ごすなんてそれこそ息が詰まりそうだ。いい仕事をするには息抜きも必要なんだよ」

軽井沢駅前に着くと、バーボンが車から降りた。

「決行は夜の十一時にしよう。十時にここに集合だ」

バーボンが歩き去っていくと、仁たちはしばらく顔を見合わせた。

「じゃあ、わたしもせっかくだからアウトレットに行ってこようかな。駅の反対側にあるんだよね」

ラムの言葉に啞然《あぜん》とした。これから強盗しようというのによくそんな気になれるわねと、ついさっき自分で言っていたではないか。

そんな言葉などとっくに忘れてしまったように、ラムがバッグを手に車から降りた。

「じゃあ、また後でね」

浮き浮きとした足取りで駅のほうに向かっていく。

「どうする？」テキーラがラムの背中から仁に視線を移して訊いた。

「どうしようか……」

「どっかで飯でも食べない？　腹減ってきちゃった」

「いや……」

仁も腹が減っているが、どこかに食べに行く金などない。

「おごるよ」

こちらの事情を見透かしたように、テキーラが仁の肩を叩いた。

「ジンは年いくつ？」

テキーラの声に、仁は皿から視線を向けた。

「これから強盗する奴らが自己紹介したってしょうがないだろう」

昨日、バーボンから言われたような台詞を返した。

「まあ、そうだけどさ。別に本名や住所まで訊こうとは思わないけど、年ぐらいいいんじゃない。ジンとは年が近そうだし」テキーラがそう言って目の前のステーキをうまそうに頬張った。

仁とテキーラは軽井沢駅から車で少し行ったところにあったステーキレストランに入った。テキーラはリブステーキと生ビールを頼んだ。遠慮しないでいいと言われたが、仁は店で一番安いランチセットにした。ついついテキーラの皿に目がいってしまう。あんな分厚い肉はもう何年も食べていない。

「二十五……」仁はしかたなく答えた。

「へえ、ぼくよりも年上だったんですね」

敬語に変わった。

「テキーラはいくつ？」

「二十四です」

年下の男から飯をご馳走になっていることに情けなさを感じた。

「ひとつ訊いていいかな」

「何ですか？」

「どうして、こんなことをやろうと決心したんだ？」

「どうしてって……そりゃ、お金が欲しいからに決まってるじゃないですか。底辺でもがいてて……ジンさんだってそうでしょう」

「ジンでいいよ、だけど、そんなに金に困っているようには見えないけど。仕事だって住むところだってあるんだろう」

「仕事っていってもティッシュ配りっすよ。住んでいるところも築三十年以上の安アパートにダチと一緒に暮らしてるんです」

テキーラの話を聞いて、仁は苦笑した。

その生活が底辺というなら、今の自分はどんな底をさまよっているのだろう。

「昨日、夢のために金が欲しいって言ってたけど」仁は訊いた。

「バンドをやってるんですよ」

「バンド？」

「そう。パンクなんですけど」

「へえ……」

仁は相槌《あいづち》を打ったが、あまり音楽には詳しくない。パンクというジャンルであればなおさらだ。

「まだ、アマチュアだけど、吉祥寺《きちじょうじ》周辺のライブハウスでけっこう活動してるんです」

テキーラの話によると、高校の同級生でバンドを結成して、卒業後に上京してきたそうだ。

「東京にやってきてからずっと頑張ってきたけど、どういうわけか全然チャンスに恵まれなくて。自分で言うのも何だけど、うちらはみんな才能があると思うんです。それなのに……ずっと底辺でもがいてる……」

夢など持っていない自分にはなかなか理解できないが、そういう底辺もあるのかと思った。

「今よりももっと多くの人たちに曲を聴いてもらえたら、うちらの才能に目を留めてくれる人が現れるはずなんです。だから金を手に入れたらインディーズでＣＤを作って、今よりも大きなライブハウスでやるんですよ」

「他のメンバーはこのことを……」

「知るわけないっすよ」

「だけど、いきなり大金ができたら不審に思うだろう」

「そのときにはいいスポンサーが見つかったって言えばいいだけだし、金があれば生活のためのバイトに明け暮れる必要もないし、バンドの練習にも専念できるでしょう。最近、バンド仲間も焦りが出てきたみたいで、解散して就職しようかなんて口にする奴もいて……」

そのほうが、もしかしたら当人にとっては幸せなのかもしれない。

いずれにしても、夢を実現させるために強盗をするという考えが、仁にはとうてい理解できなかった。

「リーダーとしてこのままじゃ終われないっすから」テキーラがそう言って笑った。

夜の十時に軽井沢駅に行くと、バーボンとラムが待っていた。

こちらを向いたラムの顔を見て驚いた。別人かと思ってしまうほど雰囲気が変わっている。メイクだけでこれだけ変わってしまうとは恐ろしい。

「軽井沢のアウトレットってお店がたくさんあるのね。見たいものがありすぎて一日じゃ足りない」

助手席に座るなり、ラムがべらべらと喋りだした。

「ねえ、今夜はどこかに泊まって、明日アウトレットに寄ってから東京に帰らない？」

「馬鹿なこと言ってんじゃねえよ。そんなに軽井沢にいたいんだったら駅前に捨てていってやるから勝手に野宿でもしな！」バーボンが苛立ったように怒鳴った。

「そんなにカリカリしないでよ。言っとくけど一番リスキーなのはわたしなんだからね。緊張をほぐすためにちょっと冗談を言うぐらいいいじゃない。——ねえ？」

同意を求められて、ちらっとラムを見た。

たしかに緊張しているようで、表情が強張っているのがわかった。

バックミラーに映るバーボンもテキーラも表情が硬い。特にバーボンは、先ほどまでの余裕が嘘のようにかなり緊張しているようだ。

自分は……緊張どころではなかった。今にも心臓が飛び出してしまうのではないかと思うほど、胸が苦しくてしようがなかった。

大きな道路から街灯のない山道に入った。ヘッドライトの明かりだけが頼りで、眼前には雪で白くなった地面しか見えない。

「こんなところで車が動かなくなったらおしまいね」ラムが呟いた。

今ならまだいいが、強盗をして逃げるときに車が動かなくなってしまったら最後だ。

バーボンの誘導で慎重に車を走らせ、何とか屋敷の手前まで来た。

「ここで停めてライトを消せ」

車を停めてライトを消すと、薄闇に包まれた。

車から降りたバーボンが屋敷のほうに向かっていく。バーボンの姿が闇に消えた。しばらくすると車に戻ってきた。

「明かりがついてる」

バーボンがシートに置いた紙袋を取った。中から今日買ったものを取り出す。かつらをラムに渡した。続いて仁とテキーラに手袋とフェイスマスクを渡した。

「テキーラ、顔のピアスを取れ」バーボンが言った。

「どうして？」

「目立つだろうが、馬鹿」

「マスクをするんだから関係ないじゃん」

バーボンの物言いに腹を立てたのか、テキーラが言い返した。

「抵抗されてマスクが取れる可能性だってあるだろうが。目立つことは極力しないほうがいいんだよッ」バーボンが有無を言わさないように睨みつけた。

「わかったよ」

テキーラが渋々といった様子で鼻と口につけたピアスを外して、上着のポケットに入れた。

「手袋はしたか」

仁が頷くと、バーボンがナイフとロープを渡した。

「指紋は拭ってある。これからは素手で触れるなよ」

ナイフを握った瞬間、全身が凍りついたように固まった。上着のポケットに入れようとしたが、思うように手が動かない。

「じゃあ、行くぞ――」

バーボンがフェイスマスクをかぶってドアに手をかけた。

「ちょっと待ってくれ」

仁が声を発すると、バーボンとテキーラがこちらを見た。

「あの約束……絶対に人は傷つけない」仁は絞り出すように言った。

「当たり前だ」

バーボンがそう返し、テキーラも頷いた。隣に目を向けると、かつらをかぶったラムも頷いている。

「金をいただくだけだ。東京に戻ったら飲みにでも行こうぜ。行くぞ――」

バーボンの言葉に、仁は運転席のドアを開けて外に出た。

冷たい雪が勢いよく目に入ってきて視界が滲んだ。後部座席から飛び出してきたバーボンとテキーラとともに屋敷に向かう。

外門からではなく塀《へい》の代わりになっている木々の隙間をぬって敷地に入った。薄闇の中に窓から漏れる明かりが見えた。警戒しながら屋敷の玄関に向かう。バーボンがドアの左側に、仁とテキーラは右側について様子を窺った。

目の前のバーボンを見つめながら息をひそめる。だが、しばらく待ってもラムがやってくる気配がない。

どうしたんだろう——と、バーボンが外門のほうに目を向けて、ふたたびこちらに視線を戻した。

わからない——と、仁は小さく首をひねった。

じりじりとした時間に緊張感が頂点に達している。

遠くから声が聞こえてきた。目を凝《こ》らすと、外門を開けてこちらに向かってくる人影が見えた。

「助けてー！　助けてッ！」

こちらに向かってきたラムは先ほどまでの上着を脱いでいて、下に着ていたセーターはところどころ引きちぎられている。

ラムは仁たちのすぐ横で叫び声を上げながら何度もベルを押した。それだけでは足りないようにドアを激しく叩く。

ラムは泣きながら叫んでいた。大粒の涙でメイクがぐしゃぐしゃになっている。

玄関のドアが少し開いた。チェーンロックをかけているようだ。

「いったいどうしたんですか」

驚いたように問いかける女の声が聞こえた。

「助けてくださいッ！　男たちに無理やり車に乗せられて……襲われそうになって……警察に……」

「とにかく中に入って」

ドアがいったん閉まってふたたび大きく開けられた。女の姿を見て少し戸惑った。

二十代にしか見えない若い女だった。

バーボンも若い奥さんだと言っていたが、本当に目の前の女が妻なのだろうか。それとも夫婦以外に人がいるのか。

バーボンがドアを押し開けてナイフを向けると、女が悲鳴を上げた。逃げようとする女の肩をつかんでバーボンが中に入っていく。仁とテキーラもその場にラムを残して後に続いた。

女を押さえつけたままバーボンがすぐ横のドアを開ける。ソファに座っていた中年の男が唖然とした顔で立ち上がった。

「何なんだ、おまえたちは」

「金はどこだ」バーボンがナイフをちらつかせながら言った。

「こんなことをしてタダで済むと思ってるのか」

ナイフを見ても男は怯まない。

「金はどこだッ！」

バーボンが怒声を上げながら女の顔にナイフを這わせると、ようやく男が降参するように両手を上げた。

「金は二階にある。頼むから殺さないでくれ」

バーボンは女を床に押し倒すとナイフで威嚇《いかく》しながら男に近づいた。男の後ろに回るとナイフを首もとに突きつけながら二階へと促《うなが》す。

「あなたッ！」

男に向けた叫びに、床に倒れた女がやはり妻なのだと悟った。親子と言っても不思議ではないほどに年が離れている。

「大丈夫だ。変なことを考えなきゃ危害は加えない」

バーボンが仁に目配せして、男と一緒に部屋を出て行った。階段を上っていく足音を聞きながら、テキーラとともにロープで女の両腕と両足を縛った。

「他の部屋を見てくる。ジンはこの部屋を」テキーラがそう言って部屋を出て行った。

仁は室内を見回した。とりあえず金目のものを探そうと、リビングボードの引き出しを開けて物色した。後ろから女の嗚咽《おえつ》が聞こえてくる。耳に響くその泣き声に、何も手につかなくなってしまう。

「うるせえッ！　静かにしねえとぶっ殺すぞッ！」

振り返って恫喝《どうかつ》すると、女が小さな悲鳴を発して押し黙った。

二階からテキーラがバーボンに呼びかける声が聞こえてきた。

ふたたび引き出しの中を漁《あさ》ったが、金目のものは何もなかった。頭上からガラスの割れる音が聞こえて、天井を見上げた。

いったい何だろう。

背後に人の気配を感じた。振り返ろうとしたときに、後頭部に激しい衝撃があって、目の前が真っ暗になった――

頬に刺すような痛みを感じて、ゆっくりと瞼《まぶた》を開いた。

漆黒《しっこく》の闇にゆらゆらと何かが舞い落ちてくる。

雪だ——

ぼんやりと見つめながら、頬と指先に感じる痛みの理由を悟った。

降り積もった雪の上に倒れている。どうしてこんなところにいるのだろう。夢だろうかと思ったが、頬と指先に感じる冷たさはまぎれもなく現実のものだ。

仁は雪をつかみながら立ち上がった。瞬間、後頭部に鈍い痛みが走り、手で押さえた。

足もとに広がる一面の雪がオレンジ色に輝いている。その異様な光景に違和感を抱きながらゆっくりと顔を上げた。

目の前にある二階建ての屋敷が燃え上がっている。

いったいどうしたんだ。

めらめらと立ち上る火柱を信じられない思いで見つめた。やがてうっすらと記憶がよみがえってくる。

仁たちはあの屋敷の中にいたはずだ。どうしてこんなところに倒れていて、あの屋敷が燃えているのだ。

仲間は——？

仁ははっとしてあたりを見回した。鬱蒼と木々が生い茂った闇があるだけで人の気配は窺えない。

まさか、あの屋敷の中に取り残されているのではないだろうか。そんな考えがよぎったが、激しく燃えさかる屋敷に近づいていくことができなかった。

ふと、目の前の雪に半分埋もれた紙束のようなものが目に入った。近づいていって雪の中からそれをつかみ出した。

帯のついた一万円札の束だ。慌ててダウンジャケットのポケットに札束を突っ込むと、雪を踏みしめて走り出した。木々の隙間をぬって敷地から出ると、先ほど車を停めた場所に向かう。だが、山道に停めた車にたどり着いても仲間の姿はなかった。運転席にはキーが差したままになっている。

みんなどこに行ってしまったのだ。

あたりを見回しながら仲間を呼んでみたが応答はない。

何がどうなっているのかまったくわからないが、このままここにいるのは危険だということだけは判断できた。

仁は急いで運転席に乗り込むとエンジンをかけてアクセルを踏んだ。

木々に覆われた暗い山道をしばらく走らせても、幹線道路につながる道がわからない。ここに来るときにはバーボンが道案内をしたが、あたりは真っ暗でどの道を通ってきたかもよく覚えていない。

ポケットから携帯を取り出してバーボンに連絡してみた。

電話がつながらないというアナウンスを聞いて舌打ちした。すぐにラムとテキーラにも連絡した。こちらもつながらない。

暗闇の中をさまよいながら、心細さと不安に押しつぶされそうになった。

静まり返った山道にサイレンの音が響いてきた。次第に大きくなってくる。前方から赤い光が近づいてきた。消防車のようだ。車一台しか通れない狭い山道で鉢合わせしてしまった。

「車をバックさせて道を空けてください！」

助手席に乗っていた消防隊員がマイクに向かって叫んだ。

後ろを振り返ったが、真っ暗で道はほとんど見えない。正面を向くと、消防隊員が苛立ったような表情でこちらを睨みつけている。慎重に車をバックさせて何とか崖の縁で停めると、消防車が三台連なって通り過ぎていった。

走り去っていく消防車を見やり、重い溜め息を吐くと、ふたたび車を走らせた。

しばらく進むと車のテールランプが見えた。前を走る車についていき、ようやく幹線道路に出ることができた。ここまで来れば碓氷軽井沢インターチェンジまではわかる。

インターチェンジに向かうまでの間にもう一度、三人の携帯に連絡を入れた。だが、相変わらず電話はつながらない。

くそッ――いったいどうなっているんだ。

しかたがない。あいつらには自力で帰ってもらおう。

早く東京に戻りたい。東京に帰っても安らげる場所などないが、こんな状況でここにいるよりはましだ。

それにしてもどうしてあの屋敷が燃えていたのだ――

頭に響く鈍い痛みが先ほどの信じられない光景を呼び覚ましてくる。

自分はどうしてあんなところに倒れていたのだ。しかも、屋敷に押し入ったときには手袋をしていたのに素手だった。いったいいつ手袋を外したのだ。

それに、仲間たちはいったいどこに消えてしまったのか――

それらのことを考えようとすると頭の奥がずきずきと痛んだ。今はとにかく事故を起こさないように運転に集中しよう。

練馬インターチェンジの料金所で係員に通行券を差し出した。

「三千五百五十円です」

係員に言われて、ポケットの中を探った。

財布の中には五百数十円の金しか入っていない。できるだけ係員に見られないようにしながらポケットの札束から一枚引き抜いて渡した。

一万円札を受け取った係員と目が合った。仁のことをじっと見つめている。

係員から釣銭を受け取ると、仁はからみつく視線を振り切って車を走らせた。

スタンドに寄ってガソリンを満タンにするとレンタカー会社に行って車を返却した。

腕時計に目を向けると夜中の三時を過ぎている。とりあえずどこかで休みたい。練馬駅周辺を探し回りネットカフェに入った。

受付を済ませると個室に入る前にシャワーを浴びた。熱いシャワーを浴びて冷え切ったからだを温める。東京の冬の寒さは身に染みているが、軽井沢の寒さは一段と厳しかった。

受付で毛布を借り、ドリンクバーでホットココアを入れて個室に向かった。条件反射的にコンセントを探し、携帯を充電器につなぐ。テレビをつけてヘッドホンをするとリクライニングチェアに深くもたれて目を閉じた。

考えなければならないことはたくさんあったが、今は何も考えたくない。ほんの少しでもいいから休みたい。

長い一日だった。


何かの言葉に反応して目を開けた。

目の前のテレビ画面に空中から撮影された山林のようなものが映し出されている。

時刻表示は十二時三十二分。いつの間にか眠ってしまったようだ。ヘッドホンから聞こえてくるアナウンサーの声を聞きながら、ぼんやりと画面を見つめていた。

「昨夜十一時四十五分頃、長野県北佐久《きたさく》郡軽井沢町の神谷信司《しんじ》さん方から出火し、木造二階建て約四百平方メートルを全焼しました」

木々の隙間に焼け焦げた建物があり、周囲には数台のパトカーが停まっている。

その光景を見て、弾かれたように起き上がった。じっと画面を凝視する。

間違いない。昨夜、仁たちが押し入った屋敷だ。

「焼け跡から三名の遺体が見つかっており、現在身元の確認を急いでいます。また、敷地内から血のついた刃物が発見され、長野県警では事件、事故の両面から慎重に調べる方針です……」

その言葉に、心臓が激しく波打った。

あの屋敷から三名の遺体が見つかった——

いったいどういうことなのだ。しかも、敷地内から血のついた刃物が発見されているという。

はっと思いついて、ポケットから札束を取り出した。札束の表面が赤黒く汚れている。ぺらぺらとめくってみたが、ほとんどの一万円札に血痕らしきものがついていた。

こちらをじっと見つめていた料金所の係員の顔を思い出した。

画面が切り替わり、アナウンサーが次のニュースを読み上げると、ヘッドホンを外して投げ出した。

頭の中が混乱している。

どうして——たしかに自分たちはあの家に強盗に入った。だが、自分は誰も殺してはいないし、火もつけていない。

人を殺さない。人を傷つけない。それがみんなで話し合って決めたルールだったはずだ。

からだが小刻みに震えだした。リクライニングチェアの上で丸まりながら両手でからだをさすった。だが、いくらさすっても震えはいっこうにおさまらない。

リビングを物色しているときに誰かに後頭部を殴られて気絶してしまった。そして、気づいたら屋外に倒れていたのだ。

その間にいったい何があったというのだ。いったい誰が自分を殴ったのか。

考えられるのは、バーボン、テキーラ、ラム、そしてあの家の主人である神谷信司だ。

だが、ラムは自分たちが家に侵入してすぐに車に戻ったはずだ。神谷が、大柄でナイフを手にしたバーボンを振り切って反撃したとは思えない。それにあの家に住んでいるのは神谷夫妻のふたりだったはずだ。三人の遺体ということは、もうひとりは誰だというのだろう。あの家には神谷夫婦以外にも人がいたのだろうか。

わからない。どんなに考えてもわからないことばかりだ。

ただ、ひとつだけはっきりしているのは、自分は誰かに嵌《は》められたということだ。

誰が、何の目的で自分を嵌めたのかはわからない。もしかしたら、誰かひとりではなくあの仲間全員に嵌められたのかもしれない。

だけど、どうして——

あの家には一千万円以上の現金が置いてあるらしいとバーボンは言っていた。ひとり当たりの分け前を多くするために、そして、仁ひとりに罪をかぶせるために気絶させてあそこに放置したとも考えられる。

どうすればいい。自分はこれからどうすればいいんだ。

三人が殺されたとなれば、捕まれば間違いなく死刑になるだろう。

自分はいろんな人間から目撃されている。山道で鉢合わせになった消防隊員。練馬インターチェンジの料金所の係員。もしかしたら不審に思って車のナンバーを覚えているかもしれない。いや、今はNシステムとやらで、高速道路を通った車のナンバーはすべて記録されているらしい。レンタカーを借りたのは仁だ。借りるときに免許証と年金手帳を提示している。警察が調べればすぐに仁の身元もわかってしまうだろう。

警察に出頭するべきか。強盗に入ったのは事実だからもちろん罪に問われることになる。何年かわからないが刑務所に入れられるだろう。それでも、やってもいない罪で死刑になるよりはましだ。

だが、警察は仁の言うことを信じてくれるだろうか。

仁はバーボンやテキーラやラムの本名を知らない。どこに住んでいるのかもわからない。

携帯には三人の電話番号とメールアドレスが登録されている。しかし、それで三人の身元がわかるとはかぎらない。闇の掲示板で集った仲間なのだ。身元がわからないように他人名義の携帯を使っている可能性もある。

警察に出頭していくら本当のことを話したとしても、三人を見つけて事実を話させないかぎり、自分の無実は晴らされない。

ふいに血が逆流するような感覚に襲われた。慌ててテーブルに置いた携帯から充電器を外し、電源を切った。

携帯の電源が入っていると、ある程度の場所が特定できるとテレビで観たことがある。

警察が自分のことをどこまで知っているのかわからないが、これからこの携帯の電源を入れるのは危険だろう。

このままここにいることも危険かもしれない。そう思うが、ここから出ることも怖かった。

いったいこれからどうすればいいのだ。どうやってあいつらを捜すというのだ。

そんなことを必死に考えていると、ひとりの男の顔が脳裏をよぎった。

鈴木——

今まで最も重要なことを忘れていた。もし、鈴木がこの事件を知ったら、仁たち四人の仕業だと考えるのではないか。警察に通報したりしないだろうか。鈴木自身はこの事件に加担していないのだ。

早く鈴木に会わなければならない。

仁は激しい焦燥感に駆られながら携帯をポケットに入れると個室から飛び出した。

6

「あそこみたいだな——」

山道の先に停まっているたくさんの警察車両を見て、勝瀬《かつせ》信一《しんいち》は運転席の上杉《うえすぎ》に告げた。

「そうですね」

上杉がパトカーの後方に車を停めると、勝瀬はドアを開けて降りた。かなり雪が積もっている。足もとに気をつけながら警官たちが集まっているほうに向かった。

ふと立ち止まってあたりを見回した。一面の雪景色だ。木々の隙間から眩《まぶ》しい光が差し込んでくる。同じ長野といっても、県警がある市内とはまったく違う空気だ。県警の捜査一課に配属されてから軽井沢の事件に携わるのはこれで三回目だ。以前の二回はいずれも旧軽井沢地区で発生した事件で、季節も冬ではなかった。

上空を飛び交うヘリコプターの耳障りな音さえなければ、観光にやってきたと錯覚してしまいそうな現場だ。

「おつかれさま」

勝瀬は制服警官に手帳を示して、上杉とともに立ち入り禁止のテープをくぐった。

「あれ……」上杉が顔を歪めながら指をさした。

勝瀬もそれを見た瞬間、先ほどまでの清々《すがすが》しさが一気に消失していくのを感じた。

白く染められた風景の中に、黒く焼け焦げた大きな屋敷があった。屋敷全体が崩れ落ちるところまではいかないが、屋根や壁がところどころ無残に焼け落ちている。

勝瀬は眼前に突きつけられた白と黒のコントラストをしばらく見つめた。

昨夜、このあたりは強い雪が降っていたそうだ。それでこれだけ焼き尽くしてしまうということは、そうとう激しい火災だったのだろう。

「勝っちゃん——」

その声に振り返ると、平沢《ひらさわ》係長がこちらに向かってくるのが見えた。

「おつかれさまです」

上杉とともに挨拶した。

「ひどい状況ですね」屋敷に目を向けて言うと、平沢が頷いた。

平沢に続いて屋敷に近づいていくと、ちょうど中からシートに包まれた遺体が運び出されるところだった。

「何人でしたっけ」

勝瀬が訊くと、平沢が「三人だ」と指を三本立てた。

「男女の見分けもつかないほど損傷が激しいそうだ。どうやら灯油かガソリンなんかの可燃物をかけられて火をつけられたみたいだな。まったく、ひどいことをする」

「まったくですね」次々と運び出されていく遺体を見ながら勝瀬は呟いた。

「まだ鑑識の最中で中に入れないそうだ」

「そうですか……」

平沢の言葉に勝瀬は方向を変えて、建物のまわりをゆっくりと歩いた。平沢もついてくる。

「そこの雪の中からナイフが発見された。血痕らしいものがついていたそうだ」

平沢が指さしたほうに目を向けた。木々が生い茂っている。この家には外門以外に塀というものはないから、それが山道と敷地を隔てる役割をしているようだ。

あんなところにナイフが――

「どうかしたか」

平沢が見つめてくる。どうやら顔に出てしまったみたいだ。

犯人はおそらく犯行の痕跡を消すために火を放ったのだろう。殺人放火事件の多くはそうだ。だが、そのくせ凶器と思しきナイフをあんなところに捨てている。何とも杜撰《ずさん》というか、間が抜けていると思ったのだ。それとも……

「いや、何でもありません」

とりあえずそう答えてふたたび歩き出した。建物の裏手に回ると真っ白い雪の上に角ばったものが見えた。何か埋まっているようだ。

勝瀬は白手袋をはめながら近づいていき、雪を掘り返した。徐々に埋もれていたものがあらわになる。パソコンだった。

「痛ッ！」

指先に痛みを感じて手を引いた。

「どうした」平沢が驚いたように訊いた。

「いや……たいしたことじゃないです」

白手袋の指先から血が滲んでいる。目を凝らすと、雪に混じってきらきらと光るものが見えた。

ガラスだ――

「どうしてこんなところにパソコンが……」平沢が不思議そうな顔でパソコンを見つめている。

「さあ」

勝瀬は呟きながら頭上を見た。二階の窓が見えた。

「あそこが主人の書斎だったらしい」

「ということは……書斎からパソコンを投げて窓を破ったっていうことですかね」

火と煙にまかれてあそこから逃げようとしたのだろうか。

「そこでひとつ死体が見つかってる」

「じゃあ、投げたのは犯人でしょうか」

だが、何のためにそんなことをしたのかわからない。

「もしくは、被害者が押し入ってきた犯人に抵抗するために投げたのかもしれないな。それが窓に当たって……」

平沢も言いながら、どこか釈然としないようだ。

「係長。勝瀬さん――」

振り返ると、上杉が屋敷に向かって指をさしている。

「中に入れるそうです」

勝瀬と平沢は屋敷の正面に向かって歩き出した。屋敷の中に入ると、強烈な異臭が鼻をついた。あらゆるものが焼け焦げた臭いだ。

「ひどいですね……」

すぐ左手にある部屋に上がった上杉が顔を歪めた。

もとはリビングだったようだ。壁も床も真っ黒に焦げていて、焼けただれたソファやピアノの残骸が残っている。放水作業によって床のあちこちに水たまりができていた。天井からは雨漏りのように間断《かんだん》なく水が垂れ落ちてくる。ソファの横の床に人型にテープが貼られている。

「ここでひとり亡くなっていました。両手足を縛られた状態で……」

鑑識課員が声をかけてきた。

「上も見られるかな」

勝瀬が訊くと、鑑識課員が頷いて部屋を出て行った。

「足もとに気をつけてください」

鑑識課員に続いて、ゆっくりと階段を上がった。

「二階は四部屋あります」

勝瀬たちは順番に部屋を見て回った。最初に入った部屋はそれほど損傷が激しくなかった。家具などが原形をとどめている。部屋の真ん中に大きなベッドがあったので主寝室だろう。

「家族構成はどうなっているんですか」勝瀬は訊いた。

「どうやら夫婦ふたりで生活していたようだ」

「こんな豪邸でふたり暮らしなんてまったく羨ましいですね。うちなんか子供が三人もいるのにこの家の半分の大きさもないんだからなあ」上杉が愚痴《ぐち》るように言った。最近、長野市内に一戸建てのマイホームを買ったばかりだ。

「そうか？　女房とふたりっきりでこんなところに住めと言われたら、おれだったら気が変になるかもしれん」

勝瀬は返してそばにあった棚に目を向けた。煤《すす》にまみれた写真立ての中に自分と同世代と思える男性とずいぶんと若い女性の姿があった。神谷夫妻だろうか。

次に入った部屋は納戸のようで焼け焦げた家具があった。三つ目の部屋は損傷が激しく、壁と天井の一部が焼け落ちている。

「ここにもうひとつ遺体が……」

鑑識課員がふたつ並んだシングルベッドの残骸の隙間を指さして言った。

「客用の部屋として使っていたのかな」勝瀬は呟いて廊下に出た。

最後の部屋に入った瞬間、背中が粟立《あわだ》った。目の前にあった椅子に目を向ける。もとは革張りの上等な椅子だったのだろうが、今は金属の骨組みだけになっていた。そして、その周辺の床が特に激しく焼け焦げている。

革が焼けた臭いだろうか。その椅子から何とも言えない嫌な臭いがしてくるのだ。

壁際に置かれた机の上に目を向ける。パソコンのディスプレイとキーボードが熱で変形していた。ディスプレイにつながったコードの長さを見て、パソコンの本体は机上に置かれていたのだろうと察した。

勝瀬は窓のほうを向いた。ガラスが破られている。

「被害者が抵抗するために犯人に投げつけたというのはおそらくちがうでしょうね」

部屋のドアと、パソコンが置かれていた机と、窓の位置を確認して言った。

「そうだな」

この部屋の位置関係を見て、平沢があっさりと認めた。

「クローゼットの中に金庫がありました」

鑑識課員の言葉にクローゼットの中を見た。

たしかに何かの燃えかすに埋もれるように煤にまみれた金庫があった。家庭用としてはかなり大きなものだ。蓋は閉じられていたが、鍵はかかっていなかった。開けてみると中は空だった。

「被害者はその椅子に座った状態で黒焦げになっていました」鑑識課員が机のそばにあった椅子を指さした。

どうりで。一際激しい異臭の正体はそれだったのだ。

「火災があっても座ったままだったということは、下の遺体と同様にロープで縛りつけられていたのかな」

平沢から聞いたことを言うと、鑑識課員が表情を歪めながら「そのようです」と頷いた。

被害者を椅子に縛りつけて暗証番号を聞き出したのだろうか。可燃物をからだに撒いて火をつけるぞと脅しながら。

そして、金庫を開けると実際に火をつけたのか。

何て残虐非道な犯人だろう。

「ということは……犯人があの窓に向かってパソコンを投げつけたということだな」

平沢の言葉に、勝瀬は「そうなりますね」と頷いた。

「どうしてそんなことをしたんだろう」

「わかりません」勝瀬は首をひねりながら窓に近づいた。

「もしかしたら、この部屋の窓を開けたかったんじゃないでしょうか」

鑑識課員の言葉に振り返った。

「どういうことだ」

「このあたりは寒さが厳しくなるとよく窓が凍結しちゃうんですよ。手で開けようとしても開けられない」

「なるほどね」勝瀬は納得して頷いた。

「犯人はこの部屋の窓から逃げようと思ったけど、凍結していて窓がどうしても開かなかった。それでパソコンを投げて窓ガラスを破ってそこから逃げたということだろうか」

「だけど、そうだとすると、犯人はどうしてここから逃げなければならなかったんでしょう」

勝瀬は破られた窓を見つめながら言った。

中軽井沢署に着くと、平沢から捜査本部設置のために指揮をとってくれと頼まれた。

この署ではもう何年も殺人などの重大事件が発生していないそうで、署員のほとんどが本部の立ち上げに慣れていないのだという。

二階にある講堂に捜査本部を置くことになり、勝瀬は所轄署の捜査員にあれこれと指示を出しながら準備をした。

ある程度の準備を終え、自分の席について待っていると、捜査一課と所轄の捜査員が次々と講堂に入ってきた。

「失礼します――」

その声に顔を向けると、すぐ横に背広を着た若い男が立っている。

「若林《わかばやし》悟《さとる》巡査です。主任からこちらに座るよう言われました」

はきはきとした口調だが、緊張のせいか目が泳いでいる。

「捜査一課の勝瀬だ」

隣の席を促すと、「失礼します――」と、まるでゼンマイ人形のようなぎこちない動きで座った。

若林はそうとう緊張しているようで、正面を見据えた顔が小刻みに痙攣《けいれん》している。

「いくつだ」

勝瀬が訊くと、若林はびくっとしたようにこちらを向いた。

緊張を解《ほぐ》してやるつもりで訊いたのだが、余計に緊張させてしまったみたいだ。

「二十五歳です」若林が答えた。

「地域課か？」

「そうです」

この署の刑事課だけでは人数が足りず、本部に駆り出されたのだろう。

若林は視線を正面に戻した。相変わらず頬を小刻みに震わせ、しきりに唇を舐めている。初々《ういうい》しさを通り越した緊張感が伝わってきた。

講堂内のざわめきがさっと静まり返った。ちらっと後ろを見ると、県警と中軽井沢署の幹部たちが入ってくるのが見えた。そのまま正面の席につき、捜査員たちと向かい合った。

「気をつけ！」

号令とともに捜査員たちが立ち上がった。

「敬礼！」

着席すると、捜査一課長が話し始めた。

「それではこれから捜査会議を始める。まずは刑事課長から事件の概要を——」

捜査一課長に促されて、中軽井沢署の刑事課長が立ち上がった。

「昨夜、二十三時四十九分、軽井沢町長倉千ヶ滝《ながくらせんがたき》——の民家で火災が発生しているようだと一一九番通報がありました。通報してきたのはその家が契約している警備会社からで、二十三時四十五分頃に家に設置していた火災警報装置が作動したそうです。警備会社の人間がその家に連絡してみましたが不通の状態になっていて、消防に通報したとのことです。すぐに消防隊が駆けつけましたが家は全焼。焼け跡から三名の遺体が発見されました——」

三名の遺体は損傷が激しく、今のところはまだそれぞれの身元、性別、死因等は判明していない。現在、遺体を司法解剖に回して死因等を調べている。また、ＤＮＡ鑑定や近辺の歯科医院に歯型を問い合わせるなどして、それぞれの遺体の身元の特定を行うとのことだ。

家の持ち主は神谷信司という五十四歳の男性だ。妻の綾香は二十三歳で、ふたりで暮らしていたそうだ。神谷夫妻は三年ほど前に東京から中軽井沢に移り住んでいる。

「この図を見てください。神谷邸の間取り図です」

刑事課長がホワイトボードに貼られた紙を指さした。勝瀬が先ほど描いたものだ。刑事課長はその図を指し示しながら、勝瀬たちが神谷邸で聞いたのと同様のことを説明している。

刑事課長の言葉を聞きながら、メモ帳を開いた。

『書斎の窓』と、ずっと気になっていたことをメモ帳に書きとめた。

犯人はどうして二階の窓から逃げなければならなかったのか——

被害者を椅子に縛りつけて可燃物を撒いて火をつけたが、逃げ場を失ってしまったということか。

もしそうだとしたら、そうとう間抜けな犯人だ。

遺体は一階のリビングと二階の書斎、そして客用に使っていたらしい部屋にあった。おそらく遺体のふたつは神谷信司と綾香だろう。では、もうひとつの遺体はいったい誰なのか。

勝瀬はメモ帳に『A　B　C』とペンを走らせた。

続いて鑑識から報告があった。

遺体の周辺からは可燃性の成分が検出されていて、さらに詳しく調べているという。また、二階の客用に使っていたらしい部屋の遺体からピアスが見つかったとのことだ。被害者が身に着けていた衣類の燃えかすにまぎれていたと報告があった。

その部屋の遺体は妻の綾香だろうか。それとも……

『Cピアス＝女？』と書いた。

もし、遺体が綾香でなければ、そのピアスがCの遺体の身元を洗うひとつの手がかりとなるかもしれない。

「また、敷地内から発見されたナイフですが、血痕と指紋が検出されました」

鑑識の言葉に、講堂内がざわめいた。

指紋がついている――

ナイフについていた血痕がいずれかの被害者のものであれば、犯人が残していった決定的な物証になる。

周囲のざわめきを聞きながら、ふたたび先ほどの疑問が頭をかすめた。

犯行の痕跡を消すために火を放っているというのに、指紋のついた凶器を敷地内に残している。

捨てたのではなく、うっかり落としてしまったのか。

勝瀬はメモ帳に『犯人＝マヌケ？』と書いた。

「次、鑑《かん》捜査――」

捜査一課長の声に、上杉が立ち上がった。

勝瀬と平沢が神谷邸を出た後、上杉たちは周辺の聞き込みに回っていた。

「先ほどまで神谷邸の周辺で聞き込みをしていましたが、残念ながら事件当時の目撃情報はまだ得られていません。周辺が別荘地であり、定住している人も少ないので、被害者に関することもほとんどわからない状況です。ただ昨夜、神谷邸の消火に向かった消防隊員から興味深い話がありました」

上杉の話によると、神谷邸の消火に向かった消防車と一台の車が山道で鉢合わせになったとのことだ。神谷邸から少し下っていったあたりで、今の時期はほとんど利用されることのない道だという。

「時間的にみて、その車に乗っていた人物が事件に関与しているか、もしくは事件や犯人について何か目撃している可能性があると考えられます。運転していたのは若い男性で、焦った様子で車をバックさせて消防車に道を譲ったそうです。車は大型のSUVで、番号までは覚えていないそうですが、練馬のわナンバーだったと証言しています」

わナンバー、ということはレンタカーか。

「乗っていたのは何人だ」

勝瀬は手を上げて、上杉に訊いた。

「暗かったのではっきりとは言えないそうですが、運転手ひとりのようだったとのことです」

上杉がメモを見ながら答えた。

「ありがとう」

ひとり——

果たしてひとりでできる犯行だろうか。それとも複数犯だが移動は別行動なのか。

上杉が座り、捜査一課長からこれからの捜査方針が示された。

金銭目的の強盗と、怨恨《えんこん》による殺人の可能性を視野に入れて捜査をすることになった。

勝瀬自身の事件の見立てもそんなところだった。

会議が終了して幹部たちが講堂から出て行くと、本部内の空気が少し弛緩《しかん》したように感じた。この事件は早期に解決するだろうという楽観した雰囲気に包まれているようだ。

たしかに指紋のついた凶器が発見されているし、事件直後に現場近くを走っていた車の目撃情報もある。練馬ナンバーのレンタカーというところまですでにわかっていた。

一日目にして、これだけの手がかりがある事件も珍しいかもしれない。だが、これはそんなに簡単な事件なのだろうか。先ほどから、どうにも出来過ぎているような気がしてならないのだ。

ふと、メモ帳の文字が目に入った。

犯人＝マヌケ？　――

勝瀬はしばらく考えてから、その文字をペンで塗り潰《つぶ》した。

7

「もしもし」

十数回目のコールでようやく鈴木が電話に出た。公衆電話からの着信だからか、警戒するような声音だった。

「もしもし……ジンです」

仁が受話器に向かって言うと、鈴木が力のない声で「ああ……」と呻《うめ》いた。

だが、次の言葉がなかなか出てこない。いったい何から話せばいいのだろう。

「昨日は……けっきょくどうなったんですか？」

言葉に詰まっていると、鈴木のほうから訊いてきた。

どうやら事件のことはまだ知らないようだ。

「そのことでちょっとお話ししたいことがあって……今、どこにいるんですか？」

「昨日のことで……話？」怪訝そうな声音に変わった。

「ええ。電話ではちょっと……大切なことなのでぜひ会いたいんです」

鈴木が中軽井沢で起こった事件を知る前に、仁は殺人とは無関係だということを伝えなければならない。

「腹が減ってからだが動かないんですよ……」

それで、声に力がなかったのか。

「何かご馳走しますよ。それに鈴木さんが今いるところまで行きます」

「本当ですか？」とたんに鈴木の声が変わった。

新宿駅東口にある広場で待ち合わせすることにして電話を切った。

仁はデイパックから帽子を取り出すと目深《まぶか》にかぶり近くの銀行に向かった。

血痕で汚れた札を使うのは危険だ。銀行の両替機で新札に替えるつもりだが、さすがにこれだけの金額をすべて入れると怪しまれてしまうかもしれない。

仁は銀行に入ると、ポケットから一万円札を十枚取り出して両替機に入れた。

新宿駅東口の改札を抜けると、地上に続く階段を上った。上り切った目の前にあるのが東口の広場だ。

突然、目の前に制服警官が現れて、心臓が飛び出しそうになった。

仁はその場で固まってしまったが、制服警官はこちらには目もくれず、出口の横にある交番に入っていった。

仁は少し呼吸を整えると駅から出た。広場は大勢の人であふれ返っていたが、鈴木の姿はすぐにわかった。憔悴しきった表情で地べたに座り、目の前にあるアルタの巨大なビジョンを虚《うつ》ろな眼差しで見つめている。

まわりの人たちはあきらかに鈴木を避けるようにしていて、そこだけぽっかりと空間ができていた。

「鈴木さん」

仁が声をかけると、鈴木が緩慢《かんまん》な動きでこちらを向いた。

鈴木の顔を見て驚いた。一昨日会ったというのに、もう何年も会っていないように老けて見えた。

「どこかゆっくりと話ができるところに行きましょう」

周囲の人の目が気になった。だが、鈴木はその場に座り込んだまま、なかなか立ち上がろうとはしない。

「何が食べたいですか」仁は鈴木の機嫌をとろうと訊いた。

「昨日のヤマは成功したんですね」

「いや……そういうわけじゃ……」

「そのわりにずいぶんと気前がいい」鈴木が恨めしそうな目を向けた。

「どこか落ち着けるところで食事しましょう」

鈴木を立ち上がらせようと、手を差し出した。

「一昨日から飲まず食わずでからだが動かないんです。とりあえず何か飲み物を……」

「わかりました」

仁はその場を離れて自動販売機を探した。道路の向こう側に見つけて横断歩道を渡った。温かい缶コーヒーを二本買って鈴木のもとに戻る。

だが、先ほどいたところに鈴木の姿はなかった。

どこに行ったのだろう――

ふと、耳に流れてきた言葉に反応して、アルタビジョンを見上げた。ニュースをやっている。巨大なビジョンに、昨日、仁たちが強盗に入った屋敷が映し出されていた。

「――また、敷地内から血のついた刃物が見つかっており、長野県警では事件、事故の両面から慎重に調べる方針です……」

まさか、あのニュースを観て逃げ出したのではないか。

仁は慌ててあたりを見回したが、あふれそうな人波の中に鈴木の姿はなかった。周辺を歩き回って鈴木の姿を捜した。先ほどの交番が目に入った。外に立っている制服警官が道行く人たちに目を向けている。すぐに視線をそらした。そこに鈴木の姿がないことだけは確認できた。

せわしなくあちこちに視線を配りながら鈴木の姿を捜す。少し離れたところに、足を引きずりながら歩く男の後ろ姿を見つけた。

「鈴木さん――」

仁が呼ぶと鈴木が振り返った。目が合うとぎょっとした顔になり、早足で地下出入口に向かっていく。

「待ってください」仁は人波をかき分けながら鈴木の後を追った。

新宿駅の地下構内に入っていく。改札口から次々と人の波が吐き出されてくる。地上にも増して、ここもたくさんの人であふれ返っていた。構内を見回してみたが、またしても鈴木の姿を見失ってしまった。

仁はしばらく駅構内を捜し回った。鈴木の姿はどこにもない。改札の中に入ってしまったのだろうか。

まずいことになった。

先ほどの怯えた表情を見るかぎり、鈴木は間違いなくニュースでやっていた事件に仁が関与していると思っているだろう。すでにどこかの交番に駆け込んでいるかもしれない。いつまでもこの近辺にいるのは危険だ。

目の前のトイレから中年の男性が出てきた。心なしか顔をしかめているように感じて、仁はトイレに入っていった。

洗面台の前で手をついている鈴木の背中が見えた。ぜえぜえと息を切らせている。近づいていくと、びくっと肩を震わせて鈴木が振り返った。

「ジンさん……」鈴木が怯えたように身を震わせている。

「鈴木さん、話を聞いてください」

「殺さないで……殺さないでください……」鈴木が後ずさっていく。

「何を言ってるんですか。落ち着いてください」

できるかぎり穏やかな口調で言っても、鈴木は警戒心を解かない。向かい合っている仁に怯えながら、逃げる隙を窺っているようだ。

「昨日の話は誰にも言いませんから。命だけは助けてください」

どうやら鈴木は完全に誤解しているようだ。

中軽井沢で三人を殺害したのは仁で、その事件のことを知っていた自分も口封じのために殺されるとでも思っているのだろう。

「ちがいます。おれは殺してなんかいません。それに鈴木さんに何かするつもりもない。とにかく話を聞いてほしいだけなんです」

背後に人の気配がして振り返った。トイレに人が入ってきた。その瞬間、鈴木が「助けてっ!」と悲鳴を発しそうになった。

仁はすかさず鈴木の口を手を塞《ふさ》いで個室の中に引きずり込んだ。ドアを閉めて鍵をかける。

呻きながら暴れる鈴木のからだを必死に押さえつけた。狭い個室内に充満した鈴木の何とも言えない異臭が鼻をついてくる。

「聞いてくださいっ！　おれはあなたに何もしない。ただ、話を聞いてほしいだけだ。お願いです。おれの話を聞いてください」

耳もとに小声で訴えると、鈴木が抵抗をやめた。

「おれの話を聞いてくれますか。手を離しても大丈夫ですね？」

仁が訊くと、鈴木がしかたがないという顔で頷いた。

その態度を信用して、仁は鈴木の口からゆっくりと手を離した。次の瞬間、鈴木は全身の力が抜けたようにその場に膝をついた。

「空腹なうえに走ったから……」鈴木が呟いた。

「何か食べに行きましょう」

仁は個室のドアを開けた。先ほど入ってきた男はすでに用を足したようで、他に人はいなかった。

トイレから出ると駅構内から地上に戻った。

「とりあえず歌舞伎町《かぶきちょう》のほうに行ってみますか」

仁は飲食店の看板を見ながら話をするのに適した場所を探した。たくさんの人の中でできる話ではない。できれば個室がいい。

「あそこはどうですか」

仁は目の前にあるビルの看板を指さして訊いた。

「カラオケボックスじゃないですか」鈴木が不満そうな表情をした。

「ええ。あそこならまわりを気にすることなく話ができます」

「あなたのことを完全に信用しているわけじゃない。個室でふたりっきりになるなんて冗談じゃないですよ」

鈴木のとがった言葉に、仁は溜め息を漏らした。

「それにカラオケボックスの飯はうまくないですし……あそこなんてどうですか？」

鈴木が向かいにあるステーキレストランの看板を指さした。

「わかりました」

仁は頷いてステーキレストランに向かった。店内に入ると、ウエイトレスが笑顔でやってきて「何名様でしょうか？」と訊いた。

「ふたりです」

鈴木が一歩前に出て答えた瞬間、ウエイトレスの顔から笑みが消えた。

「こちらにどうぞ」

ウエイトレスはあきらかに眉を寄せながら、仁たちを一番奥の席に案内した。他のテーブルとは少し離れている。ここなら、多少の話し声は聞かれないだろう。

「お金は大丈夫なんですか」メニューを見ながら鈴木が訊いてきた。

「ええ」

鈴木は遠慮なく三百グラムのステーキと生ビールを頼んだ。仁はまったく食欲がないので、コーヒーだけにした。

そういえば、昨日の昼過ぎにテキーラと食事をしてから何も食べていない。そんなことに思いを向けている余裕もなかった。

ステーキが運ばれてくると、鈴木は脇目も振らずに食べ始めた。仁はしばらくその様子を見ていた。

こうしている間にも、捜査の手は着々と自分に向かっているのではないか。そんなことを考えるとどうしようもない不安に苛まれる。

これからいったいどうすればいいのだろう。

鈴木はあっという間にステーキを平らげてうまそうにビールを飲んでいる。

目が合うと、鈴木がすぐに視線をそらした。

「あのニュースを観たんですね」仁は言った。

「あのニュース？　ああ……中軽井沢で発生した火災ですか。焼け跡から三人の焼死体が発見されたという。それにしても……とんでもないことをしでかしましたね」鈴木が嘆息した。

「おれはやってない」

他のテーブルから離れていたが小声になった。

「あなたたちがやったんじゃないって言うんですか？　昨日、あなたたちは中軽井沢にある屋敷を襲撃するという計画を立てていて、実際にそれと同じような事件が発生した。あなたたちの仕業じゃないとしたらすごい偶然ですね」

「偶然ではないです。たしかにおれたちはあの家を襲撃しました」仁は少し顔を伏せた。

「あなた自身が言ってたじゃないですか。絶対に人を傷つけてはいけない。まかり間違って人を死なせてしまったら大変なことになってしまうと」

「だから――」

仁は顔を上げた。鈴木をしっかりと見据えた。

「おれは本当に殺していません。あの家に強盗に入ったのは事実です。だけど誰も殺してなんかいない」

「じゃあ、どういうことですか……」

「おれは嵌められたんです」

「嵌められた?」鈴木が訊き返した。

「ええ。そうとしか考えられない」

仁は昨日あった出来事をできるだけ詳細に鈴木に話した。ファミレスで計画したとおりに四人で中軽井沢に行き、あの家を襲撃したこと。女を縛り上げて部屋を物色しているときに、何者かに頭を殴られて気を失ったこと。目を覚ましたときには屋外に倒れていて、目の前で屋敷が燃えていたこと。

「――目の前に落ちていた札束を拾って急いで東京に戻ってきたんです」

「札束?」鈴木が身を乗り出してきた。

「百万円の束が落ちていました。どうしてあんなところにあったのかわかりませんが」

「彼らは?」

「わかりません。三人の携帯に何度も電話をしたけどつながりませんでした。だからひとりで戻ってきたんです」

鈴木は腕を組んで考え込むように唸《うな》っている。やがて、かすかに口もとを歪めた。

「その話が本当なら、あなたは嵌められたんでしょうね」

同情ではなく、どこか突き放したような言いかただった。

「おれは……これからいったいどうすればいいんでしょう」

こんなことを鈴木に言ってもしかたがないことはわかっている。だが、自分よりも年上で冷静さを持っているように思える鈴木なら、何かいい助言をしてくれるのではないかと少し期待した。

「さあ。そんなこと知りませんよ」

鈴木に事もなげに言われ、仁は落胆の溜め息を漏らした。

「そんな話を聞かせて、わたしにどうしろっていうんですか」鈴木が冷めた目で仁を見つめてくる。

「別にどうしろっていうわけじゃないです。ただ、鈴木さんなら何かいい考えが……」

「あるわけないでしょう。あの連中に嵌められたというなら、敷地内で発見されたという刃物にはきっとあなたの指紋がついていることでしょう」

鈴木の言葉に、屋外に倒れていたときのことを思い出した。

屋敷に押し入ったときには手袋をしていたのに、あのときの自分は素手だった。

気絶している間に手袋を脱がされ、素手で刃物を握らされたということもじゅうぶんに考えられる。

鈴木の顔を見つめながら目が眩《くら》みそうになった。

「高速道路を使ったなら車のナンバーもわかるでしょうから、あなたが使った車とレンタカー会社が判明するのも時間の問題ですね。レンタカー会社にはあなたの免許証のコピーが控えられているでしょう。まあ、数日ってところじゃないですかね」

仁が嚙み締めている絶望感などおかまいなしに、鈴木が饒舌にまくし立てる。

「数日って……何がですか」

「あなたが指名手配になるまでですよ」

全身に悪寒《おかん》が走った。

「さっきまではバーボンを恨んでいたが、今は彼に感謝しなければいけないな」

「どういうことですか」仁は訊いた。

「ファミレスを出た後にバーボンに呼び出されたんですよ。食事をおごってやると言って。会いに行ったら人気《ひとけ》のないところに連れていかれて脅されたんです」

「脅された？」

「おまえみたいなとろいおっさんがいたら、この計画もうまくいかなくなるから絶対に来るんじゃねえぞって」

そんなことがあったのか——

やはり自分を嵌めたのはバーボンだろうか。もともとあの強盗計画を持ちかけたのはバーボンだ。どんな理由かはわからないが、バーボンの計画では鈴木は不要な人物だったのだろう。

ラムとテキーラも仲間かどうかはわからないが、バーボンが今回の事件を仕組んだということだけは間違いないようだ。

「あの計画に参加していたらわたしがレンタカーを借りる羽目になっていたかもしれない。まあ、すぐに警察に自首するのが賢明でしょうね。もっともあなたの話をどれだけ信じてくれるかわかりませんが」

「警察には行きません。少なくとも真犯人を……あいつらを見つけるまでは自首するわけにはいかない」

証拠がなければ、あいつらの身元を特定しなければ、いくらこんな話をしても誰も信じはしないだろう。

「あいつらを見つけるって……どうやって見つけるつもりですか」

その言葉に、何も言えなくなった。

「まあ、がんばってください」

自分には関係ないことだと思っているのだろう。余裕の口ぶりが癇《かん》に障《さわ》った。

「あなたとわたしの仲だ。密告みたいなないやらしい真似はしないであげますよ」鈴木が薄笑いを浮かべた。

その顔を見て、鈴木に対して激しい失望を感じた。

仮に何も手助けができなかったとしても、もう少し親身になってくれてもいいのではないか。

金を貸してくれと懇願されたとき、余裕がないにもかかわらず鈴木に五百円をあげた。それに鈴木が計画に参加すると言わなければ、自分だってきっと抜けていただろう。それなのに、鈴木は仁に何も言わずに当日現れず、今は他人事のようにせせら笑っている。

「よろしくお願いします」

仁は落胆を抱えたまま、伝票を手に取って立ち上がろうとした。

「ちょっと待ってくださいよ」

鈴木に呼び止められ、仁は視線を向けた。

「まさか、ここのお代だけってわけじゃないですよね」鈴木が意味深な眼差しで見つめてくる。

「どういう意味ですか」

仁はとりあえず椅子に座り直した。

「密告しないでおくお礼がこのステーキですか？」

鈴木の言っている意味がよくわからない。

「もし、今ここでわたしが警察を呼んでくれと叫んだらどうなりますかね。ここに三人を殺した犯人がいるって」

鈴木がこちらを指さしながら笑った。醜い笑みだ。

どうやら自分はまた見誤っていたようだ。鈴木はそれまで自分が思い描いていたようなまっとうな人物ではない。

「あなたは駆けつけてきた警官にすぐに逮捕されます。おそらく死刑でしょうね。つまり、あなたの命を握っているのはこのわたしだってことですよ」

仁は唇を嚙み締めながら鈴木を睨みつけた。

「あなたの命の値段はステーキ三百グラム程度なんですか？」

「おれにどうしろと？」仁は怒りを抑えつけながら訊いた。

「そうですね。半分ください。それであなたのことはすっかり忘れてあげますよ」

「半分？」

「五十万です」

この男は何を言っているのだ。怒りを通り越して、鈴木のあまりの変わりようが滑稽で笑いそうになった。

「五十万渡したってまだ五十万残るでしょう。そのお金を持ってさっさとどこかに逃げたほうが身のためですよ」鈴木が右手を差し出してきた。

仁はその手をじっと見つめながら、頭の中でどうするべきか考えた。ひとつだけ思い浮かんだことがあったが、それで鈴木の思惑を打ち消せるかどうかは賭けだった。

「真犯人を見つけるための大切な軍資金を簡単に渡すわけにはいきません」仁は目障《めざわ》りな鈴木の手を叩いた。

「いいんですか？　そんな態度をとって」

「おれが捕まるってことはあんたも捕まるってことだ」

「何を訳のわからないことを言ってるんだ。どうしてわたしが警察に捕まらなきゃいけない」

「おれが捕まったら警察にそう言います。あなたも共犯だとね」

仁が言うと、鈴木が「馬鹿馬鹿しい」と鼻で笑った。

「おれの携帯にはあなたの着信がある」

仁は携帯を取り出して、鈴木から送られてきたメールを確認した。

『わたしは三十七歳の男性です。今すぐにお金が必要な状況です。どうか助けてください。どんな仕事でもかまいません』

携帯画面を鈴木に向け、仁は笑ってみせた。

「それが何だっていうんだ。昨日、わたしは中軽井沢になんか行ってない。そんなことは警察が調べればすぐにわかることだ」鈴木がむきになって言い返した。

「はたしてそうでしょうかね」

仁は鈴木の目をしっかりと見据えた。

「鈴木さん、あなたに昨夜のアリバイはあるんですか」

そう言うと、鈴木の瞳孔が反応したのがわかった。

「一昨日から飯を食う金もないあなたにいったいどんなアリバイがあるんですかね。ネットカフェで休んでましたか？　それともカプセルホテルですかね」

「ずっと新宿の公園にいた。通りかかった人間が何人もいる」

「それらの人たちの誰があなたを気に留めるというんです。警察に捕まったときにあなたのアリバイをちゃんと主張してくれる人が本当にいますかね？」

鈴木が仁を睨みつけてくる。

「もし、おれが警察に捕まったら必ずあなたが共犯だと言い張ります。このメールを見せながらね」

「ふざけるなッ！　そんなの卑怯《ひきょう》だぞ」

仁は身を乗り出して鈴木の胸ぐらをつかむと、鈴木の顔をこちらに引き寄せた。

「卑怯だろうが何だろうがかまうもんか。もっと卑怯な奴がどこかにいるんだ。おれはたしかに罪を犯したけど死刑になるようなものじゃない。それで死刑になるというなら誰かを道連れにしてやる。一緒に死刑になる覚悟があるなら、ここで警察を呼べと騒いだっていいですよ。どうですか？」

鈴木の耳もとで言うと、舌打ちが聞こえた。

「この悪党がッ……」鈴木が吐き捨てた。

「あなたに言われたくない」

仁が胸ぐらから手を離すと、鈴木が立ち上がった。

「ちょっと待ってください。話はまだ終わってません」

「何だよ」鈴木がうんざりしたような顔で言った。

「真犯人を見つけるために協力してください」

「ふざけるな」

「そもそもあなたには断るという選択肢はありません。おれが捕まったらあなたも捕まる。その話はまだ生きてますから。それに協力してくれるなら一日一万円ずつ払いますよ。どうです？　悪い話じゃないでしょう」

鈴木が仁を見つめながら唸っている。

「選択肢は三つしかありません。おれと一緒に死刑になるか。金も仕事もないままどこかでのたれ死ぬか。それとも一緒に真犯人を捜して、とりあえず毎日うまい飯を食うか……」

「わかったよ」鈴木がしかたなさそうに頷いた。

「これからどうするんだ」

レストランから出ると鈴木が訊いてきた。

「あの三人を捜します」仁は答えた。

「さっきも言ったけど、捜すったってどうやって捜すんだよ」

「とりあえず吉祥寺に行きます」

「吉祥寺？」

先ほどからずっと考えていて、ひとつだけ手がかりらしいものを思い出した。

軽井沢でテキーラとした話だ。テキーラはパンクバンドを組んでいて、吉祥寺周辺のライブハウスで活動していると言っていた。バンドの名前は聞かなかったが、吉祥寺周辺のライブハウスを探せばテキーラの手がかりが見つかるかもしれない。

「おまえは馬鹿か？」

仁の話を聞いていた鈴木が呆れたように言った。

「テキーラがおまえを嵌めたんだとしたら自分の身元につながるようなことを言うはずがないだろう。その話だってきっとデタラメだ」

鈴木の言うことも一理あるが、他に手がかりはない。

「鈴木さんは何か覚えていませんか？　一昨日のファミレスでの会話で、何かあの三人の身元につながるようなことを」

仁はこの三日間に起こったことを必死に思い返しているが、自分の記憶から消えてしまっている手がかりがあるかもしれない。

「正直言って、あの強盗計画の話以外はほとんど覚えてないな。テキーラがティッシュ配りのバイトをしてるとか……そういえば……ラムが……下北沢のレンタルビデオ店でバイトしてたときに映画をたくさん観たって話をしてたな」

そう言われれば、そんな話をしていたような気がする。

吉祥寺周辺のライブハウスに下北沢のレンタルビデオ店。いずれにしても頼りない手がかりでしかない。

「他に何か手がかりはないのかねえ。あいつらの身元につながりそうな糸口が……」

あいつらの身元につながりそうな糸口——

仁の中でひとつだけ思いつくものがあった。だが、できれば敬遠したい方法でもある。

「鈴木さん、何か書くものはありますか」

仁が訊くと、鈴木がバッグの中からメモ帳とボールペンを取り出して渡した。

ポケットから携帯を取り出すと恐る恐る電源を入れた。アドレス帳で森下の電話番号を調べてメモに書きとめた。続いて、バーボン、テキーラ、ラムの番号も控えると、すぐに電源を切った。

「何をしてるんだよ」鈴木が怪訝そうに訊いてきた。

「ある人に連絡を取ってみるんです」

森下に連絡を取るのは気が乗らないが、他に三人の居所を調べる方法が思いつかない。

以前、森下に仁の携帯番号から、親の名前や実家の住所などあらゆることを調べられたことがあった。自分たちの情報網を使えば、携帯番号ひとつでそれぐらいは簡単に調べられると言っていたのを思い出した。

三人とも他人名義の携帯を使っている可能性もある。だが、そうではない可能性に今はすがるしかない。

仁はメモを持って公衆電話に向かった。十円玉を入れて森下の番号に電話をかける。十数回目のコールでようやく電話がつながった。

「もしもし……」

警戒心を滲ませるような男の声が聞こえた。

「もしもし……江原です」

仁が名乗ると、かすかな笑い声が聞こえてきた。

「また仕事をしたいんですか？」

「ちがいます。今日はあなたにどうしてもお願いしたいことがあって電話をしました」

森下にこんなことを言うのは悔しかったが、しかたないと歯を食いしばった。

「ほお、どんなことでしょう」

口ぶりから興味を持っているようだ。

「会ったときにお話しします」

「わかりました。夜九時に高田馬場駅前でどうですか」

腕時計に目を向けた。夕方の五時を過ぎたところだ。

「ええ」

電話を切ると鈴木を見た。

「夜の九時にその人に会います。それまでどこかのネットカフェに行きましょう」

あまり表を出歩いていたくない。

「その前に頼みがあるんだ。風呂に入りたい。それに新しい服がほしい。臭うだろう?」鈴木がそう言って袖口に鼻を近づけた。

たしかに鈴木は全身から異臭を放っている。この状態の鈴木と一緒に行動していると自分まで目立ってしまう。

「わかりました。とりあえず先にあの店で着替えを買いましょう」

仁は近くにあるジーンズショップに向かった。

8

「何度かお店に来てくださったことはありますけど、ほとんど話をしたことがないのでよくわかりませんね」

喫茶店の店員は申し訳なさそうに答えると、写真をこちらに返した。

「そうですか……他に神谷さんが懇意にされていたお店とか親しくしていたかたなどをご存知ないですか」

勝瀬はさらに訊いたが、店員は首を横に振るばかりだ。

「このかたが何か？」

店員の質問に、勝瀬は神谷夫妻の写真に目を落とした。

「お亡くなりになられたんですよ。事件性があるのでこのご夫婦のことを調べているんです」

勝瀬が告げると、店員が驚いた顔になった。

「事件って……殺人ということですか？」

「その可能性があります」

「まあ……この町で殺人だなんて……恐ろしい」店員が動揺したように呟いた。

「何かお気づきのことがありましたらこちらにご連絡ください」

勝瀬は名刺を渡すと喫茶店から出た。

「次はどうしましょうか」

車に乗り込むと、運転席の若林が訊いてきた。

勝瀬は時計を見た。もうすぐ夕方の五時になろうとしていた。

捜査会議が終わってから若林とともに聞き込みに回っている。被害者宅の近隣にはほとんど人が住んでいないため、地元住民が集まりそうな飲食店を回って神谷夫妻の人となりや交友関係を調べている。だが、今のところ、被害者に関する情報はほとんど得られていない状況だ。

「昼飯というには遅いが夕飯もかねて飯を食っておこう。どこかうまいところはあるか？」

地域課でこの近辺のことには詳しいであろう若林に訊いた。

「何がいいですか」

「冷えるから温かいものがいいな」

「この近くにうまいラーメン屋があるんですけど、そこでどうでしょうか。カウンターだけの狭くて汚いところですけど、味はこのあたりではピカ一です」

勝瀬が頷くと、若林が車を走らせた。


「いらっしゃい──何にしましょうか」

カウンターに座ると目の前の主人が注文を訊いてきた。

「何がうまい？」勝瀬は隣に座った若林に訊いた。

「何でもうまいですけど、ぼくはチャーシュー麺が好きです」

「じゃあ、チャーシュー麺」

「ぼくもチャーシュー麺をお願いします」

「へい。チャーシュー麺二丁ね」

「おやじさん、ちょっといいかな」

主人が背を向けかけたところを呼び止めた。

「お客さんにこういう人いないですか」勝瀬は神谷夫妻の写真を取り出してカウンター越しに主人に見せた。

「いや、どうだろうね……」

いきなり他人の写真を見せられて戸惑っているようだ。

「実は長野県警の刑事でして、この写真の人物について調べてるんですよ。神谷信司さんと綾香さんといって千ヶ滝に住んでるんですけどね」

「さあ……申し訳ないけど見かけたことないねえ」

主人は首を横に振ると奥に行ってラーメンを作り始めた。

若林がピカ一と言うだけあってうまいラーメンだった。一日中、雪の中を聞き込みに回っていたので、スープの温かさが全身に染み渡るようだ。

背後の引き戸が開く音がして、冷たい風が首筋に触れた。

「いらっしゃい――」

振り返ると、作業服を着た男が店内に入ってきた。引き戸を閉めてカウンターの端に座った。

「リョウちゃん、今日は早いね」

主人が男に声をかけた。常連客のようだ。

「ここを出たらどうしますか？」若林が訊いた。

「夜の会議があるから署に戻ろう」

ラーメンを食べ終えると、勝瀬はテレビに目を向けた。

夕方のニュースが始まった。トップニュースはやはり自分たちが担当している事件だ。神谷邸を上空から撮った映像と、神谷夫妻の名前が画面に出た。

その瞬間、激しくむせる音がした。カウンターの端に目を向けると、男が苦しそうにラーメンを吹き出している。

「リョウちゃん、どうしたんだい？」主人がカウンターの奥から身を乗り出した。

「あれ……あれ……」

男はすぐには言葉にならないというように、テレビを指さしている。

「あれ……神谷さんの家じゃないか。どうして……」

「誰だい、そいつは」主人がテレビに目を向けて訊いた。

「おれが馴染みにしてるスナックの常連だよ」

男の言葉に、思わず隣の若林と顔を見合わせた。

「そのお話を詳しく聞かせていただけないでしょうか」

勝瀬が近づいていくと、男が戸惑った表情で見つめ返してきた。

「申し遅れました。わたしはこういう者です」

上着のポケットから警察手帳を取り出して示すと、男の顔色がさっと変わった。

「警察の……」

「ええ。この事件を担当しております長野県警の勝瀬です。ちょうど神谷さんについて聞き込みをしておったところなんです」

勝瀬は事件を伝えるテレビをちらっと観て、ふたたび男に視線を戻した。

「そうなんですか……」男は呆然《ぼうぜん》とした顔で目の前の丼を見つめている。

「お食事の途中でしたね。失礼しました。食べ終わってからでけっこうなのでお話を聞かせてください」

勝瀬が言うと、男は「いや……」と首を振った。

「食欲がなくなっちゃったんで。おれの話でよければ今すぐにでも」

「そうですか。それでは……」

勝瀬は軽く頭を下げると、若林に目配せをして男の隣に座った。若林が勝瀬の隣にやってきて手帳を取り出す。

男は上田《うえだ》と名乗った。この近くにある自動車整備会社で働いているという。

「神谷さんのことをご存知とのことですが、どういったご関係なんでしょうか」

「行きつけのスナックの常連客です。一度バーベキューに誘われて家にお邪魔したことがあったので……」

「スナックはこの近くにあるんですか？」

「ええ。中軽井沢駅の近くにある『舞夢《まいむ》』ってスナックです」

「案内していただけますか」

「それはいいですけど……」

上田が腕時計を見て、勝瀬に視線を戻した。

「ただ、そのスナックは七時からなんで、ちょっとママに連絡を取ってみますよ」

「お願いします」

上田が携帯を取り出して電話をかけた。おそらく電話に出たママはすでに事件のことを知っていたのだろう。しばらく上田が興奮したように事件のことを話している。

「今、警察の人と一緒でそっちに行きたいそうなんだけど……」

上田がこちらを見て、何度か頷いた。

勝瀬は三人分の会計を済ませると店を出た。車の後部座席に上田を乗せ、勝瀬はその隣に座った。

「とりあえず中軽井沢駅のほうに向かってください」

上田の言葉に若林が頷いて車を出した。

五分ほどでスナックに着いた。ドアの外に看板が出ていたが明かりはついていない。

上田に続いて店内に入った。カウンターとテーブル席がふたつのこぢんまりとした店だ。店の奥にはカラオケの機材が置いてある。

「リョウちゃん、その人が？」

カウンターの中にいた年配の女性が声をかけてきた。おそらくママだろう。

「長野県警の勝瀬と若林です。開店前に申し訳ありませんが、少しお話を聞かせていただきたいのですが」

警察手帳を見せると、ママがカウンターを勧めた。

「仕事中じゃビールってわけにもいかないわね。ウーロン茶のほうがいいかしら」

「お気になさらないでください」

「ママ、おれにはビールもらえるかな。あまりにもびっくりしすぎて喉がからからだよ」

勝瀬たちと同じくカウンターに座った上田が言った。

「わたしだってびっくりよ。お昼のワイドショーを観て知ったんだけど、本当にあの神谷さんご夫妻なんですか？」ママが勝瀬と若林の前にウーロン茶を出しながら訊いた。

「遺体の損傷が激しいのでまだ断定はされておりませんが、神谷さんご夫妻の可能性が高いと思われます」

「ワイドショーでは火事じゃなくて殺人だって言ってたけど……」

「神谷さんはけっこうこちらにいらっしゃってたんですか？」

ママの質問には答えず、勝瀬は訊いた。

「そうね……週に二、三回は来てたかな」

「いつもご夫婦で？」

「そういうわけじゃなかったわね。旦那さんひとりで来ることもあったし、夫婦でいらっしゃったこともあったわ。若くてきれいな奥さんよ」

「神谷信司さんはここに移り住む前には東京で暮らしていたらしいですが、どんな仕事をしていたとか、そういう話をされたことはありませんでしたか？」

昼間の捜査会議では、中軽井沢にやってくるまでの神谷の仕事や生活などは判明していなかった。今現在わかっているのは、中軽井沢に転入する前は東京の渋谷《しぶや》区内に住んでいたということだけだ。

「そういえば……以前は会社をやられてたけど今は若い人に任せてここで隠居生活を送ってる……みたいなことを言ってましたよ。常連客の人たちと羨ましいご身分だわねってよく話してました」

「どういった仕事をされていたとかは」

「さあ、そこまでは……」ママがわからないと首を横に振った。

「特に親しかったかたはどなたでしょう」

「神谷さんと特に親しかった人って言われてもね……うちに来るお客さんのほとんどは神谷さんのことは知っているだろうけど」

「ほとんど店だけの付き合いだったんじゃないかな。ちょっと変わった人だったし」

上田がビールを飲みながら言った。

「どう変わっていたんですか」

勝瀬は訊いたが、上田はすぐには答えない。

「聞かせていただけませんか」

「何て言ったらいいんだろう。どこか……堅気《かたぎ》じゃない雰囲気を感じたんだよね」

上田の話によると、神谷夫妻は気前のいい人物だったという。ここの店の従業員だけではなく一緒にいた客にも、近くの寿司屋から大量の出前を頼んだりして振る舞っていたそうだ。

「神谷さんはセカンドバッグを持ってたんだけど、その中にいつも札束が入っていたんだ。普通には思えないでしょう。おごってくれるのはありがたかったけど、気味悪く思っていた人もいたんじゃないかな」

「神谷さんはかなりのお金持ちだということですね」

「一度だけ、わたしと常連客の何人かでお宅に行ったことがあったけど、すごい豪邸だったわ。ねえ？」

ママが同意を求めるように上田を見ると、「バーベキューのときだろ」と言って深く頷いた。

「嘘か本当かわからないけど、自宅の金庫にはつねに数千万円の金が入っているってここでもよく自慢してたね」

上田が言うと、ママが「そうだったわね」と少し渋い表情になった。

「悪い人じゃなかったけど……そういうわけで、みなさん神谷さんとは適度に距離を置いていたからものすごく親しいって人は……」ママがそれから先の言葉を飲み込んだ。

書斎のクローゼットの中にあった空っぽの金庫を思い出した。

少なくとも、このスナックの客のほとんどが神谷の自宅に大金があることを知っていたということだ。

「昨晩、神谷さんご夫妻はいらっしゃいましたか」勝瀬は訊いた。

「いえ。一昨日は飲みに来ましたけど昨日は来ませんでした。そういえば……一昨日の帰り際に、明日はお客さんが訪ねてくるからここには来られないって言ってました」

「どんなお客さんかは聞いていませんか？」

「ええ、聞いてません。軽井沢駅まで車で迎えに行かなきゃとは言ってましたけど」

神谷のもとを訪ねてきた客――

もしかしたらその客がもうひとつの遺体かもしれない。

「ありがとうございます。あと、もうひとつ……昨日こちらにいらっしゃったお客さんの名前を教えていただけますか。できれば何時ごろから何時ごろまでいたかということも……」

そこまで言うと、ママと上田が顔を見合わせた。ふたりとも怪訝な表情をしている。

「もしかして、アリバイですか」

上田が訊いてきたので、勝瀬は黙って頷いた。

昨晩の十一時四十五分頃に神谷邸の火災警報装置が作動している。その時間までの間に三人が殺され、家に火を放たれたということだろう。

ママが思い出しながら何人かの名前を言った。若林がメモしていく。

「まいったなあ。昨日は来てなかったよね」上田が頭を抱えるように言った。

「ちなみに、夜の十時から十二時ごろまではどちらに？」

「家で飲んでました」

「ひとりでですか」

「ええ」

「アリバイがないからといってただちに疑われるということはありませんからご心配なく」

さっきのラーメン屋での仰天ぶりを見れば、上田が犯人だとはとても思えない。

署に戻ると、すぐに捜査会議が始まった。

他の捜査員の報告を聞いたが、正直なところ、昼の会議の内容から目ぼしい進展は見られなかった。

中軽井沢周辺を一日聞き込みしても、神谷信司と綾香の人物像がはっきりと浮かんでこない。また、中軽井沢にやってくる前のふたりの情報もまだ得られていなかった。

年金に当たってみたが、神谷信司がどこかの企業で働いていたという記録は残っていない。また、会社などを経営していたという記録もない。屋敷の中には書斎の金庫の他に、壁に埋め込まれた三つの隠し金庫があったという。いずれも中は空っぽだったそうだ。

堅気じゃない雰囲気を感じたんだよね——

上田の言葉を思い出していると、自分の番が回ってきた。

勝瀬は立ち上がり、上田や舞夢のママから聞いた話をした。神谷夫妻がまわりの人たちからかなり羽振りのいい人物だと見られていたことなどだ。

「少なくともそのスナックの客や関係者は、被害者の自宅の金庫に大金が置かれていると知っていたようです」

本部内からざわめきが起こった。

「もうひとつですが……昨日、神谷家に客人があったそうです。その客人がどういう人物かはわかっていませんが、被害者が軽井沢駅まで車で迎えに行ったようです。もしかしたらその客人がもうひとつの遺体である可能性が考えられます」

正面の席で捜査一課長や署長などの幹部と並んで座っている平沢係長と目が合った。勝瀬の報告を聞きながら頷いている。初日にしてはなかなかの成果ではないだろうか。

勝瀬が座ると、平沢から今後の捜査方針が示された。

当面は強盗目的と、被害者への怨恨の両面から捜査を進めていく。また、事件現場近くで目撃された練馬ナンバーのレンタカーと、事件当日に神谷を訪ねてきた客人の特定に全力を挙げる。

捜査会議が終わると、平沢から呼ばれた。

「勝っちゃんは何をやりたい」

単刀直入に訊かれて、勝瀬は迷った。

この事件は自分が感じているような複雑なものではないかもしれない。神谷家の内情を知っている近しい人間による強盗殺人事件。それを隠すために練馬ナンバーのレンタカーを借りて現場に向かったのかもしれない。

この近辺の人間関係を当たっていくほうが、事件解決には近いのかもしれない。

だが、それでも何かが引っかかるのだ。

「神谷信司さんのことを調べます」勝瀬は答えた。

9

菅野《すがの》剛志《つよし》は東十条《ひがしじゅうじょう》駅で電車を降りた。

ここ数日の疲れが溜まっているせいか階段を上る足取りが重かった。

早く我が家に帰りたい。そして美鈴《みすず》の顔が見たい。そう思っていてもこれからのことを考えるとどうにも気が重かった。

菅野は右手に持った鞄に目を向けた。

この金があれば借金を返済できる。この数週間、自分や美鈴を苦しめ続けてきた牢獄のような生活から解き放たれるのだ。だが、借金を返済したとしても、美鈴との夫婦関係をやり直せるだろうかと不安だった。

美鈴はきっと菅野に愛想を尽かしていることだろう。

アパートを出るときの美鈴の冷たい視線が脳裏にこびりついて離れない。

改札を出る前にトイレに立ち寄った。個室に入って便座に腰をおろすと鞄を開けた。ナイフ、手袋、フェイスマスク、そして百万円の束が五つ入っている。

一千万円はあるだろうとサカイは言っていたが、神谷家の書斎の金庫にはこれだけの金しかなかった。

あいつの口車にうまく乗せられてしまったわけだ。

五百万円もの金を稼ぐことがどれだけ大変なことかはわかっているつもりだが、あれだけの恐ろしい思いをしてこれだけの報酬かと考えると、どうにも納得がいかなかった。

百万円の束から三十万円を抜くと上着のポケットに入れた。

駅から出るとあたりは薄暗くなっている。重い足を引きずりながらアパートまでの道のりを歩いた。

アパートの前まで来て、自分たちの部屋の窓に明かりが灯っていないことに気づいた。

不安を煽られながら鉄階段を上っていった。部屋のベルを鳴らしてみたが応答がない。

どうしたのだろうか――

菅野はポケットから鍵を取り出してドアを開けた。

「美鈴――美鈴……いないのか？」

真っ暗な室内に向かって呼びかけてみたが反応がない。電気をつけると台所の光景が浮かび上がった。テーブルの上や流しにはカップラーメンの容器やビールの缶が乱雑に放られている。

台所の奥に六畳の部屋がふたつある。右側の部屋で菅野と美鈴は寝起きしていた。もう一方の部屋はイタチと組の若い男たちが占拠していたが、今は誰もいない。

イタチ——というのは菅野の中での蔑称《べっしょう》で、名前は日立《ひたち》という。ただ、日立という名前も本名かどうかはわからない。

どうしたというのだろう。どうして誰もいないのだ。美鈴はいったいどこに行ってしまったのか。

一週間は何の手出しもしないと日立は約束していたが、まさか……

菅野は焦燥に駆られて部屋から飛び出した。そのまま鉄階段を駆け下りていく。

「美鈴——！　美鈴——！」

アパートの前で叫んでいると、背後から人の気配がした。いきなり羽交い絞めにされ激しく抵抗していると、目の前に日立が現れた。

「おや、逃げたんじゃなかったんですね」

日立が冷ややかな眼差しを向けて言った。

「おいッ！　美鈴はどこだ！　どこにやったッ！」菅野は噛みつかんばかりに日立に向かって叫んだ。

「戻ってきたっていうことはお金の用意ができたんですか？　それとも観念してあなたの臓器か奥さんのあそこを差し出す覚悟ができましたか」

「てめえッ！　一週間は何もしないと約束したはずだぞ。約束の十一日は明日だろう」

「そうですよ。だから何もしていませんよ」

「じゃあ、美鈴をどこにやった！」

「逃げられたんですよ。二日前にちょっとした隙にね」

逃げられた——

それを聞いて、菅野は少し安堵した。

「どうやら奥さんと結託していたわけじゃなさそうですね。とりあえず部屋に行って話をしましょうか」

日立がそう言うと、羽交い絞めにしていた力が緩《ゆる》んだ。後ろから締めつけていた大柄の男を睨みつけ、日立に続いて階段を上っていった。

部屋に入ると日立がダイニングテーブルの椅子に座った。向かいの椅子を顎でしゃくられ菅野も座った。もうひとりの男は菅野が逃げ出さないようにか、すぐ後ろに立っている。

「で――」日立がテーブルの上で両手を組んだ。

菅野は日立を睨みつけながら鞄を開けた。中に入っていた札束をつかんでテーブルの上に置いた。

「ほお……どうやってこれだけのお金を作ったんですか」日立が興味を持ったように訊いた。

「どうだっていいだろう。知人が……昔の知人が貸してくれたんだよ」

日立は信じていないようだ。だが、どんな方法で金を用意したのかなど興味がないというように札を数え始めた。

「以前よりも顔つきが精悍《せいかん》になりましたね。髪も茶髪にしてそり込みなんかを入れたりして、なかなか迫力があっていいですよ。どうです、うちで取り立てのバイトをしませんか？」

「ふざけるな。てめえの顔なんか二度と見たくない。領収書を書いたらさっさと出て行ってくれ」

日立は薄笑いを浮かべると領収書を書いて菅野に渡した。

「本当に美鈴は自分で逃げ出したんだな」菅野は立ち上がった日立にもう一度訊いた。

「ええ。ギャンブル漬けの亭主に愛想を尽かしたのかもしれませんね。ひとりでお子さんを育てるつもりなのか、それとも……いずれにしても奥さんはわたしに感謝するでしょう。男を見る目のなさを気づかせてあげたんですから」

嘲《あざけ》るような視線を向けてから、日立は男を連れて部屋を出て行った。

菅野はすぐに立ち上がってドアの鍵を閉めた。

携帯を取り出して美鈴に電話をかけた。数秒後に隣の部屋から着信音が聞こえてきた。部屋に入って見回すと床の上で鳴り響いている携帯を見つけた。美鈴の携帯だ。

取る物も取りあえず日立から逃げ出したのだろうか。

美鈴は今どこにいるのだろう。新潟《にいがた》の実家に帰ったのだろうか。だが、実家の家族とは不仲だからそれはないだろうと思った。それに家にあった金目のものはすべて日立に奪われたから、新潟まで帰れる電車賃すらないだろう。

無事でいてくれればいいが――

すべては自分が蒔《ま》いた種だ。日立のような男の口車にさえ乗らなければこんなことにはならなかったのだ。

そもそものきっかけは半年前に仕事を辞めたことだ。菅野は引っ越し会社に勤めていたが、くだらないことが原因で上司と喧嘩になり辞めてしまった。すぐに新しい仕事が見つかるだろうと高をくっていたが、なかなかいい仕事が見つからなかった。

菅野は美鈴に仕事を辞めたことを話せないでいた。その頃、美鈴から妊娠したと告げられたことが大きな理由だった。美鈴に余計な心配をさせたくないという思いで、消費者金融で借りた金を生活費に充てていた。

だが、そうしているうちに借金はどんどんと増えていき、気がつけば百万円近くの借金を抱えるまでに追い込まれていった。

仕事はいっこうに決まる見通しがない。いや、まったく求人がなかったわけではないが、とても今までと同じような水準の生活をしていけるようなものではなかった。

美鈴とはキャバクラで知り合って一年半前に結婚した。菅野の一目ぼれで猛烈にアタックして結婚までこぎつけたのだ。店に通っていたときから続いている男の見栄もあった。

菅野はたいした仕事を得られない求人活動に見切りをつけ、競馬や競艇などのギャンブルで一攫千金を狙うようになっていった。

　そこで知り合ったのが日立だ。

　日立は言葉巧みに菅野に近づき、地下カジノに誘い込んだ。

「地下カジノっていうと何だか怖いイメージですけどね、競馬や競艇なんかの公営ギャンブルよりもよほど良心的ですよ。わたしなんて一晩で二百万近く勝たせてもらったこともあります」

　日立のそんな甘言に乗ったわけではないが、一度だけという軽い気持ちで地下カジノに足を踏み入れた。

　その名称から、地下の薄暗い部屋を何となく想像していたが、通された部屋はマンションの高層階にある開放的な空間だった。大きな窓の外には新宿の夜景が広がっている。あたりを見回すと、紳士的な格好をした男性とドレスを着た女性がルーレットやトランプを楽しんでいた。その合間を縫うように若いバニーガールがドリンクを運んでいる。

　菅野はなけなしの五万円をチップに替えた。日立に勧められてブラックジャックのテーブルについた。カードの合計点数が21を超えることなく、ディーラーよりも高い点数を得ることを競う単純なギャンブルだ。どれぐらい勝負しただろうか。時間の感覚がすっかり麻痺してしまうほど、菅野はその勝負にどっぷりのめり込んでいた。

五万円の金がわずか一晩で五十万円になった。菅野は舞い上がるような気分で家に帰ったが、それがあいつらの手だった。

次に行ったときには大負けをして、とんでもない額の借金を背負うことになってしまった。

菅野はどう見ても堅気には思えない奴らにつかまれて事務所に連れて行かれた。事務所のソファには日立が座っていた。

「ファイナンス部門の日立です。これから返済計画について話し合いましょうか」

日立の言葉ですべてを悟った。同時に自分の愚かさを思い知らされた。

それからの地獄のような日々を思い出しそうになって、菅野はリモコンでテレビをつけた。

ニュースをやっている。今の気分にはそぐわないが、もしかしたら昨日の事件のことを報じているかもしれないと思いしばらく見つめていた。

「次のニュースですが……昨夜、長野県北佐久郡軽井沢町の神谷信司さん方から出火し、木造二階建て約四百平方メートルを全焼しました……」

テレビ画面に、空中から撮影された山林のような光景が映し出されている。真っ白な風景の中でぽつんと黒く焼け焦げた屋敷があった。同時に神谷信司という名前が耳に入って、からだが震えた。

まさか――あの屋敷……

菅野は食い入るようにテレビを見つめた。

「焼け跡の一階から一名、二階から二名の遺体が見つかっており、現在身元の確認を急いでいます。また、敷地内から血のついた刃物が見つかっており、長野県警は事件、事故の両面から慎重に調べる方針です……」

あの屋敷にいた三人が死んだとはいったいどういうことだ。しかも、敷地内から血のついた刃物が見つかったという。

菅野は鞄の中を漁って鞘《さや》に収まったナイフを取り出した。鞘からナイフを抜いた。誰も傷つけていないまっさらなナイフだ。


「いらっしゃいませ――」

店のドアを開けると、テツの声が聞こえた。

だが、入ってきたのが菅野だとわかると、カウンターの中にいたテツが露骨に顔を歪めた。

菅野はそんなテツの態度にかまわずカウンターに座った。

「メーカーズマークをストレートで」

「先輩……言いづらいんですけど、うちも趣味でやってるわけじゃないんですよ」テツが疫病神でも追い払うような口調で言った。

テツは高校の後輩だ。四年前に静岡から出てきて、自分の家の近くにショットバー『グロス』を開店させてからひいきにしている。だが、借金を抱えるようになってからは支払いをツケにさせたり、度々金を借りたりしたせいで、すっかり嫌われてしまったようだ。

菅野は上着のポケットに手を突っ込んだ。中に入れた札を無造作につかむとカウンターに叩きつけるように置いた。

「これで足りるだろう。早く酒を出せよッ！」

先ほどからからだが震えている。早くアルコールを流し込んで気を落ち着かせたかった。

テツは慌てて一万円札をレジにしまうと、棚から取り出したメーカーズマークをグラスに注いだ。

目の前に置かれた酒を一気に飲み干すと、喉に焼けるような痛みが広がった。

「もう一杯」菅野は空のストレートグラスをカウンターに叩きつけた。

「どうしたんですか、先輩……今日はいつもと飲み方がちがいますね」

テツに不思議そうな顔で見つめられ、菅野は少し顔をそらした。

「それに髪型まで変えちゃって……いったい、どうしちゃったんですか？」

「まったく、どうしたんですかが多い野郎だ」

菅野が睨みつけると、テツはびくっとしたように口をつぐんで急いで酒を注いだ。

その酒も一気に飲み干した。ストレートグラスを持った手が小刻みに震えている。

「寒いですか？」テツが訊いた。

「いや……」

もう一杯——と、グラスをテツの前に差し出して、ポケットから煙草とこの店のマッチを取り出した。

煙草をくわえて残り一本のマッチを擦《す》ったが、手が震えているせいでうまく火がつかなかった。

「マッチをくれ」

テツから新しいマッチをもらうと煙草に火をつけた。ゆらゆらと立ち上る紫煙《しえん》を見つめながら、目の前に出された酒を一気に飲み干した。

「いったいどうしちゃったんだろ……」テツがそこまで言って口を閉ざした。

たしかに普段の菅野を知っているテツからすれば、そう言いたくなるのもわからないではない。菅野はけっして酒が強いほうではない。いつもはメーカーズマークもソーダで割っていて、ロックやストレートでは飲んだことがなかった。

今夜は何でもいいから早く酔いたかった。この数日の出来事を何もかも忘れてしまうぐらい酔っ払いたかったが、酒をいくら飲んでも記憶がより鮮明になるばかりだ。

先ほど観たニュースはいったい何だったのか。

菅野が屋敷を抜け出してからいったい何があったというのだ。

ジンやテキーラやラムが住人を殺害してあの屋敷に火を放ったのだろうかと考えたが、それはないだろうとすぐに否定した。あの三人にそんな大胆なことができるとは思えない。二日間接してみたかぎり、自分と同じような小心者だ。

特にジンという男は、絶対に人を傷つけてはいけないと言い張っていた。

だが、自分には何もわからない。神谷信司を書斎に連れて行った後、窓を破って二階から逃げ出したのだから。

もしかしたら、あの後に何かがあってジンたちが住人を殺害してしまったのかもしれない。そして、それを隠蔽《いんぺい》するために屋敷に火を放ったのではないか。

あのときは菅野も極度の緊張状態で取り乱していた。おとなしく金庫の鍵の場所と暗証番号を教えていなければ、菅野も神谷のことを傷つけていたかもしれない。

普段、犯罪などとは縁遠い小心者にかぎって、ああいう緊迫した状況の中では何をしでかすかわからなくなるものだ。

いや、そうではないだろう。自分は一番怪しむべき人間から目をそらそうとしている。

サカイがすべてを仕組んだと考えるのが自然だろう。

菅野はすべてサカイの指示通りに動いただけなのだから。

地下カジノで大負けをしたすぐ後に、日立は組の若い者を引き連れて菅野のアパートに押しかけてきた。

借金の額は四百五十万円にのぼっている。とてもそんな金をすぐに用意することなどできない。菅野がそう訴えると日立は恐ろしいことを口にした。

二週間以内に借金を返済できなければ、菅野の臓器を売るか、美鈴を風俗で一年ぐらい働かせると脅した。

いきなりやってきた怖い男たちに囲まれて、美鈴は取り乱して泣き崩れた。

美鈴は妊娠しているので風俗などで働かせられないと菅野が抵抗すると、日立はいい医者を知っているからまだ堕胎《だたい》できるとあざ笑うように言った。

菅野と美鈴は日立らに部屋で監視されながら借金返済の当てを探した。だが、思いつくかぎりの友人や知人に電話をかけたが借金を返済できる目途《めど》は立たなかった。

こんな時間を過ごしている間に一日一日と利子が増えていく。約束の二週間後に返済する金額は利子を含めて四百七十万円になる。

隣には疲れ切った表情で自分の腹をさする美鈴の姿があった。もう自分の臓器を差し出すか、美鈴を風俗に売るしか残された道はないのだろうかと菅野も諦めかけた。

だがまだ一週間ある。残された一週間で何とか四百七十万円を工面できないだろうか。

このままアパートにいてもどうにもならないと悟った菅野は、金を工面するために一週間家を空けることを美鈴と日立に提案した。

その言葉を聞いた瞬間、菅野を見る美鈴の眼差しが冷たいものに変わった。

きっと裏切って逃げるつもりだと思われていたのだろう。

菅野は一週間以内に必ず金を作って戻ってくると約束して家を出た。だが、金を工面するといっても、まったく当てなどない。

一週間で五百万円近い金を稼ぐとなると、やはり犯罪に手を染めるしかないのだろうか。ナイフを買ってコンビニを襲うというのはどうだろうか。いや、コンビニを襲ったところでそれほどの大金は得られない。それならば銀行か。いや、銀行は従業員も多いし、警備員も常駐しているはずだ。ひとりで強盗に入ってもすぐに捕まってしまうだけだろう。では宝石や高級な時計などを置いている店はどうだ。だが、仮にうまく強奪できたとしてもそれを換金する術が自分にはない。どこかの店に持ち込んで売ろうとすれば警察に通報されてしまうだろう。

街をさまよいながらそんなことを延々と考えていたが、けっきょくは自分のような小心者が強盗をするなんてどだい無理だという結論に行き着いた。

どうすればいいのだろうかと頭を抱えていたときに、以前テレビのニュースでやっていた闇の掲示板という存在を思い出した。

携帯やパソコンなどのネット上に、非合法な仕事を斡旋している闇の掲示板というものがあるらしい。そこにアクセスしてみれば何かいい稼ぎのネタがあるかもしれないと考えた。

菅野は携帯のネットにつなぎ、『裏』『求職』と検索をかけてみた。

携帯の画面にいくつかの闇の掲示板が出てきた。サイトにはいろいろな書き込みがあった。だが、いくつか眺めてみたところで落胆した。

サイトにはたしかに怪しげな求人がたくさんある。だが、報酬は一万五千円から多くて十万円ぐらいのものだ。数時間で十万円稼げると考えればたしかにすごいかもしれないが、今の菅野からすれば何の足しにもならない。

サイトを斜め読みしていた菅野はひとつの書き込みに目をとめた。

『パートナー募集　破格の待遇でお迎えします』

その後の『報酬　一千万円——』という文字に釘づけになった。

報酬一千万円というのは年収だろうか。パートナー募集とあるがいったい何のパートナーなのか。

そもそも、こんな求人を本当にしているのだろうか。何とも怪しい書き込みだ。だが、そうは思っていても、サイトを閉じることができなかった。

菅野は迷った末に、この書き込みをしているサカイという人物にメールを送った。

『当方、金に困っている者です。そちらの仕事に興味があるのですが、報酬一千万円というのは年収でしょうか。また、どういったお仕事なのでしょうか』

すぐに返信があった。

『報酬は年収ではありません。実働はだいたい一週間ぐらいと考えていただければと思います。仕事の内容に関しては、今の時点ではわたしのお手伝いとしか申し上げられません。この仕事を受けるとお約束いただいた時点で詳細をお話しいたします。ただ、報酬を見ていただいてもわかるとおり、それなりのリスクがある仕事です』

実働が一週間ぐらいで報酬が一千万円。そんな仕事があるわけない。この書き込みはたちの悪いいたずらで、からかわれているだけなのだ。

『仕事ってもしかして殺し屋？』

それならば、こちらもからかい返してやろうとメールを送った。

すぐに返信があった。

『人は殺しません。また、この求人は決して冗談ではありません。あなたが金に困っていて、今すぐにでも崖の上から身を投げようとしているのでもないかぎり、受けないほうがいい仕事かもしれません。もし、本当にこの仕事を受けてくださるというなら、以下の指示に従ってください』

その文面を見て、背中に悪寒が走った。

ここに書かれていることは本当かもしれないと信じさせる説得力のある言葉だった。

いったいどんなことをさせようというのだろう。人は殺さないと書いている。だが、一千万円という報酬なりのリスクのある仕事。

これ以上、この書き込みに関わらないほうがよさそうだ。

だが、今の自分はサカイの言うとおり、崖の上から身投げしようとしているのも同じ状況だった。

あと数日で五百万円近い金を作らなければ自分の臓器を取られるか、美鈴を風俗に売られてしまうことになる。

一晩考えた末に、菅野はサカイからの仕事を受ける覚悟を決めた。
・メールに書いてあったサカイからの指示はまず、菅野の証明写真を撮れというものだった。
菅野は街中にあるスピード写真のボックスで免許証サイズの写真を撮った。その写真を封筒に入れ、東池袋公園の向かいにあるコインロッカーに預けた。そして、コインロッカーの鍵を公園内にある公衆電話ボックスの台の裏に貼りつける。

これらの指示に従ったとき、サカイからの仕事を受けたと見なすというメールがあった。同時に、支度金として五十万円を用意するという。

だが、ここまでやってもまだ心のどこかで、たちの悪いいたずらでからかわれているだけなのではないかという思いが拭えなかった。

今頃、どこかの誰かが菅野の写真を見ながら笑い転げているかもしれない。こんないたずらに引っかかるなんて、まったく馬鹿な奴だと。

そんなことを考えているときにサカイからメールがあった。

『この前の公衆電話に行き、台の裏にある鍵でコインロッカーを開けてください』

菅野はメールの指示に従って東池袋公園に行った。公衆電話の台の裏に手を入れると鍵があった。鍵を取り出すと見覚えのある番号札が掛かっている。

昨日、菅野が写真の入った封筒を預けたのと同じ番号だ。

菅野はすぐに公園から出た。コインロッカーを開けると、携帯電話と二枚のカードが入っていた。

免許証とクレジットカードだった。免許証には菅野の顔写真が貼られているが、名前も生年月日も自分のものではない。まじまじと見つめてみたが、本物と区別がつかないほどよくできたものだ。クレジットカードには偽造免許証と同じ名前が記載されている。

二枚のカードを見つめているうちに、心臓が締めつけられるように痛くなった。

これだけ精巧な偽造カードを作れるとは、サカイはいったいどういう人物なのだろう。

もしかしたら、自分はとんでもない世界に足を踏み入れてしまったのではないだろうかと急に恐ろしくなった。

突然、コインロッカーの中の携帯が鳴った。びくっとして手に取ってみると、メールが届いている。

『こんにちは。よくできているでしょう。支度金はクレジットカードで引き出してください。限度額は五十万。暗証番号は一・二・一・五です』

メールの文面を見て、菅野はあたりを見回した。このタイミングで電話がかかってきたということは、どこかでサカイと名乗る人物が菅野のことを見ているはずだ。コインロッカーから離れて通りを行き交う人たちに目を向けた。

『仕事って、いったい何をさせる気なんだ？　こんな偽造の免許証やクレジットカードが必要なヤバイ仕事なのか？』

菅野はメールを返した。

『あなたにやっていただきたい仕事は、中軽井沢に住んでいるある夫婦の家を襲撃してほしいということです』

メールを読んで、菅野は息を呑んだ。

『殺す必要はありません。その夫婦を縛り上げてあるものをいただいてきてほしいのです。その家の金庫には一千万円以上の現金があるはずです。あなたはそれを奪って逃げればいい。ただそれだけの仕事です』

あるものって何だ。その夫婦はどういう人物なのだ？

『詳細に関しては後日お知らせします』

中軽井沢に行って強盗しろということなのか。悪いけど無理だ。自分にはそんなことはできない。

そう返信するとすぐにメールが返ってきた。

『お金が必要なんじゃないんですか？　今すぐにでも崖の上から身を投げようとしていたんじゃなかったんですか？　そんなに難しいことじゃありませんよ。夫婦ふたりの家を襲撃するぐらいたいしたことないじゃないですか』

たしかに今すぐに大金が必要だ。だけど、自分ひとりで知らない土地の家を襲撃するなんてとても無理だろう。

『別に誰もひとりでやれとは言っていません。仲間を募ればいいんですよ』

どうやって強盗する仲間を募れというんだ。

『ネットの中にいくらでもいるじゃないですか』

菅野は試しにATMに行ってサカイから渡されたクレジットカードを入れてみた。暗証番号を入力するとたしかに金を引き出せた。

ひさしぶりに手にする札束を見つめながら、言いようのない不安が胸の中で渦を巻いているのを感じていた。

やはり自分には強盗をするような度胸はない。それに、サカイはネットの中で仲間を募ればいいと書いていたが、そんなに簡単に強盗をする仲間が集まるとも思えない。

だが、借金返済の期限まであと四日に迫っていた。

どうすればいいのだと頭を悩ませているときに、サカイからメールがあった。

『おもしろい書き込みがありましたよ』という文面と、サイトのアドレスが添付されていた。

さっそくアクセスしてみると、闇の掲示板のサイトにつながった。掲示板を斜め読みして、ある書き込みに目をとめた。

ジン

仲間求む。

今の生活にもがき苦しんでいる人たち。一発逆転を狙って一緒に大きなことをやりませんか。

サカイが言っていたのはおそらくこの書き込みのことだろう。

闇の掲示板で仲間を求めるという書き込みも珍しい。それに、一発逆転を狙って一緒に大きなことをやろうと書いているが、具体的にどういうことをやろうとしているのかがまったく書かれていない。

もしかしたら、自分に都合のいいように誘導できるかもしれない。

『何をするのかわからないけど、おれにも一枚かませてくれ』

菅野は書き込みをしているジンという人物にメールを送った。

しばらく待っているとジンから返信があった。とりあえず会って話をしたいがどこに住んでいるのかと訊いてきた。関東だったらどこでも会いに行くと答えると、明日の三時に池袋から近い明治通り沿いにあるファミレスでどうかと言ってきた。今いる場所から遠くない。

菅野は『ＯＫ』と返信するとネットカフェから出た。

ジンというのがどういう人物なのかまったくわからないが、菅野が話の主導権を握る必要がある。

菅野は長年引っ越し会社で働いていたこともあってガタイはいいが、どうも顔つきは弱々しく見えるようだ。明日会う人物に舐められないように、少し強面《こわもて》な印象を作る必要があった。

翌日、理髪店で茶髪に染めてそり込みを入れてもらった。眉も細くしてもらうと、アメリカのバイク乗りが着るような革ジャンを買った。

トイレに入ると洗面台の鏡に向かってしばらくガンの飛ばし方の練習をした。

そしてファミレスに行く前に、菅野が襲撃するという中軽井沢の夫婦についての情報を知りたいとサカイにメールをした。

それがわからなければ、これから会う人物をうまく強盗計画に引き込めないだろうと思ったからだ。しばらくするとサカイから返信があった。神谷信司と綾香という名前が書いてあり、ふたりに関する詳細な情報が記されている。

菅野はメールに記された情報を頭に叩き込んでからファミレスに向かった。

菅野が強盗計画の話を切り出した後にポケットの中の携帯が震えた。トイレに行って着信を確認するとサカイからだった。

『なかなかよさそうな仲間じゃないですか』

その言葉にはじまって、これからの具体的な指示が書いてあった。

メールの文面を読み進めていくうちに、携帯を持った手が震えだした。

サカイからの指示は、あそこにいる者たちを仲間に引き入れて、明日の夜に神谷家を襲撃しろというものだった。

トイレから出ると席に向かう途中で立ち止まり、それとなくフロアを見回した。

サカイはどこから菅野を見ているのだ。

自分たちが座っている席に目を向けると、テキーラとラムが何やら話をしていて、ちょうどウオッカが席に戻って行くところだ。

ふたつ離れた席に、子供連れの主婦がふたり向かい合わせで座っていた。かろうじて自分たちの会話が聞き取れるとすればあそこの席だろう。主婦たちは子供のことなどそっちのけで喋っている。

サカイが男ではない可能性もあるだろうが、さすがにあの主婦が強盗計画などというものに関与しているとは思えない。

だけど、間違いなくサカイは自分たちのことを見ているのだ。

菅野は強引に話を進めて集まった四人に強盗計画の約束をさせた。

ファミレスから出て駅に向かっている途中にふたたびサカイからメールがあった。

ウオッカを脅して仲間から外せとメールに書いてあった。

それを見て、ファミレスのどこかにサカイかその仲間がいたにちがいないと確信した。

　自分たちの会話を聞いていなければ、ウオッカという名前を知るわけがない。

　菅野は携帯でウオッカを呼び出すと、サカイの指示通りに脅しをかまして仲間から外した。

　翌日、神谷家を襲撃するための道具を購入すると練馬に向かった。

　これから自分たちは神谷という夫婦の家を襲撃する。どこから捜査の手が及んでくるかわからない。神谷の家の近くで誰かに車を目撃されてしまう可能性も捨てきれないし、高速道路にはあちこちにカメラが設置されている。万が一にも自分のもとに捜査の手が及ばないように、ジンに三列シートのＳＵＶを借りさせ、菅野は一番後ろの席に座って身を隠すように寝たふりをした。

　神谷邸の下見を終えると、菅野はみんなから離れてひとりで行動を開始した。

　すべてはサカイからの指示だ。

　まずは軽井沢から新幹線で長野に行き駅前のビジネスホテルに偽名でチェックインした。戻ってくるのは深夜になるとフロントに告げてホテルを出ると、次はレンタカー店で車を借りた。もちろん、サカイから提供された偽造の免許証とクレジットカードでだ。

レンタカーで中軽井沢の神谷邸に向かった。神谷邸の裏手にある目立たない山道の脇に車を停めると、そこから薄闇の中をひたすら歩いた。どうにか幹線道路に出るとタクシーを探した。

タクシーを捕まえて軽井沢駅に向かっているときに、ポケットの中の携帯が震えた。

『準備は整いましたか？』

サカイからのメールだった。

『ああ』と返信するとすぐにメールがきた。

最終確認です――とあり、これからの段取りが書かれていた。

昨日、ファミレスで受け取った計画とまったく変わらない。ただ、ひとつだけ追加されている事柄があった。目障《めざわ》りだからテキーラのピアスを外させろということだ。

いったいどういうことだろうか。マスクをするのだから、ピアスをしてようがどうだろうがかまわないではないか。だが、それを訊くことはしなかった。

『わかった』とメールを打って返信しようとしたときに、ひとつ大切なことを忘れていたのに気づいた。

サカイからの指示は、神谷家を襲撃してあるものをいただいてきてほしいということだったが、その『あるもの』が何であるかをまだ聞いていない。いったい何を奪わせようというのだろう。

『神谷邸から何をいただいてくるんだ？』とメールを送った。

しばらくするとサカイからメールが返ってきた。

『プライド』

意味がわからなかった。

『プライドじゃわからない。具体的に言ってくれ。こっちは時間がないんだ』

少し苛立ってメールを返した。

『そうですねえ。神谷信司を素っ裸にして書斎の椅子に縛りつけるというのはどうでしょう。うん、それがいい。おもしろい』

サカイからのメールを見て、菅野は啞然とした。

こいつはいったい何を考えているのだろうか——

そんなことをしたいがために、闇の掲示板を使って人を引き入れたというのか。

精巧な偽造の免許証とクレジットカードを作ってまでやりたいこととはそういうことだったのか。それとも自分はからかわれているだけなのか。

考えあぐねていると、ふたたびメールがきた。

『安心してください。あの家にはあなたが満足するだけの金はありますから。あなたは金を欲している。わたしはちがうものを欲している。お互いが欲しているものを満たすために協力し合っている。それでいいじゃないですか』

メールを見ているうちに、何がおかしいのかわからないが笑いがこみ上げてきた。

どうやら自分たちは復讐代行屋に仕立て上げられたようだ。

サカイは金品目的で今回の強盗を計画したのではないのだろう。ただ単に神谷信司という人物に抱いている何らかの恨みを晴らしたかったのではないか。

菅野に仲間を集めさせ強盗をさせる。金品を奪わせ、神谷を辱《はずかし》める。それが目的なのだ。

偽造の免許証とクレジットカードを渡すだけで、自分の手を汚すことなく、神谷に大いなるダメージを与える。

ネットなどで横行している胡散臭い復讐代行屋を使うよりも、よほど安上がりで自分の身も安全なのではないか。

何ともくだらない人物だ。

別に自分のことを棚に上げるつもりはない。金目当てで強盗を働くなど最低なことだと自覚している。だが、それでもやむにやまれぬ事情とそれなりの覚悟があってやるのだ。

メールを見ていると、サカイに対する腹立たしさがこみ上げてくる。

これからやることを終えれば、もうサカイから連絡が来ることはないだろう。

携帯の電源を切るとポケットにしまった。

軽井沢駅で三人と落ち合うとさっそく神谷邸に向かった。

テキーラにピアスを外させるとマスクをかぶって車外に飛び出した。いつの間にか激しい雪が降っている。玄関の横に隠れてラムがやってくるのを待った。

ラムがやってきて泣きながら助けを求めると、玄関のドアが開いて若い女が顔を出した。

サカイから夫婦の情報は知らされていたが、本当に目の前にいる若い女が神谷の妻なのかと一瞬怯みそうになった。

すぐに思い直してドアを押し開けて女にナイフを向けた。リビングに入っていくと、ソファに座っていた男が驚いたように立ち上がった。この男が神谷信司だろう。

「金はどこだ」

菅野はナイフで威嚇しながら神谷を二階に連れて行った。

「服を脱げ」

書斎に入ると神谷に命じた。だが、神谷は戸惑ったように立ち尽くしている。目の前の男の気持ちもわからないではない。

「早く脱げって言ってんだよッ！」

ナイフを向けながら怒鳴りつけると、神谷はしかたなくといった様子で服を脱ぎ始めた。

「パンツもだよッ！」

全裸にすると椅子に縛りつけた。ナイフを突きつけて、金庫の場所と暗証番号を吐かせた。

だが、金庫を開けて菅野は唖然とした。そこには一千万などという金は入っていなかった。百万円の束が五つとUSBメモリーが入っているだけだ。この金庫にあるという一千万を奪ってひとりで逃げる手筈だったのに。

「金は……もっとあるだろう！」

神谷を怒鳴りつけると、「それだけしかない……本当だ……」と必死に首を横に振った。

菅野は腹立ちまぎれに札束と一緒にUSBメモリーもポケットに突っ込んだ。

後ろから「命だけは助けて……命だけは……」と命乞いをする神谷の声が聞こえ

た。

殺しはしない——そう口にする代わりに、机の上にあったタオルを神谷の口に突っ込んだ。

最後の指示は、ジンやテキーラやラムに悟られないよう、二階から抜け出すということだ。

だが、二階の窓に手をかけたが開かなかった。鍵を開けて力を入れているのだが窓はびくともしない。どうやら窓枠が凍結してしまったみたいだ。

「バーボン！　中にいるのか？」

外からテキーラの声が聞こえた。

「ああ。この部屋には金目のものはなさそうだ。他の部屋を調べてくれ」

「わかった」

テキーラの足音を聞きながら、焦燥感に駆られた。

早くこの部屋から出なければ——

菅野は机の上にあったパソコンのコードを引き抜くと、窓に向かって投げつけた。

窓から逃げる前に、ちらっと振り向くと、全裸で椅子に縛られている情けない神谷の姿が目に入った。

「新しいのに替えたんですか？」

テツの言葉に、菅野は我に返った。

目の前に置いた携帯のことを言っているのだろう。自分の携帯は上着の左ポケットに入れている。

菅野はテツの質問には答えず、サカイから渡された携帯を見つめた。

この携帯とつながっているサカイのことを考えるだけで、身の毛がよだってくる。

あの家に火をつけたのはサカイなのだろうか。三人の命を奪ったのはサカイで、自分たちはその手助けをさせられたということなのか。

それを考えると、恐ろしさで気が変になってしまいそうになる。

金は奪っても、人を殺さず傷つけずというのが仲間たちとの約束だったはずだ。

あの家から抜け出した後、いったい何があったのだ――

知りたい。どうしても知りたかった。

この携帯の電源を入れればサカイと連絡が取れるかもしれない。ジンやラムやテキーラから状況を聞けるかもしれない。

だが、今は電源を入れてみる勇気がなかった。

菅野はポケットからUSBメモリーを取り出した。神谷家の金庫に大事そうに保管されていたものだ。

神谷という人間はいったい何者なのだろう。いったいあの男は誰からどんな恨みを買ったというのか。

「なあ、テツ——店にノートパソコンを置いてたよな」

10

「あそこの喫茶店で待っててください」

仁は高田馬場駅に降り立つと駅前の喫茶店を指さして鈴木に言った。

「ちゃんと今日のぶんの一万円はもらえるんだろうな」

「戻ってきたら渡します」

鈴木と別れて仁はロータリーで待った。しばらくすると見覚えのある黒い車が近づいてきて仁の横で停まった。窓ガラスが下がり、森下の顔が見えた。

「どうぞ、助手席に」

仁が助手席に乗り込むと、森下が車を出した。

「言ったとおりでしょう」

「何がですか？」仁は意味がわからず運転席に目を向けた。

「あなたとはまたどこかで会いそうな気がすると言ったでしょう。まさか、こんなに早く再会するとは思っていませんでしたがね」

森下が愉快そうに笑った。

「公衆電話から着信があったときにはいったい誰だろうと思いましたけどね。それにしても、とうとう携帯まで売ってしまったんですか」

「ちがいます。携帯は持ってますよ」仁はポケットから携帯を出して見せた。

「それは失礼」

ディスカウントショップのトクノヤが見えてきた。駐車場に車を入れる。

「で——わたしにお願いというのはいったい何でしょう」エンジンを止めると森下が仁に目を向けた。

「あなたは以前、携帯の番号からいろいろなことを調べられると言ってましたよね」

「ええ」

「この携帯番号を調べてほしいんです」

仁はメモ用紙を森下に差し出した。ラムとテキーラとバーボンの携帯番号が書いてある。

「理由は？」

森下がルームライトをつけて、メモを見つめた。

「知りたいだけです。それだけじゃだめですか」

頼みごとをするにしても、この男を信用しているわけではない。

森下がメモに据えていた視線を仁に向けてにやっと笑った。

「この番号から何を知りたいというんです？」

「契約者の名前と現住所を知りたいんです」仁は森下が持っているメモを見つめながら答えた。

森下は黙っている。メモを手で弄《もてあそ》ぶようにしながら何か思案しているようだ。

「できないんですか？」仁は訊いた。

「できないことはないですよ」

森下が顔を上げて仁を見つめた。

「言ったでしょう。我々の情報網を使えばそんなことは朝飯前ですよ。ただね……」

「ただ……何です？」仁は森下の反応を窺いながら訊き返した。

「いくらあなたとわたしの仲だといってもね、無料で引き受けるというわけにはいかない」

「どれぐらいかかるんですか」

「一件、二十万円――」

森下が即答した。

「……と、言いたいところですけどね、あなたとわたしの仲だから半分の十万円までならまけてあげますよ」

三人で三十万円ということか。払えない金額ではない。ただ、これからのことを考えると大きな出費だ。

ここで三十万円を払えば、手元には七十万円弱の金しか残らなくなってしまう。自分の無実を晴らすまで警察から逃げ切らなければならないことを考えると、何とも心もとない。

それ以上にこの男を信用していいのだろうかという思いがある。この男なら金だけ取ってそのまま消えてしまうということもしかねないだろう。

「わかりました。後払いでどうですか？　この番号の情報と引き換えに……」

「それは無理です」

森下が遮った。

「覚えておいたほうがいい。裏の人間を利用したいのならすべて前払いですよ。我々の辞書には『信用』などという言葉はないんです」

仁は森下の目を見据えた。

この男のことなど端《はな》から信用できないが、他に方法はない。

「お願いします」

仁は上着のポケットから無造作に札を取り出すと金を数え始めた。

「いったいどうしたんですか。そんな大金……」

仁は森下の問いに答えることなく、三十万円を差し出した。森下がゆっくりと一枚一枚金を数える。

「ちゃんとありますよ」仁は森下の手つきに苛立って言った。

「ずいぶんと汚れてますね。どうやって手にしたんですか」

札についた汚れの正体に気づいたようで、森下がねっとりとした視線をこちらに向けてくる。

「汚れてようが何だろうが金は金でしょ。だいたい、あなたが手にしている中にきれいな金なんかあるんですか？」

「どうやら腐った藁にすがってしまったんですね」森下の眼差しが鋭いものに変わった。

「どういう意味ですか？」

仁が訊くと、森下がゆっくりとナビゲーションに手を伸ばした。テレビをつけてチャンネルを変えていく。ニュース番組で止めた。ニュースではちょうど中軽井沢の事件を報じている。

何度も観た神谷家の光景に、仁はとっさに画面から視線をそらした。

「九日深夜、長野県北佐久郡軽井沢町の神谷信司さん方から出火し、三名の遺体が発見された事件の続報ですが……」

仁の反応を楽しむように森下がボリュームを上げていく。

「……消火に向かった消防隊員が、神谷さん宅の周辺で不審なレンタカーを目撃したとの新しい情報が入ってきています。そのレンタカーに乗っていた人物が神谷さん宅で起きた事件について何か知っているものとみて、警察は行方を捜している模様です」

アナウンサーの声を聞きながら、からだから血の気が引いていくのを感じる。

警察はすでに仁が乗っていた車がレンタカーだということをつかんでいる。

「あのときの言葉は一応、忠告のつもりだったんですがね」

その声に、森下の顔を見た。

「わたしが紹介する仕事をしていれば、人まで殺すことはなかったのに」

どこか仁を馬鹿にしたような言い方だ。

「違う……」

「何が違うんですか？　あなたがやったんじゃないんですか？　数日前まで金もなく路上で生活していたあなたが今ではこんな大金を持っている」

「違う！　おれが殺したんじゃない。あいつらに嵌められたんだ」

「あいつらに嵌められた？」森下が首をひねった。

「どうせ話したって信じてもらえないだろうけど、おれは殺してなんかいない」

森下を見つめる視界が潤《うる》んでいる。こんな男に涙など見せたくはないが、今は誰でもいいから自分の心の叫びを聞いてもらいたかった。

「どういうことですか。あいつらというのは？」森下が興味を持ったように少し身を乗り出した。

「その中におれを嵌めた奴がいるんだ」

仁がメモを指さすと、森下はあらためて紙を持ち上げて見つめた。

「どうも話がよくわからないんですけど」

「あなたと別れた後……闇の掲示板に書き込みをしたんですよ」

「闇の掲示板ですか。金に困っていたなら、わたしのところに連絡をくれればよかったのに」

「あなたみたいなあくどい人間に使われるのはうんざりだったんでね」

森下が「そうですか」と鼻で笑った。

「今度は求職ではなく、求人の欄に書き込みをしたんです」

仁は闇の掲示板に書き込みをしてからのことを森下に話した。

その書き込みを見て集まってきた四人のこと。その中のひとりであるバーボンと名乗る男の提案で、中軽井沢にある一軒の屋敷を襲撃したこと。だが、襲撃の最中に何者かに頭を殴られて気絶してしまったこと。

「気がつくと外に倒れていて、目の前で屋敷が燃えさかっていたんです……」

「このお金は？」

「おれの前に置いてありました。百万円の束が」

森下が鼻で笑った。

「まんまと嵌められたってわけですね。お人よしの仁くん」

蔑まれているとわかっていても、返す言葉がなかった。

自分はいつも誰かに騙されている。どうして自分のまわりにはそんなあくどい人間ばかりいるのだ。

「それにしても、まったくひどいことをする奴らだ。四人の人間の命を平気で奪うなんてね」

「遺体が発見されたのは三人です」

「あなたの命もそのうち奪われるんですよ」

その言葉にぎょっとして、森下の目を見つめた。

「捕まったら間違いなく死刑でしょうね」森下の目は笑っていない。

その現実をあらためて突きつけられて、胸が苦しくなった。

「殺されてたまるか……」

冗談じゃない。やってもいない罪でどうして殺されなければならないのだ。

「そのためにこいつらを捜さなきゃならないんです。だから……」

「かぎりなく細い糸ですよね。この番号の契約者がバーボンやらテキーラやらという、あなたが知っている人物とはかぎらない。そうでしょう」

森下に言われるまでもなくそんなことはわかっている。最初から誰かを嵌めるつもりであったのなら、自分名義の携帯を使うはずがない。どこかで他人名義のとばしの携帯を手に入れているだろう。

「他に方法がないんです」

バーボン、ラム、テキーラの三人がグルで、すべてとばしの携帯を使っていたとしたら、もう自分に打つ手はない。ひとりでもグルではない人物が、今の仁のように不安に駆られている人物がいることに賭けるしかなかった。

「明日の昼頃までには何とかしますよ。わかったら携帯に連絡しましょう」森下がメモをポケットにしまいながら言った。

「いや、携帯の電源は……」

入れるわけにはいかない。

「そうですね。警察がすでにあなたにたどり着いているとしたら命取りになる」

さすがに裏の住人らしく、森下がすぐに察した。

「そうだ。使っていないSIMカードが何枚かあった」

「SIMカード？」仁は訊いた。

「携帯の中に入っているSIMカードを入れ替えると、同じ携帯であっても違う電話番号として使用できるんです」

つまり名義が変わるわけだから、携帯を使用しても警察に仁の居場所を知られる心配はないということか。

「あいにくですが、カードは今持っていません。これから事務所に行って入れ替えてきますよ」

森下が手を差し出してきたので、仁は携帯を渡した。

「三十分ほどで戻ってきますから、ここで待っててください」

仁が降りると森下がすぐに車を出した。車が駐車場を出て行くのを見て、仁はディスカウントショップの建物に入った。店内をうろついて、ニット帽と風邪用のマスクを買った。

そのうちテレビのニュースに殺人事件の容疑者として自分の顔が映されるかもしれない。

サングラスも買おうかと思ったが、よけいに怪しく見えるのではないかと思い直した。

駐車場に出ると森下の車が停まっていた。仁が近づいていくと運転席の窓ガラスが下りて森下が携帯を差し出した。

「これで大丈夫でしょう」

「いくらですか」仁は森下の手から携帯を受け取って訊いた。

「これはサービス……いや、貸しです」

「返せるかどうかわかりませんよ」

「そうですね。さすがにわたしも拘置所まで取り立てに行くつもりはありません」

「刑務所じゃないんですか？」

「死刑囚は拘置所ですよ」森下が笑った。

その笑みに一瞬ぞくっとしたが、森下の顔はすぐにスモークガラスに隠された。

夜の闇に消えていくテールランプをしばらく見つめて、仁は駅に向かって歩き出した。

駅前の喫茶店に入ると、奥の席でビールを飲んでいる鈴木が目に入った。

まったくいい気なものだ。

仁は苛立ちを抑え込みながら席に座ると、鈴木が「どうだった？」と他人事のような顔で訊いてきた。

「まあ……何とかなりそうです。とりあえず今日はどこかで休んで、明日から三人を捜しましょう」

仁が言うと、鈴木が軽く頷いて手を差し出してきた。

しかたなく、ポケットの中から一万円札をつまんで鈴木に渡した。

「とりあえず近くのネットカフェを探しましょう」

伝票をつかんで立ち上がったが、鈴木はその場から動こうとはしない。

「これからどっかで飲んでいくよ」鈴木が腹をさすりながら言った。

「おれは免許証を見せたくないんで、鈴木さんの免許証で大きめの個室を借りてほしいんですよ」

「せっかく金が入ったんだ。ひさしぶりに飲みに行きたい。それに警察に追われてる人間と一緒だと安らげないしね」

仁は思わず鈴木を睨みつけた。

「怖いねえ。だけど、約束は破ってないだろう。あいつらを見つけるために協力はするけど、何も狭い個室の中でおまえと添い寝をする約束まではしてない。探せば免許証がなくても入れるネットカフェはあるだろう」

どうやら、少しばかりの金が手に入って気が大きくなっているようだ。

「明日の朝、電話します。この番号に変えました」

仁は新しい電話番号を書いたメモを鈴木に渡すと、ドアに向かって歩いていった。

店を出ると駅周辺のネットカフェを探した。免許証の提示が必要のないところを見つけて受付をすると、すぐに個室に入った。

個室に入っても何もする気が起きない。テレビを観るのもためらわれたし、疲れ切っているはずなのに眠ることもできない。神経が過敏になっているせいなのか、何もしていないのに、疲労だけがどんどんと蓄積されていく。

いっそのこと、このまま警察に駆け込んでしまおうかと考えた。こうやって逃げ回っていても、事態が好転していく気がまったくしないのだ。

自分の手で真犯人を捜すなんて、どだい無理な話ではないだろうか。

それならば、少なくとも指名手配になる前に警察に行けば、少しは自分の話に耳を傾けてくれるのではないだろうか。

携帯を見つめながらそんなことを考えているうちに、母から電話があったときのことを思い出した。

仁の実家に自分に成りすました振り込め詐欺の電話があり、母が心配して電話をかけてきたのだ。

仕事も、住むところも、金もないと、母に泣きつきたかった。長野の実家に戻りたいと言ったら、母は受け入れてくれたにちがいない。

あのときに戻りたい。あのとき自分のダメなところをさらけだして、変な見栄など張らずに実家に戻っていれば、こんなことにはならなかったのに。

我に返ると、手に持った携帯からコール音が漏れ聞こえてくる。無意識のうちに、実家に電話をかけていたようだ。

電話を切ろうとしたときに、「もしもし……」と母の声が聞こえた。

その声を聞いた瞬間、心臓が大きく波打った。

「もしもし……」

仁は携帯を見つめながらためらった。

「もしもし……どちらさまでしょうか……」

母の声音が不安なものに変わっていく。

「もしもし……おれ……」仁はたまらなくなって電話に出た。

「仁？　どうしたの、こんな時間に……」

母の声がぱっと明るくなったような気がした。

電話をしてしまったが、何を話していいのかまったくわからない。

「いや……何か用事ってわけじゃないけど……どうしているかなと思って」仁は言葉を絞り出した。

油断すると、涙があふれ出してしまいそうだ。

「こっちは相変わらずよ。あなたのほうはどうなの？　新しい仕事は頑張ってるの？」

「うん……」

「風邪引いてるんじゃないの？　ちょっと声がかすれてるみたいよ」

「大丈夫だよ。東京の冬はそっちほど寒くないから」

「この前、隣のおばあちゃんからみかんをたくさんいただいたから宅配便で送ってあげるわ。新しい住所を教えて」

「みかんぐらいこっちで買うし……それに……近いうちに一度帰るからさ……」

「そう？　あまり無理しちゃだめよ」

もう耐えられない。これ以上、母の声を聞いていると大声で泣き出してしまいそうだ。

「ああ……じゃあね」

仁は電話を切ろうと携帯を耳から離した。

「ねえ、仁——」

母の呼びかけに、ふたたび携帯を耳に当てた。

「辛かったらいつでも帰ってきなさいね。あなたの家なんだから」

その言葉に、今までこらえていたものが決壊した。

自分はふたたびあの家に帰ることができるのだろうか。

仁は耳もとで携帯を強く握りしめながら、必死に嗚咽を噛み殺した。

「仁……どうしたの？　大丈夫？」

母にも嗚咽が漏れ聞こえているのだろう。心配そうに何度も問いかけてくる。

「大丈夫だよ。ちょっと仕事で……嫌なことがあっただけ。だけど……もう大丈夫だよ。頑張るから……おれ、頑張るから」

絶対に真犯人を見つけ出してやる。そして、自分が犯してしまった罪をきちんと償うのだ。

「ねえ、母さん……」

「何？」

「どんなことがあっても、おれのことを信じてね」

仁はそれだけ告げると電話を切った。

11

「もうすぐですね」

運転席の若林がナビゲーションにちらっと目を向けて言った。

「ああ」

勝瀬は頷くと、後ろを振り返った。上杉たちを乗せた車がぴったりと後をついてくる。

「それにしても、あいかわらず東京の道は混んでるな。さっきからぜんぜん進んでないんじゃないか？」勝瀬はあたりを見回しながら言った。

「そうですね。ぼくはあまり東京には来ないのでアレですけど……こっちで車に乗る仕事をしているとそうとうストレスが溜まりそうですね」

若林の言葉を聞いて、自分だってあいかわらずと言えるほど東京のことなど詳しくないのにと、少し気恥ずかしい気分になった。

現に、今向かっている広尾《ひろお》という土地のことも、ほとんどよく知らない。ただ、渋谷から近い場所ということで、ごみごみしたところなのだろうと想像している。

勝瀬は今朝の捜査会議が終わるとすぐに、上杉たちと分乗して東京に向かった。

被害者である神谷夫妻が、中軽井沢に移るまで住んでいた広尾のマンションを訪ねるためだ。

昨日の中軽井沢周辺での聞き込みでも、神谷夫妻の情報はほとんどと言っていいほど得られていない。

「勝瀬主任はこの事件が……」若林がそこまで言って口をつぐんだ。

「どうした」

勝瀬は若林を見て、先を促した。

「勝瀬主任はこの事件が怨恨《えんこん》によるものとお考えですか？」遠慮がちに訊いてくる。

「わからない」

即答すると、若林が意外そうな顔をした。

「わからないけどな……」勝瀬はもう一度言った。

捜査本部内では、押し込み強盗による犯行という見方が多数を占めている。

神谷は自分がかなりの資産家であることや、家の金庫に大金をしまっていることなどを、馴染みのスナックで吹聴《ふいちょう》していたという。スナックの客でなくとも、そういう情報を聞きつけた者が神谷邸に押し入り、夫妻を殺害して、証拠隠滅のために火を放ったのではないかと。

だが、何かが引っかかるのだ。

それが何かと問われてもうまく説明はできないが、胸の中にこびりついているもやもやとしたものを払拭《ふっしょく》したいがために、平沢に東京行きを志願した。

「ぼくたちが東京にいる間に容疑者が浮上するかもしれませんね」

若林の言葉に、勝瀬は頷いた。

本部では、消防隊員が目撃したというレンタカーの捜索に全力を挙げている。今現在、犯人逮捕のための最も有力な情報だ。消防隊員はナンバーまでは覚えていなかったが、練馬のわナンバーだったことから、都内のレンタカー会社に照会をかけているはずだ。

さらに今日の朝方になって、練馬インターチェンジの料金所の係員から捜査本部に連絡があった。

昨日の未明に料金所を通過した運転手から血痕のようなものがついた一万円札を受け取ったという。事件が発生した数時間後ということで、もしかしたら何らかの関係があるのではないかと連絡を受け、現在違う班が確認に向かっている。

「あれじゃないでしょうか」若林が目の前に見えるマンションを指さした。

マンションの前で停まると、勝瀬はすぐに車を降りた。後ろに停まった車から上杉と中軽井沢署の刑事も降りてくる。

「いいマンションですね」

上杉の言葉に勝瀬はマンションを見上げた。白いレンガ造り風の八階建てのマンションだ。このマンションの八〇六号室に三年前まで神谷は住んでいた。

「行こうか」

上杉たちを促してエントランスに入った。オートロックのドアがついている。

「オートロックか……」

近隣住民から聞き込みをしようと思っていたが、ひと手間かかりそうだ。

「管理人室がありますよ」上杉がドアの斜め前にある小窓を指さした。

近づいて中を覗いたが、管理人は不在のようだ。だが、部屋の電気がついているということはマンションのどこかにいるのかもしれない。

エントランスを出て周辺を探すと、マンションのゴミ置き場を掃除している中年の男性を見つけた。

「あの、ちょっとよろしいでしょうか」

声をかけると、掃除をしていた中年の男性がこちらを向いた。

「このマンションの管理人さんでしょうか」

勝瀬が訊くと、男性が頷いて近づいてきた。

「少しお話をお聞きしたいのですが」

警察手帳を示すと、男性が驚いたように少し腰を引いた。

「失礼ですが、ここの管理人をどれくらいされているんでしょうか」

「十年くらいかな。どうしてですか？」

勝瀬は手短に、中軽井沢で発生した事件と、事件の被害者が三年前までこのマンションに住んでいたことを告げた。

「八〇六号室にいた神谷信司さんというかたなんですが、覚えてらっしゃいませんか」勝瀬は神谷の写真を示しながら訊いた。

管理人が写真を見つめながらしばらく考え込んでいる。

「いやあ……覚えがないなあ。もちろんこのマンションに住んでいたってことは、すれ違ったりしたら挨拶ぐらいはしているだろうけど……でも、覚えてないなあ」首をひねりながら答えた。

「そうですか……」

勝瀬が言うと、管理人が軽く頭を下げてゴミ置き場に戻っていこうとした。

「あっ、あと……このマンションの管理をしている不動産会社を教えてもらえませんか。それから、住人のかたからもお話を聞きたいのでオートロックを開けていただきたいんですが」

管理人とともにエントランスに戻った。

「じゃあ、二手に分かれようか。おれたちは偶数階を回るから」

勝瀬が指示すると、他の三人が「わかりました」と頷いた。

管理人がオートロックを開けると、まっすぐエレベーターに向かった。


「いやあ、なにぶん三年前に転居されたということで、契約書なんかはすでに破棄しちゃっているんですよね」

不動産会社の従業員がカウンター越しに申し訳なさそうな顔で言った。

「何か覚えていることはありませんか。どんな関係の仕事をされていたとか……」

勝瀬は粘《ねば》って訊いたが、相手は困惑の表情を浮かべながら唸るだけだ。

マンションでの聞き込みの成果がゼロだったから、何とかここで少しでも神谷に関する情報を引き出したい。

「まあ、あのマンションを契約できたということは、収入の面でも保証人の面でもしっかりしていたということでしょうか。それ以上のことは……」

従業員がもう勘弁してくれと言わんばかりの顔でひたすら頭を下げる。

「どうしますか」上杉が目で訴えてきた。

「妻のほうを当たってみようか」

妻の綾香は三年前に神谷と結婚するまで目黒《めぐろ》にひとりで住んでいた。

昨日の夜、綾香の両親が中軽井沢署にやってきていくつか話を聞いたが、十七歳で家を飛び出してからほとんど連絡を取り合っていなかったという。結婚したことは知っているが、相手の神谷がどういう人物だったのかはまったくわからないそうだ。

目黒のマンションを管理している不動産会社を訪ねると、綾香の契約書が残っていた。綾香は神谷と結婚する一年半ほど前に部屋を借りている。保証人は『ダイコク興業』という会社の社長だ。ダイコク興業は六本木で何軒かの高級クラブを経営していて、綾香はそのひとつでホステスとして働いていた。

「綾香が亡くなった？」

クラブを訪ねて責任者という男に事件のことを告げると、信じられないというように言葉をなくした。

「ただ、損傷が激しくてまだ身元の確認はできていませんが……」

「そうですか……まったく世の中何が起こるかわかりませんね。先週、東京に来たときにここに寄ってくれたんですよ。中軽井沢で何不自由ない生活をして幸せそうだったのになあ……」

「ご主人の神谷信司さんのことはご存知ですか？」勝瀬は神谷の写真を取り出しながら訊いた。

「ええ、もちろん知っていますよ。うちの上得意様でしたから」

「綾香さんとはここでお知り合いになったんですか」

「そうです。神谷さんは優しいし、かなりの資産家みたいでしたからね。三十以上歳が離れていますが綾香のほうから猛アタックしたみたいですよ」

「神谷さんはどのようなお仕事をされていたんでしょうか」

「さあ、詳しいことはわかりません。綾香もご主人の仕事のことは何も言っていませんでしたし。ただ、いつも使われる金額が半端ではなかったので何か会社を経営されているのかと思っていましたけど」

「会社を経営……ですか」

神谷にはそんな記録はなかった。しかし、間違いなくかなりの資産を持っていたはずだ。中軽井沢の屋敷も現金で買っている。いったいそれだけの資産をどうやって得たのだろうか。

「ご自身だけではなく、よく若い人たちを大勢引き連れて遊びに来てくださいましたよ」

「若い人たち……」

今は若い人に任せてここで隠居生活を送っていると神谷が言っていたと、スナックのママが言っていた。

「その人たちとどんな話をされていたか覚えてらっしゃいませんか」

「そう言われましても……」責任者が困ったような顔で言葉を濁した。

「どんな些細《ささい》なことでもけっこうですので」

「そう言えば……役者がどうとか……シナリオがどうとか……若い人たちと話していたことがありましたね」

「役者に、シナリオですか？」

その言葉をどう受け止めていいのかわからなかった。

「もしかしたら、芸能プロダクションでもやってるかたなのかなとちらっと思ったのを覚えています」

その線を当たってみれば神谷という人物像が浮かび上がってくるだろうか。

「ありがとうございます」

勝瀬たちは責任者に礼を言って店を出た。

車に戻る途中にポケットの中で携帯が震えた。平沢からの着信だ。

「もしもし……勝瀬です」

平沢からの報告を聞いて上杉たちに目を向けた。

「どうしたんですか」上杉が眉をひそめて訊いてきた。

どうやら、平沢の話を自分はそうとう難しい表情で聞いていたのかもしれない。

「容疑者が浮上したそうだ」

勝瀬は告げると車に向かった。

12

狭い個室の中で、仁はじりじりとした時間を噛み締めていた。

午後三時を過ぎようというのに森下からの連絡はまだない。こうやっている一分一秒の間にも、自分が確実に死刑台への階段を上っているようで、錯乱しそうになる。

だからといって、今の自分にできることは何もなかった。

せめて、いざというときのための体力温存に睡眠をとろうと思ったが、目を閉じた瞬間にいきなり背後のドアから警察がなだれ込んでくるのではないかという強迫観念に駆られて、ひとときも心を休めることができないでいる。

まさに執行を待つ死刑囚の心境だろう。

狭苦しい個室に押し込められ、外から漏れ聞こえてくる足音に怯え、ひたすらそのときが一秒でも遅くなることを願うしかない。

そんなことを思っている最中だったから、いきなり近くからの物音に、飛び上がらんばかりに驚いた。

目の前に置いた携帯が震えている。森下からの着信だ。

「もしもし……」仁は電話に出た。

「わたしです。これから高田馬場の駅前で」

森下はそれだけ言うと電話を切った。

仁はすぐに出かける支度をした。受付に行って精算するとネットカフェから出た。

高田馬場駅前のロータリーにたどり着くとあたりを見回した。すぐに森下の黒い車がロータリーに入ってくるのが見えた。仁の前で停まると窓ガラスが下りて森下が顔を出した。

「お待たせしましたね」森下が窓から折りたたんだ紙を差し出した。

その場で紙を広げて見た。三つの電話番号の横に、それぞれの名前と、年齢と、住所が書いてある。

「名前と住所だけでいいとのことでしたが……年齢はサービスです」

「ありがとうございます」仁は紙を上着のポケットにしまうと軽く頭を下げた。

「健闘を祈ってますよ」

森下は口もとだけで微笑むと、窓ガラスを上げて車を出した。

仁はポケットから携帯を取り出した。鈴木の番号を呼び出し、電話をかけようとしたところで少し考えた。

はたして鈴木は仁からの電話に出るだろうか。

鈴木にとっては当面の金さえ手に入れば、もう仁には用はないだろう。

協力を頼んだときに、自分が捕まったら鈴木も共犯だと警察に言うと脅しをかましたが、たいして効果はないのかもしれない。昨日の鈴木の態度を見ていると、本気で真犯人を捜すために協力してくれているようには思えない。

そんなことを考えながら一応かけてみると、あっさりと鈴木が電話に出た。

高田馬場駅前にいると告げると、すぐに行くと答えて電話を切った。

五分ほど待っていると、手を振りながら鈴木がやってきた。

「来てくれるとは思いませんでしたよ」仁は鈴木を見ながら言った。

「どうして?」

「何となくです」

「とりあえずどこかで飯でも食べよう」鈴木が駅前の飲食ビルを指さした。

「そんな余裕はありませんよ。もう日が暮れてしまいます」

「作戦会議だよ。それに腹が減っては戦ができないって言うだろう。昨日の夕方から食べてないんでね」

「飲みに行ったんじゃなかったんですか」

「ああ……あの後は駅前のヘルスに行ったんだよ」

「は?」仁は呆れて溜め息をついた。

「酒もひさしぶりだけど、女はもっと縁遠くなってたんでね」

そのときの光景を思い描いているのか、鈴木がにやにやしながら言った。

仁はしかたなく、近くにあるラーメン屋に付き合うことにした。カウンターに座ってラーメンを頼んだが、仁はまったく食欲がわかずスープだけをすくって口に入れた。

隣に座った鈴木はうまそうにラーメンを食べている。丼を持ち上げてスープを全部飲み干すと、満足そうに息を吐いてこちらを向いた。

「で……これからどうするのさ？」

仁はカウンターの上に森下からもらった紙を置いた。

「これがあの三人が使っていた携帯の契約者です」

鈴木が紙をつまみあげてしばらく見つめた。

「この情報が正しいなら、バーボンは間違いなく他人の携帯を使ってるな」

鈴木の言うとおりだろう。バーボンが使っていた携帯の契約者は、牧村哲司《まきむらてつじ》という五十六歳の男性だ。住所は神奈川県横浜市となっている。

「そうですね。どう見たって五十六歳には見えない」

テキーラが使っていた携帯の契約者は坂口邦彦《さかぐちくにひこ》という二十四歳だ。住所は宮城《みやぎ》県仙《せん》台《だい》市となっている。

軽井沢のレストランで話をしたとき、テキーラは二十四歳だと話していた。この宮城県仙台市という住所はもしかしたら実家なのかもしれない。

「だけど、これから仙台に行くっていうのはちょっと大変だな。となったら、必然的にここから攻めるしかないだろう」

鈴木がそう言って、ラムのところに指を置いた。

前園《まえぞの》ゆかり——

二十一歳で、住所は板橋《いたばし》区板橋四丁目——となっている。


新板橋駅から出ると、あたりは夕闇が迫っていた。

仁と鈴木はコンビニで買った地図を頼りに前園ゆかりが住んでいるアパートを探した。薄暗い住宅街をしばらく徘徊していると、それらしい番地にたどり着いた。

「あのアパートっぽくないか？」

鈴木が少し先に見える二階建てのアパートを指さした。

仁は早足になってアパートに近づいていった。たしかに、森下のメモにあった『アイランドコーポ板橋』だ。一階にある集合郵便受けの二〇二号室の箱に『前園』と名前が出ている。一階と二階に三部屋ずつあるから、二階の真ん中が前園ゆかりの部屋なのだろう。

見上げると、ドアの横についた小さな窓から明かりが漏れている。在宅中のようだ。

このまま訪ねて行くべきかと迷っている間に、窓の明かりが消えた。ドアが開いて、帽子をかぶった女性が出てくる。

仁はアパートから少し離れて様子を窺った。女性が部屋の鍵を閉めて階段に向かっていく。目を凝らして階段を下りてくる女性を見つめたが、体形からラムではないように思える。

階段を下りた女性が自転車置き場に向かっていく。

「あの――」

声をかけると、自転車に乗ろうとしていた女性がびくっと肩を震わせてこちらを向いた。

やはりラムではない。

女性が警戒心を滲ませた目で仁を見据えている。

「あの……前園ゆかりさんはいらっしゃいますか」

仁が訊くと、女性が怪訝そうな顔をした。

「わたしですけど」

声音から警戒心が解けていないとわかる。

「あなたが前園ゆかりさん？」

「そうですけど……いったい何の用でしょうか」こちらをじっと睨みつけながら言った。

「ある女性を捜しているんです。その女性はあなた名義の携帯を持っていて、それで……」

女性の顔が少し反応した。心当たりがあるようだ。

「彼女はこのアパートに住んでいるんでしょうか。どうしても会って話をしなければならないんです」

「そんな女性は知りません。帰ってください」

「だけど……」

「警察に通報しますよ。いいんですか？」

女性がハンドバッグから携帯を取り出した。

「やめてください。そんなことをしたら彼女にとってもヤバイ事態になってしまいます」

仁が言い返すと、女性の表情が変わった。

「どういうこと？」

「彼女に会ったら説明します。彼女と連絡を取ってください。ジンといえばわかります。彼女の居場所を教えろとは言いません。彼女にぼくの携帯番号を知らせてくれればいいです。それでどうですか」

「連絡っていっても……この数日、マイの携帯に電話してもつながらないの」

女性は言った後で、あっという顔をした。

マイ――というのか。

「お願いします。一刻を争うことなんです」仁は深々と頭を下げた。

「わかった。彼女がいそうなところを捜してもし見つけたらあなたの携帯番号を伝える。だけど、それで彼女があなたに連絡するかどうかは知らないわよ。それからここにはもう来ないで。彼女はここにはやって来ないから。もしまた来たら今後は警察に通報するからね。それでいい？」

「ええ」仁は頷いた。

13

背後から物音が聞こえて、菅野はびくっと振り返った。

「いらっしゃいませ――」

店に入ってきた男を見て、菅野は安堵の溜め息を漏らした。岩井《いわい》という常連客だ。

「スガちゃん、どうしたの。しけた面しちゃって」

岩井が菅野からひとつ席を空けてカウンターに座った。

「別に……」

菅野は岩井から視線をそらして、目の前にあるグラスに口をつけた。いつもなら常連客とくだらない世間話で盛り上がるのだが、今はとてもそんな気分にはなれない。

昨日からずっと心の中がざわついている。アパートにひとりでいるのがどうにも心細くて、今夜もずっとグロスで酒を飲んでいた。

早く美鈴を捜したい。彼女が今どこでどうしているのか気が気ではないが、その思いを行動に移せるだけの心の余裕が今の自分にはまったくなかった。

昨日のニュースを観て自分はとんでもないことに巻き込まれてしまったのだと痛感していたが、神谷の金庫から奪ったUSBメモリーの中身を見てさらに恐怖に縛りつけられている。

USBメモリーの中にはいくつかのファイルが入っていた。最初はそれがどういうものなのか理解できなかったが、ファイルを覗いているうちにおおよその察しがついた。

ファイルのひとつは名簿だった。名前、住所、電話番号、職業、それに家族関係などの個人情報が載せられていた。おそらく何万件、いや何十万件もの膨大な数だろう。

『マニュアル』と記されたファイルには、振り込め詐欺などの様々な種類の詐欺のマニュアルが入っていた。

さらに他のファイルには全国各地の事務所らしい住所や、詐欺に加担しているらしいメンバーの顔写真や個人情報、そして銀行の口座番号と入金記録などが記されている。その中には聞いたことがある暴力団組織の名前もあった。

これは振り込め詐欺などを行っている犯罪集団の全貌を記した情報なのだ。

菅野は神谷信司という人物の後ろ暗い背景に思い至り、恐怖に打ち震えた。神谷が暴力団の組員なのかはわからない。だが間違いなく、犯罪組織に関係のある人物なのだ。いや、こんな情報を手元に置いているということは組織の中でもかなりの立場なのだろう。自分たちはそんな男の家を襲撃してしまった。しかも、その男が殺されている。

今回の襲撃を持ちかけたサカイも犯罪組織に属する人間なのだろうか。自分は犯罪組織の手駒にされてしまったということなのか。

ファミレスでサカイからメールがあったとき、店内にはそれらしい人物は見当たらなかった。店内の様子は外から双眼鏡か何かで見ればわかるかもしれない。だが、ウオッカという呼び名を知っていたのだから、サカイは店内での会話を把握していたということだ。

いったいどういうことなのだろう。

「何かさっきから難しそうな顔をしてるな」

声をかけてきた岩井に目を向け、菅野はあることを思いついた。

岩井はフリーライターをしている。パソコンや携帯の雑誌に記事を書いているから通信機器に詳しいと以前聞いたことがあった。

「岩井さん、ちょっと訊きたいんだけど……」菅野はポケットから携帯を取り出しながらそこまで言って、慌てて口を閉ざした。

もしこの携帯の中に盗聴器が仕込まれているとしたら、たとえ電源を切った状態であっても、この会話をサカイに聞かれている可能性がある。

菅野はテツからメモ用紙とペンを借りて用件を書いた。

『この携帯の中に盗聴器を仕込むことは可能ですか？』

「ああ、可能だよ、盗聴器といっても……」

メモを見て答えかけた岩井に、菅野は慌てて口に指を立てた。

岩井はその動作で察したらしく、紙に何かを書いて菅野に渡した。

『この中に盗聴器が仕掛けられているかもしれないの？　仕事もせずにふらふらしてるから奥さんに疑われるんだよ』

とんだ見当違いだが、今までの経緯を話すこともできないので苦笑を返した。

『調べてほしい？』

岩井がよこしたメモを見て頷いた。

「じゃあ、ボトル一本ね」

ちゃっかりしているがしかたがない。もう一度頷くと、岩井が鞄の中から工具のようなものを取り出して携帯を分解し始めた。

その様子を食い入るように見つめる。岩井がこちらに目を向けた。

「盗聴器はないね。奥さんのことを簡単に疑っちゃだめだよ」

盗聴器は仕掛けられていない。いったいどういうことなのだ――

しばらく考えて単純なことに思い至った。

あの四人の中にサカイか、もしくはサカイの仲間がいるのだ。

あの四人の中の誰かが、みんなと話しながら菅野にメールを送ったのかもしれない。

携帯のメールにあらかじめ指示を書いておき、集まってきた仲間を確認して、菅野に悟られないように送信ボタンを押すぐらいのことはできるだろう。

あの四人の誰も犯罪組織に属しているようには見えない。だが、外見ではそんな判断もできないだろう。

いったいあの中の誰が――

ジンではないだろう。ジンがそうであるなら、自分の免許証で車を借りたりはしない。他に免許証を持っているウオッカをメンバーから外せなどという指示は出さないだろう。

だが、ジンの免許証も偽造ということもあるのではないだろうかと考えた。

いや、やはりジンではないだろう。ジンは最後まで強盗計画に乗り気ではなかったように思える。

いや、待て――そんな態度もフェイクだったのかもしれない。

そもそもあの書き込みをしたのはジンなのだ。普通に考えれば、何ら具体的な話もないままあんな書き込みをして仲間を募るというのも不自然なことだろう。

いずれにしてもあの四人の中にサカイ、もしくはこの殺人事件を仕組んだ人間と関わりのある者がいる。

菅野はあのときのそれぞれの挙動を必死に思い返してみた。だが、どんな会話をしたのかは思い出せても、それぞれがどんな動作をしていたのかまでは覚えていない。

14

ファミレスで夜を明かしていると、明け方に前園ゆかりから連絡があった。

「東板橋公園で待ってるって」

ゆかりはそれだけ言うと、電話を切った。

仁は向かいでいびきをかいて寝ている鈴木を起こしてファミレスを出た。

ゆかりから教えられた公園にたどり着くと、まだ夜が明けきらない薄闇の中でベンチに座っている人影が見えた。

ラムはあのときと同じ黒いコートを羽織っている。足もとには大きなバッグが置いてあった。

「ラム――」

仁はゆっくりとベンチに近づいていった。ラムも仁に気づいたようでベンチから立ち上がった。

仁はようやく同志を見つけたような思いでラムに駆け寄っていった。

仁を見つめていたラムが口もとを歪めた。次の瞬間、仁の頬を拳で殴りつけた。

「ふざけるんじゃないわよ!」

地面に倒れた仁を見下ろしながら、ラムが言い放った。

痛みよりも呆然とした思いでラムを見つめた。

どうして自分が殴られなければならないのだ。やがて沸々《ふつふつ》と怒りがこみ上げてきた。

「何なんだよ、いきなり――」

ジンが立ち上がって言うと、ラムがふたたび右拳を突き出してきた。だが、今度はがっちりと拳を手でつかんだ。すぐに左手で顔を叩こうとしてきたが、その手首も押さえ込んだ。

両手をふさがれながら、ラムが憎々しげに仁を睨みつけてくる。反動をつけて押し返すと、今度はラムが地面に倒れた。

「いい加減にしろよ！　どうしておれが殴られなきゃならないんだ」仁はラムに向かって叫んだ。

「裏切ったくせに。今さらどの面さげて会いたいなんてぬかすんだ！」ラムが射るような視線を向けて罵《ののし》ってくる。

「ちょっと待てよ。裏切るって……おれは裏切ってないぞ。そっちこそ……」

ラムの言っている意味がわからない。

「あんたら三人で逃げて、わたしひとりに罪をかぶせようって魂胆《こんたん》だったんでしょう。今すぐ警察に通報してやる」

「ちょっと待ってくれ。おれを置いて逃げたのはそっちのほうだろう。いったいどうなってるんだ……頼むから冷静に話をさせてくれ」

仁はラムに近づいていき、倒れたままのラムに手を貸そうとした。

ラムは仁の手をつかむことなく、自力で起き上がった。パンパンと尻のあたりを手で叩く。

「あのさ……」

後ろから声がして、仁は振り返った。鈴木が所在なさそうな様子で立っている。

「悪いけどさ……おれはとりあえず引き上げていいかな?」

鈴木がそう言いながら右手を差し出した。

「もう朝だぜ。昨日からまともに寝てないからさ。そろそろどっかでゆっくりと休みたいんだけどな」

昨日の昼過ぎからたしかに寝ていない。そもそもそんなことを感じている余裕などどこにもなかった。

「よかったじゃねえか。とりあえず仲間が見つかってさ。あとはふたりでゆっくり……なっ?」

自分には関係ないと言わんばかりの顔に、仁は腹立たしさを覚えた。

「これで終わりじゃないですよ。次の行動が決まったら連絡しますから」

仁はしかたなく一万円札を取り出して鈴木に渡した。

「はいはい」

鈴木は鼻であしらうように言って一万円札をポケットにしまうと、足を引きずりながら公園の出口に向かっていった。

「人は殺さないって約束だったじゃないか……」

その声に、ラムのほうを向いた。

「おれは殺してない。それにラムのことも裏切ってない。もしそうだったら会いになんか来るわけないだろう」

仁は訴えたが、ラムは睨みつけるようにこちらに視線を据えている。今まで激しい不安に襲われていたのだろうか、少し目が潤んでいた。

「おれもずっと不安だった。三人に裏切られて殺人の罪をきせられたんじゃないかと……」

「本当にジンはやってないのか？」ラムが探るように見つめてくる。

「ああ」

仁が答えると、ラムは「そっか」と、ようやく信じてくれたようで小さく頷いた。

少しだけ気持ちが落ち着くと、頬の痛みがじんじんと広がっていくのを感じた。

「あのとき何があったのか話がしたい。だけど、ここは寒いな。ファミレスにでも行くか」仁は夜明け前の寒々とした公園を見回しながら言った。

「ファミレスでできる話？」

「それもそうだな……」

仁は両手を上着のポケットに突っ込んでベンチに向かった。ラムもついてきて隣に座る。

「まず何から話せばいいかな……とりあえずおれの話をするよ」

そう前置きして、仁は神谷邸に押し入ってからのことをラムに話した。

ラムは正面に視線を据えながら仁の話をじっと聞いている。

「途中でみんなの携帯に連絡を入れたんだぞ。だけど、誰も出なかった……」

そう言うと、ラムがこちらを向いた。

「携帯をどこかに落としちゃったみたいなの」

「落とした？」

仁が訊き返すと、ラムが頷いた。

「わたしはみんなが屋敷に押し入った後、予定通りに車に戻って待機してたわ。だけど、みんななかなか戻ってこなかった。心細い気持ちで待っていると、屋敷の裏のほうから車が走り去っていく音が聞こえたの」

車が走り去る音――？

「それからしばらくして、ぱっと屋敷が燃えだした。どんどん炎が大きくなっていって……わたし……怖くなって……」

ラムのからだが小刻みに震えている。寒さのせいばかりではないのだろう。

「それでその場から逃げだしたのか？」

ラムが頷いた。

「わたしは車の運転ができないもの。しかたがないから、真っ暗な山道を当てもなく歩いた。みんなに連絡をしようと思って携帯を探したらなくなってた。もしかしたら、あの家の玄関に行ったときに落としちゃったのかもしれない。ひたすら山道を下っていって何とか大きな道路に出た。お金はもう東京に戻る電車賃ぐらいしか残ってなかったから、コンビニで地図を立ち読みして軽井沢駅まで歩いていった」

「そうだったのか」

「わたしは今まであなたたち三人に裏切られたとばかり思ってた。わたしが車で待っている間にお金を奪って、自分たちは別に用意した車に乗って逃げたんだと。わたしとしては当然の主張をしたまでだと思っているけど、五十万円多く分け前をくれって言ったから……それで……」

ラムの話を聞いているうちに、自分の記憶に欠けていたピースが次第に埋まっていくのを感じた。

「車で待っている間に、誰かが屋敷を出入りするのを見なかったか？　誰がおれを屋敷の外に運び出したのか……」

仁が訊くと、ラムは曖昧《あいまい》に首を横に振った。

「屋敷の前の道は誰も通らなかったけど……だけどあそこは木がいっぱい茂っていて、車を停めたあたりからだとあまり敷地の中は見えないじゃない。だから……」

「そうか」

「いずれにしても、バーボンとテキーラがわたしたちを嵌めたってことだよね」

ラムの言葉に頷きかけて、あのときの記憶が脳裏をかすめた。

あのとき、バーボンとテキーラは二階にいた。神谷を二階に連れて行ったのはバーボンだし、二階からテキーラがバーボンに呼びかける声が聞こえた。

では、いったい誰が自分の頭を殴ったのだ。

殴られて気を失う前に、二階からガラスが割れるような音が聞こえてきた。だが、誰かが階段を下りてくる足音は聞こえなかったような気がする。足音を忍ばせたとしても、直前までその気配に気づかないものだろうか。

もしかしたら、バーボンとテキーラではない誰かが一階にいたのではないか。

仁はゆっくりとラムの横顔に目を向けた。

自分は簡単に人を信用し過ぎる。それで何度も痛い目に遭っているではないか。

ラムがあいつらの仲間である可能性は完全には否定できないのだ。

だけど……それならば、なぜ仁の呼び出しに応じて会いに来たのだろう。携帯の契約者であるゆかりまで仁がたどり着いたのでしかたなくだろうか。

わからない。誰を信じていいのかわからない。

「それにしても、よくわたしの携帯でゆかりの家がわかったわね」

仁はある人物に頼んで、三人の携帯番号から契約者の名前と住所を調べてもらったと話した。

「そんなことが簡単にできるんだ。何だか怖いね」ラムがうつむいた。

「どうして他人名義の携帯を使ってるんだ？」

「前の男が原因……」ラムが呟いた。

「男？」

「前に付き合ってた男が何て言うのかなあ……最低な奴だったんだよね。同棲していたことがあったんだけど、何かというとすぐに暴力を振るうＤＶ男でね。いい加減耐えられなくなって家を飛び出したんだ。だけど、それからストーカーみたいになっちゃって……」

ラムの表情がどんどん険しくなっていく。

「新しいアパートを借りて、携帯の番号も変えたんだけど、どういうわけかあいつに突き止められちゃったの。そのたびに引っ越しを繰り返して、番号を変えて、しまいには友人とも連絡を取らないようにしたんだけど、それでも……」

「その男がきみの目の前に現れる?」

「そう。おまえはおれから一生逃げられない。どこに行こうが簡単におまえを見つけだせるって……わたしの名前で家や携帯を契約するかぎり必ず突き止められてしまう。そうこうしているうちにネットカフェやカプセルホテルを渡り歩くような生活になった。それで……友達のゆかりに頼んでわたしの代わりに携帯を契約してもらうことにしたの。携帯がなければ何もできないからね。とにかくお金が欲しかった。それで、あいつが絶対に追ってこられないようなところに逃げたかった」

海外にでも行きたいわ——

以前、金が手に入ったらどうするんだと訊いたとき、ラムはそう答えた。

あのときは、海外旅行の資金を稼ぐために強盗をするのかと単純に考えて愕然《がくぜん》としたが、そういう事情があったのか。

「さっき、ある人にわたしたち三人の携帯番号を調べてもらったって言ったよね」

ラムに訊かれて、仁は頷いた。

「どうしてウオッカは調べてもらわなかったの？」

「鈴木さんは関係ないだろう。強盗には加わってないんだから」

「鈴木って言うんだ。まるで『ユージュアル・サスペクツ』のキントみたい」

「ユージュアル……サス……何……？」

わけがわからずに訊いた。

「そういう映画があるのよ。強盗団の話なんだけどさ……その中で片足を引きずったキントという小心者の男が出てくるのよ」

また映画の話か。自分たちが殺人事件の容疑者にされようとしているときに、そんな話をしている場合ではないだろう。目の前に起こっていることは作り事ではなく現実なんだ。

「あの鈴木って人はジンの友達なの？」

「いや、きみらと同じ掲示板を見て連絡してきたんだ。きみたちと会う前日にね」

そう答えた瞬間、頭の中で何やら嫌な想像が広がってきた。

もし、鈴木がバーボンとグルだったとしたら——

掲示板に書き込んだ仁がどういう人物なのか、探りを入れるために最初に接触してきたとは考えられないだろうか。

バーボンはもともと神谷邸の強盗計画を練っていた。だが、強盗するには人数が足りないうえに、誰かをスケープゴートにしようと考えていた。そこで、掲示板の書き込みをしてきた仁に目をつけ、先に鈴木を接触させた。仁に具体的な計画が何もないことを確認して、バーボンが仲間に加わってくる。そして、神谷家の強盗計画を進めるよう誘導していった。

「あんなにお金を必要としていたのに急に抜けるなんて……おかしいと思わない？」

ラムの言葉に我に返った。

「ファミレスを出た後にバーボンに脅されたそうだ。役に立たないから仲間から外れろって。だけど……」

だけどそんなことがあったのなら、仁に連絡の一本でもよこしてくれればよかったのに。

「もともとそういう計画だったとは考えられない？」

鈴木が強盗計画から抜けたように見せかけておいたということか。

仁たちが神谷邸を下見して強盗の準備をしている間に、鈴木がどこかで車の手配をして屋敷の裏で待っていた。バーボンの手引きで屋敷に入り、一階にいた仁の頭を殴って気絶させた。

「さっき思い出したんだけど、おれが頭を殴られたときにバーボンとテキーラは二階にいたはずだ。だから、一階にはもうひとり誰かいたんじゃないかと……」

「それなら辻褄《つじつま》が合うじゃない」

「テキーラはどうだろう。テキーラもグルなんだろうか」

「わからない。あの三人がグルかもしれないし、もしかしたら……」ラムがそこで言葉を切った。

ラムの言いたいことを何となく察して、仁の背中に冷たいものが走った。

「あの屋敷から遺体が三つ発見されたってニュースで言ったよね。ジンたちが入ったときに神谷夫婦以外に人はいた？」

仁は曖昧《あいまい》に首を横に振った。

「あの屋敷の中を見て回ったわけじゃないからわからない。一階のリビングで頭を殴られて気を失ったから……でも、他に人の気配は感じなかった」

「それじゃ……」

バーボンひとりで二階にいたテキーラを始末することはできるだろう。そして、鈴木とともに仁を外に運んで、屋敷に火を放ち裏に置いた車で逃げた。

だけど、すべては想像でしかない。

鈴木が関わっていたという証拠はどこにもない。問い詰めたとしても、自分は関係ないと言い張るだけだろう。それに、へたなことを言って刺激すれば、自分たちのことを警察に通報するかもしれない。

「いったいこれからどうすればいいの？　もしあの屋敷の周辺に携帯を落としていたとしたら、わたしも犯人として警察に疑われちゃうよね」ラムが身を震わせながら仁を見つめてくる。

「とにかくバーボンを捜し出そう。今まで話してきたことはすべて憶測にすぎないけど、バーボンがあの事件を仕組んだことだけは確かだろう」

「だけど……捜すっていってもどうやって」

ラムに訊かれたが、仁は言葉を返せなかった。

バーボンが使っていた携帯は他人名義のものだ。捜すといっても捜しようがないではないか。

「なあ、ラム……」仁はラムを見つめ返して言った。

「何？」

「ふたりで警察に行かないか？」

その言葉に、ラムの顔が引きつった。

「もう時間がない。おれは神谷邸から東京に戻ってくる間に何人かに目撃されている」

神谷邸の近くで消防車と鉢合わせしたことと、練馬インターチェンジの料金所で血のついた札を渡してしまったことをラムに話した。

「レンタカーを借りたのはおれだ。免許証のコピーもとられてる。おれが指名手配されるのも時間の問題だろう」

「高速道路にはあちこちにカメラがついてるんだってね。助手席に乗っていたわたしの顔もばっちりと写ってるんでしょうね。それにジンが指名手配されたとなれば、携帯でやりとりしていたわたしのところにもすぐにやって来るわね。屋敷の周辺で携帯が発見されていたとしたらなおさら」

そういえば、ラムは何の躊躇《ちゅうちょ》もなく助手席に座ったのを思い出した。

「ふたりで警察に行って事情を話せば信じてもらえるんじゃないだろうか。もうそれしか方法が……」

「警察が本当に信じてくれると思う？　もし信じてくれなかったらどうなるの？　わたしたちが三人を殺したってことにされたらきっと死刑になっちゃうんだよ。わたしはいやよ……それならどこかに逃げる。このままどこかに逃げる……」

「逃げるってどこに？」

「わからない。でもどこかに……とにかく警察に行くのは絶対にいや。このまま殺されてしまうなんて絶対にいや！」

かちかちという乾いた音に、仁はラムの膝の上に目を向けた。

膝の上に置いた両手の派手なネイルが擦れ合って音を立てている。

「これから仙台に行こう」

仁がそう言って立ち上がると、ラムがこちらを見上げて首をひねった。

「テキーラが使っていた携帯の名義人は仙台市に住んでいるんだ。坂口邦彦っていう二十四歳の男だ」

「だけど、テキーラはもう……」

殺されているかもしれない――

「言いたいことはわかってる。だけど他に手がかりは何もないんだ。テキーラが生きている可能性に賭けるしかない。もし、おれたちと同じようにテキーラも嵌められていたとすればおれたちにとって力強い存在になるだろう」

「バーボンたちとグルだったとしたら？」

「テキーラがとばしではなく自分の携帯を使っていた可能性に賭けるしかない。そうであればテキーラからバーボンを手繰《たぐ》ることができるかもしれない。かぎりなく細い糸ではあるけど、今はそれにすがるしかないだろう」

ラムが考え込むようにしてじっとこちらを見上げている。

「どうする。来るかい？」

仁が問いかけると、ラムは何かを吹っ切ったように大きく頷いた。

「ところで、そろそろ本名を教えてくれてもいいんじゃないか？」

「舞《まい》……北代《きたしろ》舞。そっちは？」ラムがベンチから立ち上がって言った。

「江原仁。よろしく」

15

「何だかぞくぞくしますね――」

運転席の若林が落ち着かなそうに言った。

勝瀬は黙ったまま、サイドミラーに映る後続の車に目を向けた。後ろには六台の警察車両が連なっている。長野市内にある容疑者の実家に向かっているのだ。

これから容疑者を逮捕しに行く。所轄署の新米警察官が緊張するのも無理はないだろう。

それにしても——勝瀬は昨日からの捜査の急展開に少しばかりの戸惑いを感じていた。

昨日の夜の捜査会議で、神谷家の周辺で目撃されたレンタカーが割り出されたと報告があった。練馬インターチェンジの料金所で、血痕のようなものがついた一万円札を渡した男が乗っていた車を捜索した結果だ。

事件当時、そのレンタカーを借りていたのは江原仁という二十五歳の男だ。

料金所にいた係員も、一万円札を渡した男とレンタカー会社でコピーされた江原の免許証の顔とが一致すると証言している。

そして、血痕のようなものがついた一万円札とレンタカー会社の申込書についていた指紋の鑑定結果が報告された。

紙幣と申込書からはそれぞれ同一の指紋が検出され、神谷邸から見つかったナイフの柄から検出されたものと同じだという。

さらに紙幣についていた血痕がナイフについていたものと一致したとの鑑定結果が出て、江原仁に逮捕状が下りた。

江原の実家から少し離れた場所に車を停めた。他の捜査員たちとまわりの立地を確認しながら家に向かった。住宅街に建つ瀟洒《しょうしゃ》な一軒家だ。

勝瀬はそれぞれの捜査員に目配せした。上杉と若林以外の捜査員が家のまわりを取り囲むように散っていく。

勝瀬はひとつ溜め息をついて、インターフォンを押した。

「はい――」

しばらくすると、インターフォンから女性の声が聞こえてきた。

「江原仁さんはいらっしゃいますか」勝瀬はインターフォンに向かって話した。

「仁ですか？　仁ならおりませんけど……」

「どちらにいらっしゃいますか」

「あの……どちらさまでしょうか……」

女性の声音が不安そうなものに変わったのがわかった。

「申し訳ありませんが、出てきていただけませんか」

インターフォンが切れると、勝瀬は外門を開けて玄関ドアに向かった。上杉と若林がドアの両脇に立った。ドアが開いて中年の女性が出てきた。

「いったい何でしょうか……」

女性が戸惑うように言った瞬間、上杉が手でドアを押さえた。

「警察の者ですが、江原仁さんのお母さんでしょうか」

勝瀬が警察手帳を示すと、女性が啞然としたように見つめ返してきた。

「江原仁さんのお母さんですか？」

もう一度訊くと、我に返ったように頷いた。

「彼は今どちらにいますか」

「東京にいると思います。仁が……いったい……警察のかたがどうして……」母親が狼狽《ろうばい》しながら言葉をつないだ。

「彼に逮捕状が出ています。これから家宅捜索をします。お母さんからもいろいろとお話を聞かせていただきますので」

母親に令状を見せると、そばにいた捜査員に目配せした。捜査員たちが家の中に入っていく。母親はその様子を見ながら呆然と立ち尽くしている。

「いったい何なんですか！　ちょっと待ってください……仁がいったい何をしたって

いうんですか。逮捕状って……何かの間違いでしょう」母親が勝瀬に訴えかけた。

「中軽井沢で発生した強盗殺人放火事件をご存知ですか」

その言葉に、母親は頷きかけて静止した。やがてからだが小刻みに震え出した。

「その事件で彼に逮捕状が出ているんです」

勝瀬がそう告げると、母親が意識を失ったようにその場に崩れ落ちた。

16

車窓を流れる景色をぼんやり見ていると、「ミネラルウォーターをください」という舞の声が聞こえた。

目を向けると通路に車内販売のワゴンが停まっていて、立ち上がった舞が棚に置いたバッグに手を伸ばしている。

「じゃあ、ぼくはホットコーヒーを。一緒に払うからいいよ」

仁は財布から千円札を出して女性に渡した。

「ありがとう」

舞はペットボトルを受け取って席に座った。もう一方の手に持っていた小さなケースを開けて錠剤を取り出すと口に含んで水を飲んだ。

そういえば、初めて会ったファミレスでも錠剤を飲んでいた。

「病気してるの？」

仁が問いかけると、舞がこちらに目を向けて頷いた。

「バセドウ病に罹ってるの」

母と同じ病名を聞いて思わず同情した。

甲状腺《こうじょうせん》から甲状腺ホルモンが多量に分泌され全身の代謝が高まり、疲れやすくなったり動悸《どうき》を一日中感じるようになったりする病気だという。ひどくなると足や全身が震えるようになるそうだ。

「ご両親や姉妹は？」

仁が訊くと、舞がこちらを見つめながら首をひねった。

「男から逃げているときに頼れる家族はいなかったの？」

そこまで言うと、舞が質問の意図を察したように頷いた。

「母と姉がいる。だけど若い頃に地元でさんざん馬鹿なことをやって家を飛び出したから……いまさら頼ることなんてできないし、ひとりで生きていくしかない。ジンは、家族は？」

「母親がいる」

「派遣切りに遭ったり詐欺に遭ったりしたときに、どうしてお母さんに頼らなかったの？」

「母親は再婚して実家には血がつながってない兄弟がいる。ずっとそいつと比較されて育ってきたから見栄があったんだろうな」

「意外だね」

舞の言葉に、今度は仁が首をひねった。

「闇の掲示板にあんな書き込みをするぐらいだから、天涯孤独の身なのかと思ってた」

「天涯孤独ではないけど、ずっと孤独だったのは事実だ」

もうすぐ仙台駅に到着するというアナウンスが聞こえて、仁は席を立った。

新幹線を降りると、仁と舞はホームのエスカレーターを降りた。改札を抜けると、駅構内にある売店で仙台市の地図を買った。森下からもらった住所を書いたメモを見ながら場所を確認する。

「ねえ、直接訪ねて行くつもり？」

舞に訊かれて、仁は足を止めた。

「そのつもりだけど、どうして……」

「ちょっと無防備じゃないかなと思って。わたしたちの敵か味方かまだわからないんだよ。いきなり訪ねて行くのはちょっと……」

「だけど行ってみなきゃこの男がテキーラかどうかわからないだろう」

確かに、ラムが言いたいこともわからないでもない。このまま直接訪ねて行くのはどうかと仁も感じていた。

もし、テキーラがバーボンとグルでこれから訪ねる坂口邦彦だったとしたら、自分たちの動きを悟られてしまうのはまずい。

どうすればいいだろうかと駅構内を見回していると、頭に閃《ひらめ》くものがあった。近くにある公衆電話に向かっていく。

「ちょっとどうしたの？」

舞の質問には答えず、仁は公衆電話の下に置いてある電話帳を広げた。ページをめくりながら仙台市内の坂口姓を探した。いくつも並んでいる坂口姓の中からメモと同じ住所がないか探していく。あった。坂口邦明とあるが、住所はメモとまったく同じだった。

仁は百円玉を入れてその番号に電話をかけた。

「はい、坂口です……」

女性の声が聞こえた。

「あの……山本《やまもと》ですけど、邦彦くんはいらっしゃいますか？」仁は受話器に向かって言った。

声を聞けばテキーラかどうかわかる。テキーラがその住所の場所にいることさえ確認できれば電話を切ればいい。そして、じっくりと次の手を考えるのだ。

「邦彦はおりませんけど」女性が答えた。

「どちらにいらっしゃるんですか」

「東京で暮らしてますけど。あの……」

「ぼくは邦彦くんの中学の同級生なんです。今度同窓会をやることになって案内状を送りたいんですけど……」

仁が言うと、女性は「ちょっと待ってね」と電話を保留にした。ふたたび電話に出ると、邦彦が住んでいるというアパートの住所を告げた。

仁は慌ててポケットからペンを取り出すと、電話帳に住所を殴り書きした。

「ありがとうございます」

電話を切ると、住所を書いたページを破ってポケットに突っ込んだ。

「東京に戻ろう」

ラムに声をかけると、切符売り場に向かった。

ふたたび新幹線に乗り込んで席に座ると、激しい睡魔《すいま》に襲われた。

この数日、ほとんどまともに寝ていない。こんな状態では、真犯人を捜し出す前に自分のからだがどうにかなってしまいそうだ。

「少し休んでいいかな……」

隣の舞に告げると、仁は目を閉じた。

うつらうつらしていると、肩を激しく揺すられて目を開けた。

「どうしたんだ」

隣に目を向けると、舞がひきつった表情で正面に視線を据えている。

ドアの上に取りつけられた電光掲示板を見ている。ニュースが流れていた。

『中軽井沢で発生した強盗殺人放火事件で二十五歳の男を指名手配』

その文字が目に飛び込んできて、からだが激しく震えだした。

二十五歳の男——というのは、きっと自分のことだ。

まわりの乗客の視線が気になって必死に震えを抑えようとしたが、いっこうに止まらない。

「大丈夫？」舞が小声で問いかけてくる。

「ああ……」

その言葉も震えているのが自分でもはっきりとわかった。

新幹線が大宮《おおみや》駅に近づくと、仁は耐えられなくなって席を立った。

「どうしたの？」舞が仁を見上げて訊いた。

「ここで降りよう」

「どうして？　坂口のアパートは世田谷《せたがや》区の駒沢《こまざわ》にあるんでしょう。東京駅で降りたほうが……」

「嫌な予感がするんだ」仁は舞の言葉を遮った。

このまま東京に向かえば、仁を捕まえるために大勢の警察官が待ちかまえているような恐怖感に襲われている。もちろん、大宮駅もかなり大きなターミナル駅だから警察官がいるだろう。だが、少しでも早く交通機関の外に逃れたいという思いに駆られている。

「わかった」

舞は仁の心中を察したように立ち上がった。頭上の荷物棚に置いたバッグを取ってデッキに向かった。

ホームに降り立つとエスカレーターに乗った。新幹線の改札を抜けると、広い駅構内には大勢の人が行き交っている。

駅の出口に向かって歩いていた仁は足を止めて後ろを振り返った。舞が大きなバッグを持て余すように抱えながらついてくる。

「邪魔だからコインロッカーに預けたらどうだ」

仁が言うと、舞は「大丈夫」と首を横に振った。

「だけど、いざとなったらそんなものを抱えて走れないだろう」

仁の荷物は背中に背負ったデイパックだけだ。せめてこれぐらいの荷物にまとめておいたほうがいい。

「大切なものが入ってるの」舞がきっぱりと言った。

「何だよ、大切なものって」

「着替えとか……メイク道具とか……いろいろよ」

その答えに呆れていると、舞が「女の子にとっては一番大切なものよ」とむくれるように返して歩き出した。

駅前に出てタクシー乗り場を探しかけたが、途中で公衆電話ボックスが目に入って立ち止まった。

「どうしたのよ」

「ちょっと電話をかけていっていいか」仁は少し迷ってから、舞に告げた。

「電話って、どこに？」

「実家の母親にかけたいんだ」

仁が答えると、今度は舞が大仰に呆れたような顔をした。

「ちょっと、何言ってるのよ。指名手配されているってことは仁の家にも警察が……」

「そんなことはわかってる」仁は強い口調で言い返した。

先ほどから、母の悲痛な顔が頭から離れないのだ。

警察から息子が殺人犯として指名手配されていると知らされて、母はどんな苦しみに苛まれているだろうか。それを考えると、心がかきむしられそうになる。せめて、自分の言葉で何かを伝えなければ気がすまない。そうでなければ、母は思い悩んだ末に何をしでかすかわからないと思った。

仁は有無を言わさず、電話ボックスに向かっていった。

舞はボックスの外から険しい眼差しでこちらを見ていたが、仁が受話器を取るとドアを開けた。

「何だよ……」

狭いボックスの中に無理やり入ってくる舞に言った。

「警察は逆探知を仕掛けてるかもしれないのよ。お母さんの声を聞いたら、きっと冷静でいられなくなるでしょうからね」

どこか小馬鹿にしたような口調が癇に障ったが、仁は何も言い返さず、百円玉を何枚か入れて自宅の番号を押した。

コール音を聞いている間、もしかしたら指名手配の二十五歳の男というのが自分ではないのではという一縷《いちる》の望みにすがっていた。

「もしもし……江原です……」

電話に出た母の声音を聞いて、そんな望みは断ち切られたと悟った。

「もしもし……もしもし……」

呻きにも似た母の声に、何も言葉が思いつかない。それだけではなく、すぐに受話器を下ろしてしまいたいという衝動に駆られた。

「もしもし……」

何も答えられずにいると、母は電話の相手に気づいたようだ。

「仁……？」

母が小声で言うのと同時に、電話口にただならぬ気配を察した。

何かの物音を聞きつけたわけではないが、張りつめた空気を受話器越しに感じる。

やはり、母のまわりには警察がいるのだろう。

「仁なの……？　ねえ、仁なの……？　答えてちょうだい！」

取り乱すような母の声が聞こえてくる。

「ごめん……」仁はそれしか言えなかった。

「ごめんって……あなた……本当に……人を殺した……」

最後のほうは声になっていなかった。

「殺してない。おれは殺してなんかいない。これは本当だ。それだけは信じて……」

仁は必死に訴えた。

「本当ね……本当にあなたは関係ないのね？　それならば早く家に戻ってきて！」

母の言葉が胸に突き刺さってきた。

そうだ、と答えられないことがどうしようもなく苦しい。決して今回の事件に関係がないわけではなかった。だが、ここで事件についての顚末《てんまつ》を母に話せるだけの時間はない。

「近くに警察の人がいるんでしょう。替わってくれないかな」

仁が告げると、母が息を呑んだのがわかった。

すぐに電話口が無音になった。送話口を手で押さえて、まわりの警察官に伺いを立てているのだろう。

しばらくすると、「もしもし——」と野太い男の声が聞こえてきた。

「わたしは長野県警のカツセだ。江原仁くんだね？」

長野県警という言葉を聞いた瞬間、受話器を握った手のひらが汗ばむのを感じた。急激に鼓動が速くなる。

素直に聞き入れられるとは思っていないが、せめて自分が人を殺していないことを伝えたい一心で警察に替わってもらったものの、とたんに声が出なくなった。

「きみに逮捕状が出ている。三日前に中軽井沢で発生した殺人放火事件だ。身に覚えがあるだろう」

「ええ……」仁はかろうじてその言葉を絞り出した。

「早く警察に出頭するんだ。このまま逃げ通すことなんかできないぞ。逃げれば逃げるだけ罪は重くなる。さらにお母さんを苦しめることになるんだ。これ以上、お母さんを苦しめるんじゃない」

　警察の人間と話しているというのに、不思議と威圧的なものは感じなかった。カツセという刑事の言葉はむしろ、罪を犯した生徒を諭す教師のような響きを持っている。

「お母さんはきみが逃げ回ることなんか望んでいない。わたしが親であっても同じ思いだ。きみにできることはこれ以上罪を重ねないことと、一刻も早く警察に出頭して自分が犯した殺人という罪を償うことだ」

「おれは……おれは殺《や》ってない」仁はカツセの言葉を遮るように言った。

「やってない――？」

　カツセにとっては想定外の言葉だったらしく、戸惑うような口調で訊き返してきた。

「あの事件に関与していないというのか」

「そうじゃない。たしかにおれたちは神谷さんの家に金を奪うために押し入った。それは間違いない。だけど、おれは殺してもいないし、火もつけてないんだ」

「神谷さんを襲ったと思われる凶器からきみの指紋が検出されている」

「仲間だと思ってた誰かに嵌められたんだ」

「仲間——？　誰だね、それは……」

「わからない。おれは金が欲しくて事件の二日前に闇の掲示板で仲間を募った。その中のひとりが神谷さんの家を襲撃しようと持ちかけたんだ。神谷さんの家に押し入って部屋を物色しているときに誰かに頭を殴られて気絶した。目を覚ましたときにはおれは屋外に放り出されていて、目の前で屋敷が燃えていたんだ。だけど、おれは殺してなんかいない」仁は一気にまくしたてた。

「じゃあ、その仲間がきみを陥れたというのかね？　きみが気絶している間に神谷さんたちを殺害して、きみの指紋をナイフにつけたと？」

カツセの懐疑的《かいぎてき》な口調に、仁はやはり信じてもらえるはずがないのだと悟った。

「このまま警察に出頭してもおれは三人を殺した犯人として裁かれる。やってもいない罪を着せられて死刑になる。だから、まだ警察に出頭するわけにはいかない」

舞が仁の袖口を引っ張った。これ以上話をしているのは危険だと、切迫した目で訴えかけてくる。

「ちょっと待ってくれ！　きみが本当に人を殺していないと言うなら、それこそ早く警察に出頭するべきだ。悪いようにはしない。ちゃんときみの話を聞くから——」

その言葉に心がぐらついた。

この刑事は本当に自分の話を聞いてくれるのだろうか。自分の言葉にきちんと耳を傾けてくれるなら、これ以上逃げ回りたくなんかない。ほんのわずかでも、母を安心させてやりたい。

受話器から漏れる声を聞いていた舞が、そんな言葉を信じてはいけないとしきりに首を横に振る。

駅前を歩いている制服警官の姿が目に入った。ゆっくりとこちらに向かって歩いてくる。自分たちのことを捕えようとしているわけではなさそうに見えるが、近づいてくる姿に焦りがこみ上げてくる。

「真犯人を見つけたら、自分が犯した本当の罪を償うために警察に出頭します」

「ちょっと待つんだ——」

カツセは大声で引き止めると、数字を連呼した。

「わたしの携帯番号だ。出頭するときには……」

そこで電話が切れた。目を向けると、舞が電話を切っていた。

「いい加減にしてよね」

こちらを睨みつける舞から視線をそらした。帽子を目深にかぶり直すと、制服警官がいるほうに背を向けながらボックスのドアを開けた。後ろを振り向かずに人がたくさんいるほうへ歩いていく。

「いるか？」

雑踏の中を歩きながら訊くと、ちらっと後ろを見た舞が「大丈夫」と言った。

仁は路地裏に入って立ち止まった。忘れないうちに電話帳の切れ端に先ほどカッセが言った番号を書き留めた。

「舞も……家族に連絡しておいたほうがいいんじゃないか」仁は舞に目を向けて言った。

「どうして？」

仁が指名手配になったからには、事件直前まで自分と連絡を取っていた者たちを警察はマークするだろう。ゆかりから舞のことを聞いた警察が、舞のことを調べて家族のもとに向かうのも時間の問題だろうと思われる。

「家族にとっては気休めにもならないだろうけど、少しでも……」

「わたしはいい」舞が呟いた。

「このあたりだと思うんだけどね」

タクシーの運転手がナビゲーションを確認しながら言った。

仁も地図を見ながら外の景色に目を走らせている。電柱に掛かっている住居表示を見ると、たしかに坂口邦彦の住んでいるアパートはこの近くのようだ。

「車から降りて探したほうが早いんじゃない？」

隣に座った舞が声をかけたが、仁はダメだと首を横に振った。

もしかしたら、仁の携帯に連絡してきた坂口邦彦のことを、警察はすでに把握しているのではないかと警戒している。そうであれば、坂口のアパートの周辺には警察がいるだろう。歩いて探すよりも、こうしてタクシーに乗ったまま様子を見ているほうが、多少なりとも安全ではないかと思った。

「この周辺をもう少し回ってもらえますか？」

しばらくタクシーを走らせていくと、少し先にそれらしい二階建てのアパートが見えてきた。二階の壁面に『コーポ沢田』と出ている。

「あれ！」

舞が指さすと同時に、アパートの向かいに停まった不穏なものも視界の隅に捉えた。

「このまままっすぐ行ってください」仁はとっさに運転手に告げた。

アパートの向かいに停まった二台の車の横をすり抜けて、しばらく行ったところにあった五階建てのマンションの前でタクシーを停めてもらった。

仁は残り少なくなった血痕のついていない一万円札を運転手に渡し、釣りをもらうとタクシーから降りた。

「あれ……警察の車かな？」タクシーから降りると舞が小声で訊いた。

「わからないけど……そうかもしれない」

仁は坂口のアパートのほうを見ないようにしながら、マンションのエントランスに入っていった。エレベーターはついていたがそれには乗らずに階段を探した。外付けになっている階段を、壁に身を隠すように屈みながら上っていく。

「こんなところを住人に見られたら怪しまれるわね」

「しかたがない」

これだけの距離があれば、仁の顔をすぐに認識されることはないだろうが、用心するに越したことはない。

三階の踊り場まで来ると、少しだけ壁から顔を出して外の様子を窺った。坂口のアパートの前には二台の車が停まったままだ。ちょうど車の中から背広姿の四人の男たちが出てきてアパートに向かっていく。

「どう？」舞が訊いてきた。

「やっぱり警察みたいだな。車から四人の男が出てきてアパートに向かっている」

「ここからで坂口の顔がわかる？」

さすがに顔まではわからないだろう。だが、全体的な雰囲気から、自分が知っているテキーラかどうかぐらいは判断できそうだ。

四人の男たちはアパートの前で二手に分かれた。ふたりはアパートの裏手に回り、もうふたりは階段を上っていく。坂口の部屋は二〇一号室だ。左右どちらかはわからないが一番端の部屋だろう。

階段を上っていた男のひとりがこちらのほうに目を向けたように感じて、思わず身を屈めた。

「どうしたの？」舞が訊いた。

「こっちを見られたように感じた」

「どうする？　逃げたほうがいいかな」

「いや……ここまで来たら坂口の顔を確認したい。そうでなきゃ、これからどう動けばいいかの判断もできない」

「そうね」

「なあ、舞……もし、坂口がおれたちの知っているテキーラだったら……おれたちもこのまま警察に行かないか？」

仁が言うと、舞が顔をこわばらせた。

テキーラが他人名義のとばしの携帯ではなく自分のものを使っていたとすれば、仁たちと同様にバーボンに嵌められたということだろう。仁と舞と坂口の三人で事件の話をすれば、警察も少しは自分たちの話に耳を傾けてくれるかもしれない。

「そうだね」しばらく考え込むようにうなだれていた舞が、顔を上げて頷いた。

仁は警戒するように少しずつ壁から顔を出してアパートのほうを見た。

二階の一番左の部屋の前にふたりの男が立っている。こちらには目を向けていない。ひとりが部屋のドアを叩いている。しばらくすると、ドアが少し開いた。だが、中にいる人物の姿ははっきりとは見えない。ドアを挟んでふたりの男と押し問答をしているようだ。やがて、男のひとりがドアを全開にした。そのままふたり同時に部屋の中に押し入っていく。

「どう？」舞がふたたび訊いてきた。

「ちょっと待ってくれ」

しばらくするとドアが開いた。ふたりに挟まれるようにして出てきた男を凝視《ぎょうし》した。

テキーラではない――

男はそのままアパートの向かいに停めた車に乗せられた。続いてアパートの裏に回っていたふたりも車に向かってくる。それぞれ二台の車に乗り込むと、その場から走り去っていった。

仁はそこまで確認すると身を屈めて溜め息をついた。

「テキーラじゃなかった」仁は舞に目を向けて言った。

「じゃあ、テキーラもとばしの携帯を使っていたってことね」

「おそらく……ふりだしに戻ったな」

自分を鼓舞するように、あえて軽い口調で言ったが、事態は最悪だと認識している。

これですべての手がかりを断ち切られてしまったのだ。

「これからどうしよう」舞が訴えかけるように訊いた。

「わからない」

そう答えたとき、ポケットの中で携帯が震えた。取り出してみると、鈴木からの着信だった。

「おいッ、ニュース観たかよ！」

電話に出るなり、鈴木の甲高い声が耳に響いてきた。

テキーラを見つけられなかった激しい徒労感に、仁はすぐに言葉を返せなかった。

「何だよ、見てねえのかよ。おまえのことをでかでかとニュースでやってるんだよ。殺人事件の指名手配犯としてな。名前や顔写真はまだ出てなかったけど、二十五歳の男っていったらおまえのことだろう」

鈴木のまくし立てるような声に、仁は携帯を少し耳から離した。

舞が目で「誰？」と問いかけてくる。仁が声には出さずに口だけで「鈴木」と答えると、舞の目つきが険しくなった。

「知ってますよ」仁は携帯に向かって答えた。

「これからどうするんだよ。おれは怖くてもう我慢できねえよ。これから警察に行ってすべてをぶちまけてやろうと思ってるんだ」

「警察に行く？」仁は焦って言った。

「そうだよ。もともとおれには何の関係もない話だからな。たしかにファミレスで強盗の話には加わったけど、おれはけっきょく何もしてねえ。金だって一円も奪ってねえ。それなのに、何でこんなにびくびくしなきゃならねえんだよ。もううんざりなんだよ。おれは警察に行って本当のことを話すよ。おまえらの強盗の話は聞いたけど、

「おれはまったく関係ないってな」

「あなたがまったくの無関係だと言い切れるんですか」

「どういう意味だよッ！　事件があったとき、おれはおまえらとは一緒に行動してねえだろうが」鈴木が憤然としたように言った。

「そのときのあなたにはアリバイがありますか？　あなたがあの屋敷のそばにいなかったとちゃんと証明してくれる人がいますか？」

仁が言い返すと、鈴木が言葉をなくしたように黙った。

「そういう人がいるなら会わせてください。そうであれば、あなたが警察に行くことを止めません。あなたはあの事件とはまったく関係がない。それが確信できればこれ以上こんなことに巻き込むつもりはない。どうですか？」

鈴木の唸り声が耳に響いた。

「おれはバーボン以外に奴の仲間がいると思っています。あの屋敷に押し入った三人以外におれの頭を殴りつけた共犯者が」

「おれがあいつとグルだって言いたいのかよ。ふざけるなッ！」

「少なくともその可能性がまったくないとは言えない」

鈴木がバーボンとグルである可能性がある以上、この男を自分のもとから離してはいけない。ここで、この男を見失ってしまうわけにはいかないのだ。

「もし、それでも警察に行くと言うなら、おれたちが捕まったときに、あなたにとって都合の悪いことを言いますよ」

「都合の悪いこと？」

「あなたが事件の首謀者であるバーボンとグルであるにちがいないと。こちらにはふたりいるんです」

「汚ねえぞッ。このクソガキッ――」

仁は鈴木の罵りの言葉を聞き流した。

「あなたが本当に潔白だと言うならおれたちと一緒にバーボンを捜すんです。それ以外、あなたが本当に事件に関係ないのだと、おれたちを納得させる術はありません。あの事件の黒幕を見つけるまで、おれたちは死ぬも生きるも一蓮托生ですよ」

「きさま、本当にどうしようもねえ食わせ者だよ……」

そうかもしれない。もし、鈴木が本当にあの事件に関わっていなかったとすれば、自分はとんでもなく理不尽なことを突きつけていることになる。

「これからすぐに駒沢に来てください」

仁は自分のやましさを抑え込みながら、近くにある駒沢オリンピック公園の中央広場を指定した。

「それから、すぐに携帯の電源を切って今後いっさい使わないでください。あなたの携帯番号はすでに警察に把握されているでしょうから」

仁は電話を切ると、すぐに電源を切った。

森下から新しいＳＩＭカードに替えてもらったが、この携帯ももう使わないほうがいいだろう。

「これからあいつと一緒に行動するの？」舞が顔をしかめた。

「ああ。一緒にいれば何かわかるかもしれない。これから注意深く観察しよう」

仁は舞に告げると、階段を下りていった。

17

「我々はそろそろ失礼します――」

勝瀬はリビングのソファから立ち上がった。

「この後、軽井沢署に来ていただいてお話を伺うことになると思いますので、よろしくお願いします」

目の前のソファでうなだれるように座っている江原の母親は放心していて、勝瀬の言葉にもまったく反応しない。代わりに父親が、「こちらこそ、ご迷惑をおかけいたします」と気丈に対応した。

抜け殻になったみたいな母親を残していくことに若干の不安とためらいがあったが、夫と一緒にいればとりあえずは大丈夫だろう。

勝瀬は両親に一礼すると、江原家から出て行った。

まさかこの状況で江原が実家に立ち寄るとは思えなかったが、念のために数人の捜査員を家の周辺に残して、勝瀬は車に乗り込んだ。

運転席に座った若林が車を出すと、数台の車が後に続いた。ここに残していく捜査員以外は、これから東京で捜査をしている班と合流する。

「さっき、被疑者と何を話していたんですか?」若林が訊いてきた。

「自分は殺ってないってさ」

「やってない?」

「ああ。神谷家に強盗に入ったのは事実だが、自分は殺してもいないし火もつけていないと。自分は仲間に嵌められたんだと言ってた」

「そんな馬鹿な。あれだけの証拠が残っているのに」若林が一笑した。

「そうだな……」

勝瀬はとりあえずそう答えたが、内心では江原の話に深い関心を抱いていた。江原が話していたことがまったく筋が通らないものだとは言い切れないからだ。

朝の捜査会議で江原の携帯の利用状況についての報告があった。

江原は事件の二日前に闇の掲示板を使って仲間を募ったと言っていた。二日前ということは、それ以降に江原の携帯に連絡したことが確認されている鈴木明宏《あきひろ》、牧村哲司、坂口邦彦、前園ゆかりの四人がその仲間なのだろうか。

この四人はそれまでに江原の携帯に連絡をしていない。

江原は仲間のひとりが神谷家の襲撃を持ちかけてきたと言う。もし、江原の話を信じるとするならば、この四人の中に事件を首謀した者がいるということになる。

実際に江原はひとりで軽井沢に向かったのではないことが確認されている。

江原が借りたレンタカーは事件当日の昼にも高速を通っていて、碓氷軽井沢インターを通過したときの映像があったのだ。運転席の江原の隣には女性が写っていた。車は大型のＳＵＶだった。その映像では江原と女性以外の人物の姿は確認できなかったが、もしかしたら他にも仲間が乗っていたのかもしれない。

だが、江原の話を鵜呑《うの》みにするべきではないとも思っている。現時点で、神谷夫妻ら殺害に関して証拠があるのは江原だけなのだ。

それでも、江原から聞いた話と照らし合わせて考えてみると、事件発生直後に抱いた違和感に少し説明がつくような気がした。

この事件の犯人は三人を殺害し、屋敷に火を放っている。周到で残虐な犯人像が浮かび上がってくる。だがそのくせ、杜撰な点もあちこちに散見された。

まず、犯行の痕跡を消すためにわざわざ火を放っているというのに、指紋のついた凶器を敷地の中に忘れている。これだけの大胆な犯行をしながら、凶器に指紋がつくという最も初歩的なことに犯人は留意しなかったのだろうか。だいいち、あれだけ寒い中軽井沢にいて手袋もしていない。

そして、江原をこの事件の主犯と考えるならば、あまりにも無防備なことも気になっている。

江原は他人名義のとばしの携帯ではなく自分名義の携帯で闇の掲示板で仲間を募り、連絡を取り合ったということになる。しかも、江原は自身の免許証と年金手帳でレンタカーを借りているのだ。

現場に残された指紋と、レンタカーによって、事件発生後三日目にして江原が容疑者として浮上した。

真犯人を見つけたら、自分が犯した本当の罪を償うために警察に出頭します——

江原が殺人を犯したのかどうかは今の自分にはわからないが、ひとつだけはっきり言えるのは、どうしようもない親不孝者だということだ。

勝瀬が事情を聞いている間中、母親は苦しそうに嗚咽を漏らしていた。

江原は四年ほど前に、実家を出て埼玉県の狭山にある工場に働きに出たそうだ。

母親が語るには、再婚相手の連れ子であった兄弟と何かと比較されて、家に居づらかったからではないかという。

誰も頼る者がいない見知らぬ土地で、江原はずっと苦しんでいたのではないかと母親は涙していた。

犯罪に手を染めてしまうまでに追い詰められていたのに、息子はきっとSOSを発していたはずなのに、そのことにちっとも気づいてやれなかったと、母親は自分のことを責めていた。

だが、どんな理由があろうと、犯罪に手を染めることなど許されないのだ。

山手通り沿いにあるファミレスの看板が近づいてきた。

「あそこに入ってくれ」

若林に告げると、ファミレスの駐車場に車を入れた。車から降りると若林とともに店内に入っていった。

「いらっしゃいませ。何名様でしょうか」ウエイトレスがやってきて訊いた。

「待ち合わせなんです」

フロアを見回すと、窓際のテーブルにいるふたりの男が見えた。捜査一課の岡本《おかもと》と、中軽井沢署の刑事だ。

「おつかれさまです」

テーブルに近づいていくと、岡本と中軽井沢署の刑事が声をかけてきた。

「彼女は?」

勝瀬は岡本の隣に座るとさっそく訊いた。

「今、コーヒーを入れて回っている子です」岡本がちらっと目を向けた。

勝瀬もさりげなくそちらのほうを見た。髪の長い女性がテーブルを回ってポットに入れたコーヒーを注いでいる。

「ずいぶん写真の雰囲気とちがうな」

勝瀬は今朝の捜査会議で配られた写真を思い出しながら言った。

「ええ。髪型も全然ちがいますし、それ以前に顔の造形からまったく別人のようにも思います。ただ、あまり鮮明な写真でもなかったので……」

「すみません！」

勝瀬が大声で呼ぶと、ポットを持った前園ゆかりがこちらに向かってきた。

「このふたりにコーヒーのお代わりを。あと、わたしらにもコーヒーをください」

「かしこまりました」

ゆかりが微笑を残して厨房《ちゅうぼう》のほうに去っていった。

「助手席に乗っていた女とは別人だな」勝瀬は言った。

「どうしましょう。もしかしたら、江原と接触する可能性を考えて今まで泳がせていたんですが……」

「ここを出たら話を聞こう」

従業員用の出入口の前で待っていると、ドアが開いて私服に着替えたゆかりが出てきた。

目の前にいる四人の男たちを見て、ゆかりが肩を震わせて立ち止まった。

「驚かせてしまったようで申し訳ありません。前園ゆかりさんですよね？」

勝瀬が努めて穏やかな口調で問いかけると、ゆかりが小さく頷いた。

「長野県警の者ですが、少しお話を聞かせていただきたいのですが」

警察手帳を示しながら言うと、ゆかりの表情がこわばった。

「警察って……」

「そこの車の中でもいいですし、どこか場所を移してもかまいません」

「警察のかたが……どんなお話ですか？」ゆかりが警戒するように言った。

「あなたが契約している携帯電話についてです」

「携帯……」

何か思い当たることがあるようで、少し顔を伏せた。

「この後予定があるのであまり長い時間は……」ゆかりがためらうように言った。

「それほど時間はかからないと思います」

「じゃあ、車の中で。この駐車場に自転車を置いているので」

勝瀬はゆかりを促して一緒に後部座席に乗り込んだ。岡本が助手席に、若林が運転席に座り、逃げられる心配はないだろうが一応もうひとりの刑事が車の外で待機した。

「我々は九日の夜に長野県内で発生したある事件の捜査をしてまして、一応、型通りの質問からさせていただきます」

事件という言葉に、ゆかりが身を硬くしたのがわかった。

「前園さんは九日の夜にはどちらにいらっしゃいましたか」

「九日っていえば木曜日ですよね。それでしたらここでバイトをしていました。夕方の六時から深夜の十二時まで……」

「お店で確認させてもらってもいいですか」

「ええ。わたしがその事件というものに関係がないと店長に説明してくださるのなら」

助手席の岡本が窓を開けて外にいた刑事に説明した。刑事がファミレスに向かっていく。

「前園さんは二台の携帯を持っていますよね。090と080から始まるふたつを。080から始まるほうは、今お持ちですか？」

勝瀬が訊くと、ゆかりは「いえ……」と首を横に振った。

「その携帯は？」

「友人が持ってます」

「友人……何というかたですか」

「北代舞さんです」

「友人というと大学の？　それともバイト先ですか？」

「いえ。一ヵ月ほど前に池袋で知り合ったんです」

「その北代舞さんはどちらにお住まいなんですか」

「家はないと思います。ネットカフェなんかを転々としながら生活しているって言ってましたから」

「そんな人に携帯を貸すなんて、あなたも危ないことをしますね」少し窘《たしな》めるような口調になった。

「貸したというか、彼女の代わりにわたしが契約したんです。本当はこんなことをしてはいけないのかもしれないけど……助けてもらったことでもあるし、断り切れなくて……」

「助けてもらった？」

「ええ。その一ヵ月ほど前に池袋で遊んでいるときに変な男の人たちに襲われそうになったんです。ふたりの男に強引に人気のない路地裏に連れ込まれて……恐怖でからだも思うように動かなくなってしまって。そんなときに、通りかかった彼女が助けてくれたんです」

　ゆかりの話によると、その舞が護身術を使ってふたりの男を撃退したという。

「彼女はわたしのことを池袋駅まで送ってくれて、わたしがひどく動転していたこともあって早く帰ったほうがいいと、そのときはその場で別れました。だけど、一週間ほどしてから街中でばったり再会したんです。わたしは助けてくれたお礼がしたいと、彼女を食事に誘いました。その後、カラオケに行ったりして遊びました。そのとき、いろいろな話をして……」

舞は現在二十三歳で、二年前まで名古屋《なごや》市内に住んでいたそうだ。だが、当時一緒に暮らしていた恋人の暴力に耐えかねて家を出た。それから逃げるように東京にやってきたが、同時に元恋人のストーカー行為が始まり、どこに引っ越しても、携帯番号を何回変えてもしつこく付きまとわれ、ついには携帯も持たず、ネットカフェを転々とするような生活になってしまったという。

「護身術を覚えたのもその男のことが怖かったからだそうです。そんな話を聞いて、同じ女性として同情してしまって……」

「それで彼女の代わりに携帯の契約をしてあげることにしたんですね」

「ええ。最初に十万円を預かって、もしわたしへの口座の振り込みが滞るようならいつでも解約してもらってかまわないと。そういう条件で……」

「北代舞さんはこの女性でしょうか」勝瀬は料金所で撮った写真をゆかりに差し出し

た。


「そうです」

ゆかりは写真を見ると即答した。答えた後もじっと食い入るように写真を見つめている。

「このひと……」ゆかりが眉を寄せて呟いた。

「どうしましたか」

「運転席に座っているこの男の人……昨日、わたしの家に訪ねてきました」

「本当ですか？」

江原がゆかりの家を訪ねていた――

「やっぱり刑事さんと同じように携帯から彼女のことを捜していたみたいです」

「それで」勝瀬は先を促した。

「その人はどうしても彼女に会いたいから連絡を取ってほしいと言いました。怪しい人だと思いましたが、自分が会いたいと伝えてくれるだけでいいからと。彼女の携帯に連絡しましたがつながらなくて、いそうなネットカフェを捜し回ってそのことを伝えたんです。彼女は自分の携帯をどこかでなくしてしまったから、代わりに東板橋公園で待っていると連絡してくれって……」

江原と舞は今現在一緒に行動しているのだろうか。

「北代舞さんの写真なんかは持ってませんか」

「プリクラで撮ったものなら」

ゆかりがバッグから手帳を取り出した。開くとあちこちに小さなシールが貼られている。その一枚を指さした。

ゆかりと一緒に写っている舞は、艶《つや》っぽい顔立ちをしたなかなかの美女だ。

「他に彼女に関して何か聞きませんでしたか。どんな友達がいるとか、どういう店に出入りしているとか……」

「池袋のネットカフェによくいるとは聞きましたけど、それ以上のことは……」

ゆかりは舞が出入りしていたというネットカフェをいくつか告げた。若林がその店名をメモしていく。

「他に特徴などは」

「特徴と言われても……身長はわたしと同じ百六十センチぐらいで、わたしよりも二歳年上ですが可愛らしい感じの女性です。持病があるとかでよく薬を飲んでいましたね。それぐらいしか……」

「どんな病気ですか？」

「バセドウ病だと言っていました」

池袋周辺の病院を当たれば保険証などから舞のことがわかるかもしれない。

「彼女を見かけたり連絡があったりしたら、わたしたちのところに必ず連絡してください」

ゆかりが少しためらったように顔を伏せたが、「はい……」と小さく頷いた。

「ひとつだけ教えてください。彼女が関係しているかもしれない事件って、いったいどんなものなんですか？」

「申し訳ないですが、具体的なお話はできません。ただ、極めて重大な事件に関係している可能性があります。くれぐれも、あなたも用心してください」

最後の言葉を聞いて、ゆかりの表情が暗く沈んでいった。


夜の捜査会議で、捜査員が次々と報告していく。

事件の二日前に江原の携帯から闇の掲示板に書き込みがされていると報告があり、勝瀬は資料に目を向けた。

『仲間求む。今の生活にもがき苦しんでいる人たち。一発逆転を狙って一緒に大きなことをやりませんか』

何とも浅はかなことをしたものだと、母親の憔悴しきった姿を思い出して腹立たしくなった。

この書き込みがされた後に江原と連絡を取り合っていた携帯の契約者の身柄が確保されたと報告があった。坂口邦彦という二十四歳の男だ。坂口から事情を聞くと、江原と連絡を取り合っていた携帯は小遣い稼ぎのために何台か契約して闇の業者に流したものだという。坂口は事件への関与を否認し、また事件当夜のアリバイも確認されたとのことだ。

牧村哲司という五十六歳の男の身柄も本日確保されたが、こちらも闇金の借金苦から契約した携帯を闇の業者に売り渡したと話したそうだ。牧村に関しても、事件当夜のアリバイは確認されたと報告された。

この二つの携帯に関しては闇の業者を介しているため、現在の所有者を特定するのはかなり難しいだろう。

鈴木明宏に関しては、登録している住所には現在住んでおらず、まだ所在が確認できないでいるとのことだ。

続いて、勝瀬も立ち上がった。

まずは前園ゆかりから聞いた北代舞に関することから報告した。

ゆかりが代わりに携帯を契約した舞が、料金所で撮影された助手席の女性に間違いないとの証言を得られたこと。また、江原は舞を捜してゆかりのもとを訪ねており、現在二人は一緒に行動している可能性があると話した。

北代舞という名前が本名かどうかは判断できないが、彼女が病気を患い病院通いをしていた可能性があることにも触れた。

北代舞に関する報告を終えると、実家に電話をかけてきたときの江原との話をした。

江原が殺害や放火について否認したと報告すると、本部内が一瞬ざわついた。

勝瀬は自分の予断はいっさい差し挟まず、江原が語った言葉だけを淡々と話すと、席についた。

正面に座っていた刑事課長が立ち上がって報告を始めた。

神谷邸で発見された三つの遺体のうち、リビングと書斎にあった二体に関しては、すでに神谷信司と綾香夫妻だと確認されている。夫妻が通っていた歯科医院に保管されている歯型が二人のものと一致したのだ。だが、もうひとつの遺体に関しては、それが男性であること以外、身元につながる手がかりが得られていなかった。

この数日、他の捜査員たちが神谷家の周辺や軽井沢駅での聞き込みをし、駅の防犯カメラなども確認しているが、神谷信司のもとを訪ねてきたという人物を特定できずにいたのだ。

勝瀬は机の上に開いたメモ帳に目を向けた。

『C　ピアス＝女?／男』と書かれている。

「遺体のそばにあった携帯電話の損傷が激しくて、今までデータの解読が難しいと思われていたが、ついさっき科捜研からデータの一部が解読できたと連絡があった。携帯の契約者は成海俊《なるみしゅん》。東京都新宿区在住の二十五歳だ」

成海俊――

勝瀬はその名前を、『C　ピアス＝女?／男』の下に書き加えた。

18

薄暗い広場に人影が現れた。

離れた場所から見ていても、その特徴的な歩きかたから鈴木だとわかる。鈴木は広場の真ん中まで来て、落ち着かなそうにあたりを見回していた。

一見したところ、鈴木の周辺に刑事らしい姿は見当たらない。もっとも、自分には一般人に混じった刑事を見分けることなどできないだろうが。

「行こうか——」

これ以上様子を窺っているのは時間の無駄だと、仁は舞に言って鈴木のほうに向かっていった。

鈴木が近づいてくる仁たちに気づいた。恨めしそうな視線をじっとこちらに向けている。

「これはこれは。素敵なおふたりさんの登場か。こんなおっさんが似合いのカップルのデートの邪魔をして本当にいいのかね」鈴木が皮肉めいた口調で言った。

「冗談を言ってる時間はありませんよ。おれたちは追われる身なんですから」

仁が冷めた口調で言うと、鈴木がふんと鼻であしらった。

「それで……テキーラはどうなったんだよ。仙台まで行ったんだろう」鈴木が苛立たしげに訊いた。

「坂口邦彦はテキーラと別人です」

「テキーラもとばしの携帯を使ってたってわけか。それじゃこれからどうするんだよ。どうやってテキーラとバーボンを捜そうっていうんだ」

「これから吉祥寺に行きます」

「吉祥寺？」舞が訊いた。

仁は軽井沢のレストランでテキーラと話したときのことを舞に聞かせた。テキーラはバンドを組んでいて、吉祥寺周辺でよくライブをしていると話していたと。

「そんな話をしてたんだ。テキーラがバンドをねえ……」

舞が意外そうな顔をした。

「だけど、そんな話を信用できるの？　テキーラはとばしの携帯を使ってたんだよ。わざわざ自分の正体をさらすようなことを言うとは思えないんだけど」

「おれもこの前そう言っただろう」鈴木が舞の意見に同調するように言った。

普通に考えればそうかもしれない。だが、実際にテキーラと面と向かって話をした仁は違う思いを抱いている。

テキーラは犯罪に手を染めてまでも、自分たちの夢を実現させたいと熱く語っていた。あのときの表情がすべて作り物だったとはどうしても思えない。

「ひとつ思い出したことがあったんです。ファミレスから帰るときにテキーラのデイパックから何か棒のようなものが出ているのが見えて、ドラムのスティックじゃないかと思って」仁はそう言うと出口に向かって歩きだした。

「そんなこと言われてもなあ……わかんないよ……」

ライブハウスの従業員が面倒くさそうな顔で返した。先ほどから何軒ものライブハウスを回っているが、どこでも同じような対応をされている。

「どうしてもその人を捜さなきゃならないんです。吉祥寺周辺のライブハウスでパンクをやっていて、顔のこととここにピアスをしてます」

仁は従業員に食い下がるように、自分の顔を指さしながらテキーラの外見の特徴を説明した。

「顔にピアスをしてる奴なんかそこらじゅうにいるだろう。ここらへんで活動してるバンドがどれだけあると思う？　せめてバンドの名前がわからないとなあ……こっちも仕事があるからさあ、客じゃないんなら帰ってくれないかな」従業員が露骨に追い払うようなしぐさをした。

仁は隣にいた舞と鈴木に目を向けると、溜め息をついてライブハウスを出て行った。壁一面にチラシが貼られた薄暗い階段を上って地上に向かう。

「やっぱりテキーラを捜すのは無理なんじゃ……」

舞の諦めるような言葉に、仁は振り返った。

「吉祥寺周辺のライブハウスはまだ他にもあるさ」

「だってもう何軒も回ってるじゃない。こんなこと、時間の無駄じゃない？」舞が苛立ったように言った。

階段の下に目を向けると、鈴木が壁に手をかけて立ち止まっている。また疲れたとぼやいているのか。

「鈴木さん、行きますよ」

仁が声をかけても、鈴木は動こうとしない。じっと壁を見つめている。

「おい……」鈴木が仁を手招きする。

いったい何なのだと苛立ちを感じながら、仁はしかたなく階段を下りていった。

「これ……」鈴木が壁に貼ってあるチラシの一枚を指さした。

薄暗い中ではっきりとは見えないが、『シェルターズ』というバンドのライブ告知のチラシだということはわかった。

「これ、テキーラじゃねえか？」

四人のメンバーが演奏しているチラシの写真を指さしながら、鈴木が自信なさそうに呟いた。

仁はチラシの写真に顔を近づけた。

演出効果を狙ってか写真は粗いモノクロで、演奏しているメンバーの顔ははっきりとはわからない。だが、ドラムを叩いている男の鼻と口の一部が星のように光っている。

その写真を凝視しながら、テキーラにちがいないと確信した。

写真の下にはメンバーの名前が出ている。『DRUM　SHOGO　SATO』サトウショウゴ――

荻窪《おぎくぼ》にあるライブハウスでライブをするようだ。ライブの日時は十二月十二日、十九時とある。

今日だ――

雑居ビルの一角にライブハウスの看板が見えてきた。

近づいていくと、ライブハウスの入口付近には誰もいなかった。腕時計を見ると七時半を過ぎている。ちょうどライブをしている最中だろう。

「中に入ってみる?」

入口を見つめながら思案していた仁に、舞が訊いた。

「いや……おれたちの姿を見られたら警戒されてしまうかもしれない。どこかで様子を窺ってテキーラが出てきたら後をつけよう」

あたりを見回すと、ライブハウスの出入口はここだけのようだ。小さなライブハウスだから関係者専用の出入口などはないのだろう。

ざわめきが聞こえてきて、仁はライブハウスの入口に目を向けた。中から黒ずくめの格好をした女性が出てくる。続いてぞろぞろとあふれるように人が出てきた。口々に何やら不満を訴えているようだ。

「ライブは終わったんですか？」

仁はライブハウスから出てきた女性のひとりをつかまえて訊いた。

「ショウゴくんが体調不良で今日のライブは中止なんだって……せっかくバイトを休んで聴きに来たのに」女性が仁に不満をぶつけるように言った。

ショウゴ——テキーラが体調不良でライブが中止になった。

「ショウゴはここには来てるんですか？」

「いなかったよ。ひどい高熱で家で寝てるって。他のメンバーが言ってた」

気がつくと、仁の周辺には人だかりができている。

「本当に今日はごめんなさい。近いうちに必ず振り替えのライブをやりますから、今日のチケットは持っていてください。次のライブのときには最高のパフォーマンスを見せます……」

髪を逆立てたメンバーらしき三人が入口の前で深々と頭を下げた。

ライブハウスから出てきた観客が渋々といった様子でその場から去っていく。

仁は流れに逆らうように、メンバーのもとに向かっていった。

「サトウくんは体調不良なんですか？」

突然の問いかけに、メンバーは探るような眼差しで仁を見つめた。

「ぼくは山本と言います。サトウくんの友人で……」とっさに嘘をついた。

「友人……」

メンバーが少し怪訝そうな顔をした。サトウの友人はだいたい把握しているのかもしれない。

「ええ……バイトの……」

もしかしたらメンバーの中にサトウと同じバイトをしている者がいるかもしれないと、適度に言葉を濁した。

「ああ……ティッシュ配りの？」

仁は相槌を打った。

サトウのバイト仲間と知って少し警戒心が解れたようだが、メンバーの表情はどこか冴えなかった。

「どうしても彼に伝えなければならないことがあるんですが、ここ数日連絡が取れなくなってしまって。そういえば、今日ここでライブをするって聞いたのを思い出して。彼は家にいるんですか？」

「いや、それが……」

三人とも何やらただならぬ表情をしている。

どうやら体調不良で家で寝ているというのは嘘らしい。

「話を聞かせてもらえませんか」

仁はシェルターズのメンバーに続いて、ライブハウスの控室に入った。

「狭いところだけど……あまり店の人に聞かれたくないんで」

ケンと名乗った男が言った。シェルターズのボーカルをしているという。

「話を聞ければどこでも」

仁に続いて舞と鈴木も入ってくる。最後に入ってきたメンバーが控室のドアを閉めた。

たしかにケンの言うとおり、六人の人間が入ると圧迫感がある。

狭い控室は雑然としていた。あちこちにメンバーのものと思われる私物が散乱し、壁はここを使ったバンドマンたちが書いていったのであろう落書きで埋め尽くされている。小さなテーブルには吸殻が溜まった灰皿が置いてあった。

狭い室内に閉じ込められ、ヤニと汗の臭いと、少しだけ自分が発している異臭が鼻をついた。

「どうぞ」

ケンがテーブルのまわりにあった四脚のパイプ椅子を指さした。

仁たちが椅子に座ると、ケンがちらっと他のメンバーに目配せして向かい合うように残りのパイプ椅子に座った。メンバーを代表して話をするようだ。

「それで……ショウゴに伝えたいことがあるって言ってたけど。いったいどんなことを？」ケンが探るような眼差しを向けた。

「それは彼に会ったら話します。ものすごく大切な話なんです。彼は今どこにいるんですか？」

仁が言うと、ケンが警戒するような顔つきになった。壁際に立っている他のメンバーを振り返る。

「おれたちもわからない」

ふたたび仁に向き直ったケンが首を横に振った。

「わからない？」

「ああ……おれはショウゴと一緒に暮らしてるんだけど、木曜日の朝に出かけたっきり帰ってこないし、連絡も取れないんだ」

木曜日ということは神谷家を襲撃した日だ。

「他に彼がいそうなところはわかりませんか？」

仁が訊くと、メンバーたちの表情に不審の色がよぎった。

「仮に知ってたとしてもあんたたちの素性がわからないかぎり何も答えたくない」

「そうだよ。あんたたち、本当にショウゴのバイト仲間か？」

壁際に立っていたメンバーの男がじっと訝しそうな視線を据えてくる。

「そうです」

「じゃあ、バイト先の事務所がどこにあるか言ってみろよ」

仁は言葉に詰まった。

「あんたらいったい何者なんだ？　ショウゴを捜して何しようっていうんだ」男が仁に向かって詰め寄ろうとする。

「タクヤ、やめろよ」

ケンが止めたが、タクヤと呼ばれた男は鋭い視線を仁に向けたまま拳を握り締めている。

「まどろっこしいことはやめにしようぜ」

突然、声を発した鈴木に、その場にいた全員が目を向けた。

「おれたちが隠し事をしたままじゃこいつらも本当のことは話さないだろう。たしかにこいつらにしてみればおれたちは怪しい連中だよ」

それは危険だとためらった。

「何ですか、隠し事って？」ケンが身を乗り出して訊いた。

「そいつを話す前にひとつだけ約束してもらいたい。これから話すことを聞いてもしばらくの間は警察には知らせないでほしい。あんたらの大切なショウゴくんのためにもな」

「警察って……」

メンバーが動揺したようにお互いの顔を見合った。

「約束するか？」鈴木が釘を刺した。

「わかりました。聞かせてください」

　ケンに続いて、メンバー全員が頷いた。

「おまえから話せよ。張本人なんだからよ」鈴木が顎で促した。

　みんなの視線が仁に注がれる。隣の舞に目を向けると、しかたがないといった感じで頷いた。仁は重い溜め息を漏らした。

「おれたちと彼は……三日前にある家に強盗に入ったんだ」

　そう切り出しても、メンバーたちはその言葉の意味がわからないといったようにすぐに反応を返さなかった。

「おれたちじゃねえよ。おれは強盗に入ってねえんだから」鈴木が抗議した。

「ちょっと待ってくれよ。強盗って……いったい何の話なんだ」ケンが戸惑ったように言った。

「おれたちとショウゴは闇の掲示板を介して知り合ったんだ」

　仁は鈴木の抗議をとりあえず無視して、この五日間に起きた出来事を話した。

　仁の書き込みを見てショウゴが連絡してきたこと。五人がファミレスに集まり、その中のひとりが話した家に強盗に入ることにしたこと。鈴木を除く四人で強盗に入ったが、その後ショウゴとは連絡が取れなくなってしまったこと。そして自分たちが強盗に入った家が火災に遭い、中から三人の遺体が発見され、殺人放火事件として警察が捜査していることなどだ。

メンバーは息を呑むように仁の話を聞いている。

「信じられない……ショウゴが強盗だなんて……」ケンがうなだれるように呟いた。

「信じられないかもしれないけど本当のことなんだ」

「どうしてそんな馬鹿なことを」タクヤも愕然とした表情で言った。

「バンドのCDを作るために金がほしいと言ってた。みんな才能のある仲間だから、CDを作って多くの人たちに曲を聴いてもらえたら自分たちに目を留めてくれる人が現れるかもしれないって……」

仁が言うと、「そんな……」とメンバー全員が嘆息を漏らした。

「おれたちが強盗に入ったのはまぎれもない事実なんだ。だけど、強盗には入ったけど人は殺してない。きっとサトウショウゴもおれたちと同じように……」

「そのバーボンという男に嵌められたと？」

ケンの言葉に仁は頷いた。

「そうでなきゃ、自分の身元につながるような話をしたりはしないだろう」

「自分の身元につながるような話って……」

「彼は自分がバンドをやっていて吉祥寺周辺でよくライブをしていると話したんだ。

ついさっきまで彼の名前すら知らなかったけど、その話のおかげでここまでたどり着けた。彼もバーボンに嵌められたにちがいない」

「当たり前だ！　ショウゴが人殺しなんかするわけがない」タクヤが感情をあらわにして言った。

「彼と会って話がしたい。おれたちと一緒に警察に行けば殺人という濡《ぬ》れ衣《ぎぬ》も晴らせるかもしれない」仁は訴えるようにケンを見つめた。

「だけど……おれたちもショウゴがどこにいるか本当にわからないんだ。心配で何度も携帯に連絡してるけど全然つながらない……」

やはり、神谷邸で見つかったという遺体のひとつはテキーラ——サトウショウゴなのだろうか。

「なあ。もう一回ショウゴの携帯に連絡してみようぜ。この人たちのことを知ったら思い直すかもしれない」ケンがタクヤに言った。

「思い直す？」

仁が訊くと、タクヤが頷いてポケットから携帯を取り出した。ボタンを操作して仁に差し出す。

「昨日、ショウゴからこんなメールが届いたんだ」

仁はショウゴから来たというメールを見た。

『とんでもないことになっちまった。おれはもう戻れない。おれのことは捜さないでくれ。友人や両親にすまないと伝えてくれ』

たしかに昨日の着信だ。

ということは、ショウゴは生きているのだ。少なくとも、神谷邸で発見された遺体はショウゴではない。

「こんなメールがいきなり届いて……いったいどうしちまったんだろうって何度も連絡を入れたけどまったくつながらなくて……」タクヤが涙声になった。

「だけど、楽しみにしていたライブに来ないはずはないと思って期待を込めてここに来たんだ」

ケンがまっすぐ仁に視線を据えて言った。ケンの目も少し潤んでいる。

「変なこと考えてなけりゃいいけど……」

「おいッ、縁起の悪いことを言うんじゃねえよ。ショウゴは自殺するようなやわな奴じゃないだろう」ケンがタクヤに怒鳴った。

「だけどよお……メールの文面を見ても取り乱してるじゃねえかよ。あいつには母親がいないんだぜ。それなのに、両親にもすまないと伝えてくれだなんて、そうとう動転してるんだよ」

「とにかく彼にメールしてみてください。ジンが会いたいと言っていると。嵌められたのはきみだけじゃないと」

タクヤが涙を拭いながら仁の手から携帯を奪い取った。メールを打って送信すると仁を睨みつける。

「そもそも、あんたが変な書き込みをしてショウゴを誘ったのがいけないんだ。ショウゴの身にもしものことがあったらおれは絶対に許さねえからな！」

タクヤの言葉が胸に突き刺さった。

たしかにそうだ。自分があんな書き込みをしなければこんなことにはなっていなかった。

「ごめん……」仁はうなだれた。

「タクヤ、やめとけよ。その人を責めてもしょうがねえだろう」

「だけどよッ！」タクヤがケンに食ってかかる。

「おれたち全員に責任があるだろう。ちょっと前からショウゴが変なバイトに手を出しているのを知ってたんだから。そのときに止めるべきだったんだ」

「変なバイト？」仁は顔を上げてケンを見つめた。

「ティッシュ配りのバイトだけじゃたいした金にならないって、闇の掲示板で探した仕事をしてたんだ」

そういえば、ファミレスで会ったときにそんな話をしていたのを思い出した。

「どんな仕事を……」

「けったいな仕事だって笑ってた。ペットの餌やりだって」

「ペットの餌やり？」

仁が訊き返すと、ケンが頷いた。

「一週間、マンションの部屋に閉じこもってペットに餌をやったり糞の始末をするだけの仕事だって。それで日給が三万円……話を聞いて胡散臭い仕事だと思ってやめとけよって言ったんだけど……」

「それで」仁は先を促した。

「仕事自体は楽だったたって言ってた。ただ、そのペットがワシントン何とかに引っかかる違法なものだから一週間はいっさい外出してはいけないと指示されたって。近隣住民に顔を見られたらヤバイってことで。部屋には日用品や食料が置いてあって不自由はしなかったけど、とにかくやることがなくて一日中テレビと映画を観てたって」

「その仕事を依頼したのはどんな人物なんですか」

その仕事に興味を覚えて、仁は訊いた。

「わからない。ただ、サカイと名乗ってたって。メール上で簡単な審査があって……名前と年齢と身長と血液型を教えたら即決で仕事をすることになったと話してた」

そんな怪しげな仕事を依頼するぐらいだから、サカイというのもとうぜん偽名だろう。

ふと、森下の顔が脳裏によぎった。

「審査で身長や血液型を訊くってどういうことだよ。何か仕事に関係あるわけ？」鈴木が口をはさんだ。

「さあ……ショウゴも不思議がって笑ってたけど。それで、メールに書いてあったマンションに行って隠してあった鍵で中に入ったら仕事の段取りを書いた紙が置いてあったって」

「お金はどうやって受け取ったんだろう」

「仕事が終わる最後の日にまたメールがきて、そこに書いてあったとおりクローゼットの天井裏を覗いたら封筒に入った二十一万円と携帯電話が置いてあったそうだ」

「携帯電話？」

「おいしい仕事があったらこの携帯にまた連絡すると。あのときこれ以上変な仕事はするなって止めるべきだったんだ」

嘆くように呟いたケンを見つめながら、胸の中である思いが膨らんでくるのを感じた。


その仕事を依頼したのはバーボンではないだろうか——

ペットの餌やりという仕事は、あくまでも神谷家を襲撃するために自分の手駒を集める布石ではないか。

バーボンは神谷家の人間に何らかの恨みがあって殺害を企てた。だが、ひとりでは実行できない。そこで、闇の掲示板に書き込みをした人間を利用して神谷家を襲撃する計画を思いついた。それでも集まってきた人間が自分の計画に乗ってくるかどうか不安だったのではないか。ひとりでも自分の計画を支持する存在がほしかった。

まず、ショウゴにペットの餌やりという楽な仕事を与えて、さらに大金が入るうまい仕事があると誘ったのではないだろうか。

ショウゴはバーボンの本当の目的までは知らなかったにちがいない。あくまでも神谷家に押し入って大金を奪うということで計画に乗っただけだろう。だが、神谷家にいた人間が殺害されたと知って、とんでもないことに加担してしまったと恐れおののいているのではないか。

仁が頭を殴られて気絶する前に、階上からガラスが割れるような音が聞こえた。

おそらく、ショウゴは二階から逃げろと指示されたのではないか。そして、バーボンともうひとりの人物によって神谷家の人間は殺害された。

仁が隣に目を向けると、鈴木と目が合った。

「彼がペットの餌やりの仕事をしたという部屋の場所は聞いていませんか」仁は鈴木から視線をそらしてケンに訊いた。

「神楽坂《かぐらざか》にあるマンションって言ってたけど詳しいことは……」

「そうですか……」

その部屋がわかれば、バーボンの正体にたどり着けるかもしれないが。

「なあ、これからどうするよ？」鈴木が訊いてきた。

「とりあえず彼からの連絡を待つしかないでしょう」

「警察には行かないんですか」

ケンの言葉に、仁は舞の顔を見た。そして首を横に振った。

「彼と連絡が取れたら一緒に警察に行きます。それまでは……おれと彼女のふたりで警察に行っても話を信じてもらえるかわからない。おれたちはそういう事情があって携帯を使えないんです。定期的に連絡を入れますから携帯番号を教えてもらえますか」

仁が言うと、ケンが番号をメモして渡した。

「もうひとつだけお願いがあるんですが、彼の部屋を見せてもらえませんか」

「どうして？」ケンが戸惑ったように問いかけてきた。

仁はペットの餌やりの仕事の話を聞いて思ったことを話した。

「じゃあ、ペットの仕事を依頼した奴が今回の強盗殺人事件の首謀者だと？」

「あくまで想像でしかないけど。彼の部屋にそのマンションの手がかりがないだろうかと思って」

「たぶんないと思う。マンションの住所はあいつが持っている携帯の受信メールの中だろうから」

「そうか」

仁が落胆の溜め息をつくと同時に、ケンが「もしかしたら……」と立ち上がった。

「一度だけどうしてもピザが食べたくなって出前を頼んだって言ってた。外出は禁止されてるけど出前ぐらいいいだろうって。そのときの伝票があればマンションの住所も書いてあるかもしれない」

「探してもらえますか」

仁が頼むと、ケンが頷いた。

ライブハウスから出ると大通りに向かってタクシーを探した。

「おれはこの人たちとアパートに行くから」

ケンが告げると、他のメンバーは不安そうな表情で「大丈夫か？」と声をかけた。仲間たちに頷いて歩きだしたケンに続いた。タクシーを捕まえると仁たちは後部座席に乗った。

「練馬区の氷川台《ひかわだい》まで」助手席に乗ったケンが運転手に告げた。

車内には重苦しい沈黙が流れている。氷川台までの道のりが途方もなく長く感じられた。

「そこで……」

ケンが声をかけると、タクシーが停まった。

仁は運転手に金を払ってタクシーを降りた。目の前に『あけぼの荘』という古びた二階建てのアパートがあった。アパートに向かっていくケンの後に続いた。一階の一番手前のドアの横に見覚えのあるクロスバイクが置いてあった。ファミレスからの帰り道にショウゴが乗っていたクロスバイクだ。

「散らかっているけど、どうぞ」ケンがドアを開けて部屋に入っていった。

玄関を上がったところに六畳ほどの台所があり、その奥にふたつドアがあった。ケンがひとつのドアを開けた。おそらくあそこがショウゴの部屋なのだろう。仁たちは靴を脱いで上がり、台所で待たせてもらうことにした。

しばらくするとケンが部屋から出てきた。だが、それらしいものは見つからなかったようで首を横に振る。今度は台所に置いてあるごみ箱を漁り始めた。

その様子をじっと見つめていると、ケンがこちらを向いた。紙切れのようなものをつかんで立ち上がると仁に差し出した。

ピザ店の伝票だった。『新宿区天神町《てんじんちょう》——ローズヒルズ六〇一』と住所が書いてある。

「ありがとう」仁は礼を言って玄関に向かった。

「ちょっと待てよ」

ケンの声に振り返ると、何かをこちらに投げてよこした。

「おれはあいつらの部屋に泊めてもらうから、しばらくここをねじろにしろよ」

仁はつかんだ鍵とケンの顔を交互に見つめた。

「警察は血眼《ちまなこ》になってあんたらを捜してるんだろう。表をうろちょろしてたら危険だからな」

「どうして?」

どうしてそこまでしてくれるのだ。

「事件の首謀者を見つけるんだろう。それまで警察に捕まってもらいたくないからな」

仁はケンの真意を探ろうとじっと見つめた。ケンの表情が次第に険しくなって、目に涙が溜まっていくのがわかった。

「タクヤが言ったように、ショウゴをこんなことに巻き込むきっかけを作ったあんたが憎い。だけどそれ以上に事件の首謀者は絶対に許せねえ。本当はこんなこと考えたくもないが……ショウゴはきっともういない」

「もういない?」

「いくら動転してるからといって、あのメールの文面はどう見てもおかしい。それにあんなことを送ってよこすならタクヤじゃなくて、一番の親友で一緒に暮らしてるおれにメールするはずだ。あのメールはショウゴが送ったものじゃない。ショウゴはきっとそいつに……」

ケンの目から涙がこぼれ落ちた。必死に嗚咽を噛み殺している。

先ほどまでは、それでもショウゴはきっと生きているはずだと必死に自分に言い聞かせていたのだろう。

「そいつを見つけてくれ。それがショウゴに対するあんたの罪滅ぼしだ」

涙を拭って出ていくケンの後ろ姿を見つめながら、仁は何も言葉をかけられなかった。

ドアが閉まると、一気にからだの力が抜けるのを感じてそばにあった椅子を引き寄せた。椅子に座ると重い溜め息がこぼれてくる。

ショウゴはきっともういない——

ケンの言葉に激しく動揺している。

もしそうだとしたら、どうしてバーボンはショウゴを殺したのだ。神谷夫妻だけでなく、仲間であるショウゴをどうして殺さなければならないのだ。

わからない。何もわからない。

だが、ひとつだけはっきりしているのは、胸の底から抑えようのない感情が突き上げてくるということだ。バーボンに対する憎しみが胸の中であふれかえっていた。

「これからどうするよ?」

鈴木の声に、仁は顔を上げた。

「あいつのことを信用するのかよ。警察に通報されちまったらおれたちは袋のねずみだぞ」

「彼はそんなことはしないでしょう」仁は言った。

「どうしてそう言い切れるんだよ。気前のいい話には落とし穴があるぜ。こんな危ないところにはいられねえからおれは出ていくぜ」

「勝手にしてくださいッ！」仁は苛立ちを吐き出して頭を抱えた。

「あんたはどうする？」

鈴木の声が聞こえた。

「わたしはここにいるわ。ネットカフェやカプセルホテルはそれこそ危険だろうし、かといって野宿なんかいやだしね」

「そうかい」

「あなたもここにいたほうがいいんじゃない。それとも何かご用でもあるのかしら」

「何だよ、ご用ってのは」

鈴木の尖った声に、仁は目を向けた。

「言っておくけど、あなたがバーボンの仲間かもしれないっていう疑いはまだ晴れてないんだから。ねえ？」

舞が仁に同意を求めてくる。だが、何も答えなかった。もうどうでもよくなっている。

「ばかばかしい」

鈴木は吐き捨てるように言うと、靴を履いてドアを開けた。

「明日、このマンションに行きます。朝になったらここに来てください」

仁はかろうじてそう告げたが、鈴木は返事をしないまま部屋から出て行った。

「あのケンっていう男よりもあいつのほうが信用できない。行かせちゃってよかったの?」舞が閉じられたドアを見ながら言った。

「もうどうでもいいよ」

「どうでもいいって……」

「このままバーボンを見つけられなかったら……」

これからのことを考えると恐怖と心細さに心もからだもがんじがらめになった。

「このままバーボンを見つけられなかったら、おれたちは無実の罪を着せられたまま死ぬことになるのか?」

何かにすがりつきたくて、舞を見つめながら言った。

「怖い?」

「怖いさ……怖いに決まってるだろう。舞は怖くないのか？」

「もちろん怖いけど……そうなったら最後の手段を使うしかない」

「最後の手段？」仁は意味がわからず訊き返した。

「そうよ。わたしたちの番号を調べてもらったっていう人」

「ああ」

「その人に頼めば新しい身分証明書やパスポートなんかも作ってもらえるんじゃないかしら。それでどこかよその土地に行って新しい人生を始めるしかない」

「そんな……」

自分の人生を捨てることなんてできるわけがない。

母を捨て、故郷を捨て、自分が生きてきたという証を捨てるなんて考えられない。

「そんなことできるわけないじゃないか」仁は言い返した。

そんな慰めがほしかったわけではない。

「どうして？　死ぬよりはましじゃない」舞がじっと見つめてきた。

仮にそうやって生きることができたとしても、もう二度と母には会えなくなるだろう。そして母は自分の息子が殺人犯だという重荷を一生背負いながら生きていくことになるのだ。そんなことはとても耐えられない。

「ジンの人生はそんなに価値のあるものだったの？」

舞の言葉に束の間、自分の人生に思いを巡らせた。

今まで考えたこともなかったが、自分の生きてきた時間のどれもがどうしようもなく愛おしく、貴重なものに思えた。

秀雄と比較され続けてきた学校時代も、長野の食品加工会社の仕事も、あっけなくクビを切られた工場の派遣の仕事も、劣悪な環境であった日雇い仕事の記憶さえも。そのどれもが今の自分にとってはまぶしい記憶に思える。

なぜなら自分の努力次第でいくらでも道を切り拓けたのだから。今抱いている絶望とはまったく比較にならない光り輝いた時間だったのだ。

どうしてもっと早くそのことに気づけなかったのだろうか。

「何物にも代えられない人生だった……」呟いた瞬間、涙がこみ上げてきた。

「じゃあ、どうして闇の掲示板なんかに書き込みをしたの」

滲んだ視界の中で、舞の言葉が冷徹に響いた。

「ジンくんも女だったらよかったのにね」

舞は立ち上がって仁の肩を叩くと、部屋に入っていった。

19

「中軽井沢で発生した強盗殺人放火事件の容疑者として二十五歳の男が指名手配になりました……」

その声に反応して、菅野はテレビに目を向けた。

画面には名前や顔写真は出ていなかったが、神谷家の周辺で目撃されたレンタカーから容疑者が浮上したと告げているからジンなのだろう。

ニュースによると神谷家で発見された刃物にも容疑者の指紋がついていたという。

本当にジンが神谷たちを殺害して屋敷に火を放ったのだろうかと考えて、すぐに頭を振った。

この報道を見て、ジンが犯人ではないと確信した。

菅野は神谷家を襲撃する前にナイフについた指紋を丁寧に拭ってからそれぞれに渡した。ジンはあのとき手袋をしていた。神谷たちを襲った刃物にジンの指紋がついているというのはどう考えてもおかしな話だ。

ジンは神谷たちを殺していない。

警察に自首して今までにあったことをすべて話せば、少なくとも自分やジンが殺人には関与していないことを示せるかもしれない。

だが、たとえ人は殺していないとはいっても、神谷家を襲撃したのは事実だ。自分は逮捕され刑務所に入れられるだろう。そうなれば、美鈴との生活をやり直すどころか何年も会えなくなってしまう。さらにこれから生まれてくる子供にも会えなくなるばかりか、その子に犯罪者の子供という烙印《らくいん》を押すことになるのだ。

それに、自分がいくらサカイの話をしたとしても、警察が信じるとはかぎらない。へたをすれば、自分は殺人事件の容疑者として逮捕されてしまう。そして、三人を殺害した罪で死刑になってしまうかもしれない。

仮に警察が自分の話を信じて殺人の罪を免れたとしても、それで終わるとは思えない。

刑務所に入ってから、もしくは刑務所を出てから、神谷が関わっていたであろう犯罪組織から報復をされる可能性だってある。

そんなことを考えていると、心が竦《すく》んで何も決断できなかった。

幸いなことに、ジンや他の仲間たちは自分の素性を知らない。ジンには悪いが、このままにしておけば自分が捕まることはないのではないか。

残された金でどこかよその土地に行って、美鈴と新しい生活をやり直すのが最良の選択のように思えた。

菅野は気を紛らわせようと煙草をくわえた。マッチをつけたが動揺しているせいかうまくつかない。もう一本火をつけ直した。

手の中にあるマッチを見つめて愕然とした。グロスという店名に目が釘づけになった。

しまった。ファミレスで話をしていたときもたしかこの店のマッチを使っていた。ジンはこのマッチを見ていただろうか。わからない。だが、見ていたかもしれない。いや、今は覚えていなくても、そのうち思い出してしまうかもしれない。ジンが警察に捕まったら間違いなく事件の主犯として自分のことを話すだろう。ジンがマッチの店名を覚えていて警察がグロスに行くようなことになれば、自分の素性などすぐに判明してしまう。

激しい焦燥感が胸の底からこみ上げてくる。

どうすればいい――

いくら考えたところで道はふたつしかない。捕まる前に自首するか、逃げ続けるかだ。

だが、警察に捕まってからのことを思うと、どうしてもその決断に踏み切れない。かといって、逃げるといってもどこに逃げればいいのかわからない。それに逃げるとなれば菅野剛志として生きていくことはもうできなくなるだろう。偽名を使い、息をひそめるように生きていくしかない。おそらくまともな仕事にはありつけないだろう。サカイから渡されたカードで引き出した金と神谷の金庫から奪った金の残りを合わせて七十万円ほど残っているが、それだけではとても心もとない。

そこまで考えて、菅野はあることを思いついた。

だが、すぐには実行に移せない。やはり怖い。サカイにふたたび連絡を取ることなど怖くてしかたがない。

しかし、他に方法はない。もともとはあいつが仕組んだことなのだ。あいつにきっちりと責任を取ってもらおう。

ポケットからサカイにもらった携帯を取り出した。電源を入れるとすぐに数件のメールを受信した。すべてサカイからのメールだ。内容は『すぐに連絡をください』というものだった。

望むところだ。震える指先で『何の用だ』とメールを送った。

すぐに返信があった。

『金庫にあったものを返していただきたいんです』

USBメモリーのことだろう。

『どうして神谷を殺したんだ?』とメールを送った。

『いたって簡単です。神谷信司に恨みがあったからです。あなたたちのおかげでうまく始末できました』

『ふざけるな! 人は殺さないと言っただろう。だましやがって』

『だましてませんよ。あなたは人を殺していない。一番楽しいことは人に譲りたくありませんからね。そんな話はどうでもいいです。金庫にあったものをすぐに返してください。あなたが持っていてもしかたのないものです』

サカイはよほどこのUSBメモリーの中の情報を必要としているようだ。

切り札がひとつできて交渉しやすくなるかもしれない。

『タダというわけにはいかない。おまえはおれをだました。金庫の中には一千万円など入っていなかった』

『それは失礼しました。いくらなら譲ってもらえるんですか』

『五百万』

『わかりました。明日の午後五時にこの前の公園で』

意外なほどあっさりと自分の要求が受け入れられ、菅野は拍子抜けした。

20

「まだ時間がかかるんでしょうか」

その声に、勝瀬は男のほうを振り返った。

渡辺《わたなべ》という不動産会社の従業員は不安そうな表情でじっとドアを見つめている。おそらく警察の立ち会いなど初めての経験なのだろう。

「もう少しで終わると思います」

勝瀬は努めて柔らかい口調で答えた。

このドアの向こうで鑑識課が部屋の中を調べている。成海俊が使っていた歯ブラシや、床に落ちている毛髪などを採取してＤＮＡ鑑定にかけるためだ。

今日は朝一番で鑑識課と数人の捜査員を伴って東京にやってきた。成海に部屋を貸している不動産会社に立ち寄って事情を説明してここまで同行してもらっている。

「部屋が荒らされてたりはしてないんでしょうか……」

不動産会社の従業員にとっては最も気になることなのだろう。殺人事件の捜査という以外、詳しいことはまだ話していなかった。

「それはわかりませんが……」

曖昧に言葉を濁しているときに、中からドアが開いた。

「入ってもらって大丈夫です」

鑑識課員の言葉に、勝瀬はドアの前で待っていた捜査員たちと中に入った。

「わたしもいいんでしょうか」

後ろから声をかけてきた渡辺に、「どうぞ」と答えた。

靴を脱いで部屋に上がると室内を見回した。少し広めのワンルームだ。後から入ってきた渡辺が部屋を見て安堵の表情を浮かべた。家具さえなければ新築といっても差し支えないぐらいにきれいに保たれているからだろう。

「採取できそうか」勝瀬はビニール袋を持った鑑識課員に訊いた。

「歯ブラシや布団にかけていたカバーもありますし、床に落ちていた毛髪も採取できましたから」

鑑識課員の言葉に勝瀬は頷いた。

部屋を見回しているうちに何とも言えない違和感を抱いた。人が暮らしていたという割にはあまりにも生活感が窺えないからだろうか。室内にはパイプベッドに小さなテーブル、壁際にはテレビとＤＶＤデッキが置いてあるだけだ。病院の個室でももう少し生活感が漂いそうなものだ。今どきの若者の部屋はこんなものなのだろうか。

「成海さん、何かペットを飼っていたのかな」渡辺が鼻をひくひくさせながら言った。

渡辺の言葉に、違和感の正体に気づいた。かすかに動物の臭いが漂っているのだ。だが、部屋を見回してもそれらしいものはない。

「まいったなあ……ペットは禁止しているのに」

勝瀬はテレビのそばに積み上げられていたＤＶＤの一枚を手に取った。勝瀬の知らない洋画だった。

「車の中で少しお話を聞かせてもらえますか」勝瀬は渡辺を促して一緒に部屋を出た。

捜査員たちと一緒にエレベーターで一階に下り、マンションの前に停めた車に向かった。渡辺とともに後部座席に乗り込む。運転席の若林が手帳を取り出してこちらを向いた。

「成海さんはいつ頃からあの部屋を借りているんでしょうか」

勝瀬が訊くと、渡辺が鞄の中から契約書を取り出した。

「十月の上旬ですから二ヵ月ちょっと前ですね」

「成海さんには肉親はいらっしゃいませんよね。どなたが保証人になられたんでしょう」

成海俊の両親はすでに他界している。兄弟もいない。もしかしたら神谷信司が保証人になっているのではないかと思った。

「荒木《あらき》誠二《せいじ》さんというかたですね」渡辺が答えた。

「どのようなかたなんですか」

「四谷《よつや》でデザイン事務所を経営されていますね」

「じゃあ、成海さんはそちらで働いていたということですか？」

「いえ、申込書には成海さんは無職となっています。若いかたですし無職なのでお貸しするのをためらったんですが、荒木さんは身元もしっかりしてますし、何かあったら自分が責任を持ちますからということで契約しました」

若林に目を向けると、先ほどまでメモをとっていた手を止めてぼんやりとしている。

「おい、ぼーっとしてないでちゃんとメモをとれよ」

勝瀬は注意したが、それでも若林は視線を一点に向けたまま上の空でいるようだ。

「おいッ！」

その一喝《いっかつ》に、若林が我に返ったようにこちらに視線を向けた。

「あれ……もしかして……江原じゃないでしょうか」

言っている意味が理解できないまま、勝瀬は若林の視線の先を追った。

反対側の歩道に、人波にまぎれるように帽子をかぶった男がこちらに向かってくるのが見えた。その隣には大きなバッグを抱えた女が歩いている。さらに少し後ろから足を引きずりながら男がついてくる。三人は何か話をしながらこちらに向かってきた。

まさか――と思ったが、こちらに向かってくる男の姿を見つめているうちに鼓動が激しくなった。

勝瀬は携帯を取り出して後ろの車に乗っている上杉に連絡を入れた。

「どうしたんですか？」

上杉の声が聞こえた。

「さりげなく斜め右後方の歩道を見てくれ。三人の男女が向かってくるのが見えるだろう。江原じゃないか？」

そう告げると、上杉が絶句したのがわかった。

「こちらに気づかれないように注意してくれ」

勝瀬は釘を刺してとりあえず電話を切った。すぐにさらに後ろに停めている車の捜査員にも電話をかけて同様の報告をした。

歩道を歩いていた帽子の男がこちらに目を向けて足を止めた。そばにいた男女もつられたように足を止める。

三台連なって停まっている車を見て何かを感じ取ったようだ。

後ろの車から上杉たちが表に飛び出した。その瞬間、三人の男女が反対方向に向かって走り出した。

勝瀬もすぐに車から降りて走り出した。若林が後ろからついてくる。三台の車に乗っていた六人の捜査員たちで走っていく三人の背中を追った。三人が通りから路地に入っていくのが見えた。勝瀬が路地に入ったときには三人の姿はなかった。

「江原たちはッ」

立ち止まってあたりを見回している上杉に訊いた。

「見失いました。でも、まだこのあたりにいます」

勝瀬は焦燥感に駆られながら迷路のように入り組んだ路地を捜し回った。

「ひとり見つけましたッ！」

通りのほうから別の捜査員の声が聞こえてきた。

勝瀬はすぐに声がしたほうに向かった。通りに出ると百メートルほど先に捜査員のひとりが走っていくのが見えた。勝瀬と上杉と若林はその捜査員たちの背中を追って走った。前を走っていた捜査員が地下鉄の出入口に駆け込んでいく。あそこに入っていったのだろう。

「おれたちはちがう出入口に行こう」

神楽坂駅にはふたつの出入口しかない。歩道を走ってもうひとつの出入口に向かう。階段を駆け下りていくと改札口があった。

「上杉はここにいてくれ」

上杉を改札口に残すと、駅員に警察手帳を示して中に入った。

構内図を見ると神楽坂駅は地下二階と地下三階の二層にホームがあった。若林に地下二階のホームを確認させ、勝瀬はさらに階段を下りて地下三階のホームに向かった。

ホームに降り立つと電車を待つ乗客に鋭い視線を向けながら前に進んだ。だが、江原や連れ立っていたふたりの姿はない。前方から違う出入口から入った捜査員が向かってくる。

「追っていたのは江原か？」

勝瀬が訊くと、捜査員が首を横に振った。

「一緒にいた女です。ここに入ってから電車は来ていないはずです」

地下三階のホームをくまなく捜したが女の姿はなかった。それぞれ別の階段から地下二階に上がっていった。

「こっちにはいません」

地下二階のホームにいた若林が声をかけてきた。

「電車は？」

「ぼくがここに来る二分ぐらい前に出たみたいですから、タイミング的に乗れなかったでしょう」

ということは、残されているのはふたつの改札口の中にあるトイレだけだ。

地下一階に着くのと同時に、反対側の改札口にいる捜査員から連絡が入った。あちらのトイレにはいないという。

「残るのはここだけか」

勝瀬は駅員に事情を説明して、女子トイレに入っている人を出してもらった。だが、その中にも先ほどの女はいない。

若林と一緒に男子トイレに入った。小便器でふたりの男が用を足している。個室のひとつが閉まっていた。

個室のドアをノックすると、すぐに中からノックが返ってきた。

「申し訳ありません。警察の者ですが、中を点検したいので出ていただけますか」

しばらくすると水が流れる音が聞こえた。ドアが開いて、コロンの匂いに包まれた。

「何かあったんですか？」

眼鏡をかけた背広姿の若い男が怪訝そうな表情で言った。

「どうも失礼しました」

勝瀬が頭を下げると、男はバッグを抱えてトイレを出て行った。

「どういうことですか。まさか、線路の上を走って逃げたんじゃ……」若林が呆然としたように言った。

21

池袋駅を出て公園に向かっている途中に携帯が鳴った。

サカイからもらったものではなく自分の携帯で、画面を見ると公衆電話からの着信だった。

菅野は横断歩道の手前で立ち止まって電話に出た。

「もしもし……」

弱々しい呟きを聞いただけですぐに相手がわかった。美鈴だ。

「美鈴かっ！　無事でいるのか。今どこにいるんだ？」

「あの人たちは……？」美鈴が怯えた口調で問いかけてきた。

日立たちのことを言っているのだろう。

「もういない。大丈夫だ。約束どおりちゃんと借金は返した」

「借金を返せたの？」美鈴が信じられないというように訊き返した。

「ああ、本当だ。辛い思いをさせてしまってすまなかった。本当にごめん……これからはまともになるから。必ずいい父親になるから……」菅野は優しく語りかけながら切なくなった。

自分はこれから逃げ回らなければならない立場なのだ。その場しのぎの言葉と承知しながらも、どうしても自分の想いだけは伝えておきたかった。

「じゃあ、もうアパートに帰れるの？」

菅野は返事に窮《きゅう》した。あの部屋にはいつ警察がやってくるかわからない。

「今、どこにいるんだ？」

「横浜」

「今夜、そっちに行くから。横浜で会おう」

「着の身着のままで逃げだしてきちゃって……携帯をアパートに置いたままなの」

「わかってる」

約束の場所と時間を決めると電話を切って公園に向かった。

五時ちょうどにサカイからメールが届いた。

『この前の公衆電話の台の裏にコインロッカーの鍵があります。お金はその中に入っていますので、代わりにＵＳＢメモリーを入れたら同じところに鍵を隠しておいてください』

菅野は公衆電話に向かった。たしかにコインロッカーの鍵が隠してあった。前回のときと同じ番号だ。公園を出てコインロッカーを開けると中に紙袋があった。中を確認するとたしかに百万円の束が五つ入っている。

ポケットからUSBメモリーを取り出した。コインロッカーに入れようとして、ふと手を止めた。

サカイにとって五百万円などしょせん、はした金なのかもしれない。神谷の金庫から奪った金と合わせて一千万円。だが、自分が背負わされた苦難に比べれば、こんな金ではとても釣り合わない。警察の影に怯え、神谷が関わっていたであろう犯罪組織の報復に震えながら、自分はこれからずっと逃げ続けなければならないのだ。

美鈴と一緒に暮らすことさえできなくなるだろう。美鈴のお腹《なか》には自分の子供がいる。本来ならばこれから訪れるはずの幸せな生活を自分は手放さなければならないのだ。

その代償がこれっぽっちの金なのかと考えると無性に腹が立った。

たとえ一緒に暮らせなかったとしても、夫としての、父親としての最低限の責任は果たしてやりたい。

せめて、美鈴が安心してしばらく暮らしていけるだけの金を渡してやりたい。

菅野はコインロッカーの前でメールを打った。

『あと一千万円だ』

しばらくするとサカイから返信があった。

『約束を破るんですか？』

『一千万円をおれの口座に振り込め。それを確認したらＵＳＢメモリーを指定の場所に送ってやる』

菅野は自分の銀行口座を打ち込んでメールを送った。

返信がない。苛々と煙草を吸いながら次のメールを打って送りつけた。

『そうでなければこれから警察に行く。おまえの正体はわかっているんだ。下手な芝居をしやがって』

ひとりには絞りきれないが、ファミレスにいたジン以外の三人のうちの誰かだ。

『わかりました。明日、振り込みます』

サカイからのメールを確認して駅に向かった。

歩きながらこれからアパートに美鈴の携帯を取りに戻るか、そのまま横浜に行くべきか迷った。

大型家電店の前で立ち止まった。店先に並べられたテレビでニュースをやっている。中軽井沢で発生した殺人放火事件の続報だった。

今まで不明だった三人目の遺体の身元について報じていた。遺体のそばにあった携帯から成海俊という二十五歳の男性ではないだろうかということだ。

あの屋敷には神谷夫妻と自分たち以外に人はいなかったはずだ。ということは、成海俊というのはテキーラの本名なのだろうか。

もしそうであるなら、サカイ、もしくはその仲間は、ウオッカかラムのどちらかということになる。

容疑者である二十五歳の男はまだ捕まっていない。それを確認すると足早に駅に向かった。

ジンはまだ警察に捕まっていない。ということは菅野のことも当然警察には知られていないはずだ。

アパートに戻って美鈴の携帯を取ってこよう。着の身着のままでアパートを逃げ出したと言っていたから着替えの服も必要だろう。それに菅野もこれから必要なものを荷物にまとめなければならない。

鉄階段を上って二〇三号室に向かった。鍵を開けて中に入る。鍵を閉めると靴を脱いで玄関を上がった。

台所の電気をつけようとしたとき、嗅ぎ慣れない匂いが鼻を刺激した。振り返ろうとした瞬間、背中を貫く衝撃があった。

菅野は激しい痛みとともに闇の中に崩れた。

いったい何があったんだ。

言うことを聞いてくれない右手を何とか動かして背中のあたりを探った。硬い感触があった。続いてぬめっとした液体がとめどなく背中からあふれてくるのがわかった。

ナイフで背中を刺されたようだ――

「どうして……」菅野は必死に言葉を絞り出した。

「あれだけの偽造免許証を作れるんですよ。鍵の開け閉めぐらい朝飯前ですよ」

男の声が遠くに聞こえる。笑っているようだ。

すぐそばにいるはずなのに男の声がはっきりとは聞き取れない。

「おまえは……」

誰だ――？

「欲をかかなきゃもっと長生きできたのに。馬鹿な男だ。しょせんあんなサイトに集ってくるどうしようもないできそこないか」

かすかにからだを触られる感触がした。菅野のポケットを漁っているようだ。

おれはこのまま死んでしまうのか……こんなつまらない死に方をするのか……?

美鈴……すまない……本当に……すまない……

「哀れな奴だ」

薄れゆく意識の中で、男の声が聞こえた。

22

アパートの部屋に駆け込むと、仁は肩で息をしながら玄関にしゃがみ込んだ。

すぐに起き上がって鍵を閉めようとしたが、手が震えていてなかなかうまくいかない。何とか鍵を閉めると靴を脱いで台所に上がった。椅子に腰を下ろすとテーブルに両肘をついて頭を抱えた。

心臓が早鐘を打ち鳴らしている。冷静になれと必死に念じたが、心臓を激しく揺さぶり続ける動揺を抑えることができなかった。

どうしてあそこに警察がいたのだ――

偶然か。いや、とても偶然とは思えない。

やはりあの部屋はバーボンが借りていたのだろうか。警察の捜査が想像以上に進んでいて、中軽井沢の事件に関わっていたバーボンの住居までたどり着いたということか。

自分はこれからどうすればいいのだろう。あのときはぐれてしまった舞や鈴木が警察に捕まっていたとしたら、ここに踏み込まれるのも時間の問題かもしれない。だけど、この部屋から一歩でも外に出るのが無性に怖かった。

激しい焦燥感に駆られながら、こうして頭を抱えることしかできないでいる。

次に顔を上げたときにはあたりは真っ暗になっていた。腕時計を見ると夜の七時前だ。気力を振り絞って立ち上がるとテレビをつけた。ニュース番組にチャンネルを合わせる。

もし、舞や鈴木やバーボンが警察に捕まったのだとしたら、ニュースで報じられるだろう。

彼らが捕まったのだとしたら、自分も警察に出頭しよう。こんな身を切られるような時間に耐え切れなくなっている。

「続きまして、九日に中軽井沢で発生した殺人放火事件の続報です――」

アナウンサーの声に、仁は身を乗り出して画面を見つめた。

「神谷さん宅で発見されたふたつの遺体は歯型などから神谷信司さん、綾香さん夫婦のものであると確認されました。また、神谷さん宅で発見されたもうひとつの遺体が所持していた携帯電話は、新宿区在住の二十五歳の男性、成海俊さんのものであることが判明しました。警察では現在、もうひとつの遺体の身元の確認に全力を挙げています……」

テロップに『成海俊さん（25）新宿区在住』と出ている。

どういうことだ。もうひとつの遺体はサトウショウゴではないのか？

突然、ドアを叩く音が響いて、びくっとして玄関を見つめた。

仁はテレビを消すと、音を立てないよう玄関に向かった。ドアスコープを覗き込む。舞の顔を確認してドアを開けた。

「無事だったのか！」

仁は入ってきた舞を思わず抱きしめた。

「ちょっとやめてよ」舞が仁のからだを引き離した。

る。

「あいつらを撒くのに苦労したわ」

舞は部屋に上がると疲れ切ったというように溜め息を漏らした。台所の電気をつけ

「すぐに戻ってこようと思ったんだけど、あなたたちが捕まってしまったんじゃないかと思うと怖くて、ここに戻ってくる決心がなかなかつかなかったの。あれ、あの人は？」舞があたりを見回して訊いた。

「まだ戻ってきてない。捕まってしまったのかもしれないな」

「それなら早くここを引き払わないと」

舞がそう言ったときに、ドアを叩く音が聞こえた。

ふたり同時に玄関に目を向けた。仁はゆっくりと近づいていくとドアスコープを覗き込んだ。鈴木だ。

ドアを開けると、鈴木が疲弊した顔で玄関に入ってくる。

「鈴木さんも無事だったんですね」

ふたりとも警察に捕まっていないということは、ここはまだ安全な場所だろう。

鈴木は部屋に入ると疲れたように床の上にへたり込んだ。

「ごめん……」

「それにしてもどうしてあんなところに警察がいたんだ」鈴木が溜め息を漏らしながら言った。

「わかりません。もしかしたら警察の捜査がバーボンのもとまで及んでいるのかと思ったんですけど……バーボンに関する報道はまだありません。それよりも、さっきニュースでおかしなことを言ってたんです」

「おかしなこと？」

舞と鈴木が同時に問いかけてきた。

「神谷家で発見されたもうひとつの遺体が所持していた携帯は成海俊という二十五歳の男性のものだったって」

「成海俊？　誰だ、そいつは……」意味がわからないというように鈴木が言った。

「わかりません。ニュースではそう言ってましたけど。それ以上詳しいことは……」

「じゃあ、もうひとつの遺体はサトウショウゴじゃないってこと？　サトウショウゴは生きてるの？」舞が勢い込んで訊いてきた。

「その遺体の身元はまだわかっていないそうだ。もしかしたら、サトウショウゴがもらったという携帯の名義人がその成海俊という人なのかもしれない」

「これからどうするの」舞が溜め息交じりに言った。

「あのマンションにはもう近づけないだろう。おれたちの手でバーボンを捜す手がかりは完全に途切れてしまった。あとは警察がバーボンを捕まえてくれるのを待つか、ショウゴが生きていてケンたちに連絡をくれることを願うしかない」

もうそれしかすがるべき方法がない。

「バーボンの手がかりが完全に途切れたってわけじゃないぜ」

鈴木の声が聞こえて、仁は目を向けた。

「どういうことですか?」

「ずっと身を隠している間にひとつ思い出したことがあったんだ」

「思い出したこと?」

「ファミレスで話をしているときにバーボンはよく煙草を吸ってただろう。マッチでさ。そのマッチに書かれていた文字を思い出したのさ」

鈴木に言われて仁も今さらになって思い出した。たしかに、バーボンはどこかの店のマッチで火をつけていた。だが、何と書かれていたのかまでは今も思い出せない。

「たしかグロスって名前だった」鈴木が言った。

「グロス……」

「どうして今頃になってそんなことを思い出すのよ!」舞が叫んだ。

「どうして今頃って言われてもしょうがねえだろう。警察を撒くために塀と塀の細い隙間にずっと隠れてて、やることもねえからいろんなことを思い返してたんだよ。そしたらふっとそんなことを思い出しただけだ。たまたま立ち寄っただけの店かもしれねえし、バーボンにつながる手がかりとまでは言えねえかもしれないが……何もないよりはいいだろう」

仁はテーブルに置いてあったノートパソコンを開けてインターネットにつないだ。グロスという店名を検索した。美容室や洋服店などいくつかの店の中にそれらしいものを見つけた。東十条にあるショットバーだ。

「これからここに行ってみませんか？」

仁は一緒にパソコン画面を覗き込んでいた舞と鈴木に声をかけた。

「今日はかんべんしてくれよ」鈴木が素っ気なく返した。

「わたしも。今日は疲れてるからもう休むわ……」

舞はそう言うとそそくさと部屋に入っていった。

隣から漏れ聞こえてくる鈴木の鼾に、仁は目を開けた。

よくこんな状況で安眠できるものだと、忌々《いまいま》しい思いで鼾のするほうに目を向けている。

少しぐらい休まなければからだが持たないとわかっていても、仁はいっこうに眠ることができなかった。

自分に残された時間を思うと、警察に捕まった後のことを考えると、居ても立ってもいられない。

こうしている間にも、自分の無実を晴らす手段が消えてなくなってしまうのではないかと不安に苛まれている。

仁はたまらなくなってかけていた毛布を剝ぎ取ると起き上がった。電気をつけて気持ちよさそうに熟睡している鈴木の肩を揺すった。

「何だよ……」目を開けた鈴木が腹立たしそうに仁を見た。

「やっぱりこれからあの店に行ってみます」

「いったい、今何時だよ……」

「十二時です。これから行けばまだ開いています」

ホームページの店の案内には夜中の三時までやっていると出ていた。

「そうかい。じゃあ、ひとりで行ってこいよ。おれは眠いんだよ……」

思っていた通りの返答に溜め息を漏らして、仁はデイパックを手に取ると台所に出た。

舞がいる部屋のドアを見た。先ほどの様子からすると、声をかけたとしてもきっと鈴木と同様の反応を示すだろう。

仁はひとりで店を訪ねる決心を固めると台所を見回した。

バーボンは仁よりもはるかに腕っぷしが強そうだ。もし、バーボンを見つけ出せたときのことを考えて、何か対抗できる武器がほしかった。流しの下の戸を開けると包丁と小型の果物ナイフが収まっている。果物ナイフを上着のポケットに入れると部屋を出た。

大通りに出てタクシーを拾うとグロスがある東十条に向かった。

店はすぐに見つかった。環七通りからひとつ路地を入ったところにある小さな店だ。木製の重厚なドアの上に『グロス』という看板が掛かっていた。外から店内の様子は窺えない。

この中にバーボンがいるかもしれないと思うと、取っ手を握ろうとした手が震えた。覚悟を決めてドアを開ける。

「いらっしゃいませ――」

カウンターの中にいたバーテンダーが声をかけてきた。

客はカウンターの両端に離れて座っているふたりだけだった。どちらもバーボンではない。仁はカウンターの真ん中に腰を下ろした。

「何にしましょうか」

仁はビールを頼んで、さりげなく店内を見回した。背後の壁や正面の酒棚にいくつかの写真が飾られている。仲間内で撮った写真のようだ。

「すみません。煙草はありますか」

「メビウスしか置いてないんですけど」

仁は頷いて、「マッチもください」と言い添えた。

バーテンダーが目の前にビールと灰皿と煙草を置いた。ビールをひと口飲んで、店のマッチで煙草に火をつける。

「初めてのかたですよね」バーテンダーが話しかけてきた。

「ええ……知り合いからいい店だと聞いていて、たまたま近くに来たものですから」

「誰だろう？」

バーボンの本名は知らない。言葉を濁そうと煙草に口をつけて煙を吐き出そうとしたときに、酒棚の隅に置かれている写真立てが目に入った。

「その写真を見せてもらえませんか」

指をさして言った瞬間に、煙で激しくむせた。

「大丈夫ですか？」

バーテンダーが言いながら、酒棚に置いてあった写真立てを仁の前に置いた。

目の前の写真に目を凝らす。ふたりの男が写っている。ひとりは目の前にいるバーテンダーで、もうひとりは……

髪型や全体的な印象はかなり違っているが、間違いなくバーボンだ——

「スガノさんのお知り合いだったんですか」

スガノというのか。

「ええ……スガノさんの後輩で、昔お世話になったんです」

「もしかして静岡出身ですか？　ぼくもスガノさんの高校の後輩なんですよ」バーテンダーが興味を持ったように身を乗り出してきた。

「いえ、仕事の……」

「ああ。引っ越し会社の……」

「そうです。ぼくはずいぶん前に辞めたんですけどね。それまでスガノさんにお世話になって。スガノさんはよくこの店に来られるんですか？」

「何か嫌なことでもあったのか、ここ最近は毎晩飲みに来てるんですけどね……今日はまだ来てないですね。この時間に来ないってことはもう寝ちゃってるのかなあ」

「実はスガノさんにお借りしたままずっと返せずにいる物があるんです。お返ししたいんだけど、自分の携帯を壊しちゃってスガノさんの番号がわからなくなってしまって……スガノさんの住所はご存知ですか？」

「知っていますよ。今からスガノさんに連絡してみましょうか？　後輩が訪ねてきたとわかったら喜ぶかもしれない」バーテンダーが携帯を取り出した。

「いや、こんな遅くに悪いので。宅配便か何かで送りますよ。電話番号を教えてもらえれば後で連絡しますし」

この店に誰かが訪ねてきたとなったら、スガノは警戒するにちがいない。

バーテンダーがメモ用紙にスガノの住所と携帯番号を書いて差し出した。

「ありがとうございます」仁は礼を言ってチェックした。

店から出るとデイパックから地図を取り出した。メモに書かれた住所と地図を頼りにスガノが住んでいるアパートを探した。二十分ほど歩き回ってメモに書かれたアパートを見つけた。

一階の郵便受けを見ると二〇三号室に『菅野』と表札が出ている。二階を見上げると五部屋あった。おそらく真ん中の部屋だろう。アパートの裏手に回ると駐車場があった。そこからアパートのベランダが見える。二階にある二部屋からは明かりが漏れているが、真ん中の部屋は電気がついていなかった。

寝ているのだろうか。それともどこかに出かけているのか。

これからどうすればいい。いったん戻って、舞と鈴木を伴って菅野を捕まえに来るべきか。

だが、自分が店を訪ねたことを菅野に知らされたら、逃げられてしまうかもしれない。

それとも自分もこのまま逮捕されることを覚悟の上で警察に通報するか。いや、あそこに菅野がいなければ意味がない。

二階の真ん中の部屋の窓を見つめながらしばらく迷っていたが、決心してアパートの正面に戻った。階段を上って二〇三号室の前に立つと、上着のポケットに手を突っ込んで果物ナイフを握り締めた。

もし菅野がいれば、このナイフで奴の抵抗を抑え込んで警察に通報しよう。

仁はそう考えながら部屋のベルを押した。応答がない。何度か鳴らしてみたが、誰かがいる気配はない。

出かけているのか。

どこかで菅野が戻ってくるのを待つしかないと思いながら何気なくドアノブを握ると動いた。ゆっくり回してみる。鍵がかかっていない。

仁はドアを少し開けると警戒しながら中を覗いてみた。真っ暗だった。滑り込むように部屋に入ってドアを閉めた。

真っ暗な室内には人の気配は窺えなかった。だが、油断してはいけない。もしかしたら息をひそめて菅野が隠れているかもしれないのだ。

ポケットからナイフを取り出して靴を履いたまま玄関の段差を乗り越える。

暗闇の中で五感を研ぎ澄ませながら進んでいくと、かすかにさわやかな匂いがした。だがすぐ生臭さにかき消された。

警戒心をさらに強めた瞬間、足もとにあった何かにつまずいた。床に手をつくとぬめっとした感触があった。

起き上がると電気のスイッチを探すのももどかしく、ポケットからマッチを取り出して火をつけた。

炎で浮かび上がってきた光景を見て、驚きのあまりマッチを落とした。慌てて靴でマッチの火を踏み消した。

何なんだ、今の光景は――

急速に心臓の動きが速くなっていく。息をするのも苦しかった。

仁は震える指先でふたたびマッチをすった。自分の手のひらが赤く染まっている。炎を下に向けるとうつ伏せに人が倒れているのが見えた。

「熱いッ」

ふたたびマッチを落とした。マッチの火を踏み消すと電気のスイッチを探して明かりをつけた。真っ先に床に広がった血だまりが目に飛び込んできた。男がうつ伏せに倒れている。背中にナイフが突き刺さっていた。

バーボン……いや、菅野だ——

「大丈夫か！」

その場にしゃがみ込んで顔を近づけるとかすかに息をしている。

「しっかりしろッ！」

からだを激しく揺すると、菅野がかすかに瞼を開いた。弱々しい反応だが仁に気づいたようで少し口もとを歪めた。

「すぐに救急車を呼ぶから——」

この状態ではとても手遅れだろうと思ったが、ポケットから携帯を取り出した。

「誰にやられたんだ……」

携帯の電源を入れてボタンを押しながら問いかけた。

「サ……サカイ……」

絞り出すような声が聞こえた。

「サカイ？」

そう言ったと同時に一一九番に電話がつながった。

「人が倒れているのですぐに救急車を――」

仁はバーテンダーからもらったメモに書かれた住所を連呼して電話を切った。

「どうしておれたちを嵌めたんだ。いったいサカイって何者なんだ！」

菅野の目を見つめながら必死に問いかけたが、ほとんど反応ができない状態だ。菅野が仁の手を弱々しくつかんだ。最後の力を振り絞るように自分のズボンのポケットに持っていく。硬い感触があった。携帯が入っているようだ。

ポケットの中の携帯を握りしめたときに、菅野のからだから力が抜け落ちた。

菅野の顔を見て亡くなったのを確信すると、そのまま部屋を出ていった。

大通りに出てタクシーを拾った。タクシーに乗り込むと、氷川台のアパートの場所を告げてうなだれた。

しばらくそうしていたが、しなければいけないことを思い出してからだを起こした。

菅野のポケットにあった携帯を確認した。アドレス帳を開いてみると、菅野が言っていた『サカイ』という名前だけが登録されている。

電話は使っていないみたいだが、メールではサカイからの着信がいくつもあった。

仁は最初から受信と送信メールを交互に見ていった。

菅野は闇の掲示板でメールの主であるサカイと知り合い、その人物の指示によって操られていたようだ。

サカイは神谷家を襲う計画を菅野に持ちかけ、闇の掲示板で一緒に行動する仲間を見つけろと仁の書き込みに誘導していた。

ファミレスで話をしていた時間帯にもサカイからのメールがあった。『なかなかよさそうな仲間じゃないですか』という文面を見て、トイレから出てきたときに菅野が店内を見回していた理由を察した。

自分たちを見ている者が店内にいるのではないかと思ったのだろう。

ファミレスから出てすぐにふたたびメールがあり、邪魔だからウオッカを外せと指示を出している。

鈴木が言ったことと同じだ。

『金庫にあったものを返していただきたいんです』

そのメールに目を留めた。

金庫にあったものとはいったい何だろう。

その後のメールを見てみると、USBメモリーとある。

一昨日、菅野は五百万円と引き換えにそれを渡すとメールしているが、昨日さらに一千万円を追加で要求している。その後に殺されたということだ。

そのUSBメモリーの中にはいったい何が入っているのだろう。

サカイ——

どこかで聞き覚えがあると感じて、ショウゴにペットの餌やりの仕事を頼んだのも同じ名前の人物だったと思い出した。

サカイという人物は闇の掲示板でショウゴと菅野を雇い、仁の書き込みに誘導して神谷の家を襲わせたのだ。そして三人を殺し、屋敷に火を放った。

菅野は殺されてしまったが、ショウゴはまだ生きているのだろうか。

23

「それにしても、江原はどうしてあんなところにいたんでしょうね」

若林の声に、勝瀬は運転席に目を向けた。

「さあな……」

昨日から勝瀬も同じことを考え続けているが、合理的な答えがいまだに出てこない。

江原があの周辺にいたことが単なる偶然とは思えない。江原と一緒に歩いていたのはおそらく舞だろう。もうひとりの足を引きずった男が誰なのかはわからない。一緒に神谷家を襲撃したという仲間だろうか。

何のために江原は被害者と思われる成海俊のマンションに行ったのだろうか。

江原の言葉を信じるならば、被害者の住居から事件の首謀者を捜そうとしたということか。そうだとすれば、江原は成海のことを知っていたということになる。成海の名前がニュースで初めて報じられたのは昨日の夕方からだ。江原とマンションの前で遭遇した時点では成海の名前は公表されていない。

江原は仲間のひとりから神谷家を襲撃する話を持ちかけられたという。そのときに神谷夫妻だけでなく、成海のことも聞いたのだろうか。

そうだとしても、あそこに江原がいたことの合理的な説明がつかない。彼は被害者の自宅の近くに警察がいる可能性をまったく考えなかったのだろうか。江原は指名手配の身なのだ。それなのに堂々と被害者の自宅を訪ねていくとは普通では考えにくい。それとも、その危険性をわかった上で、成海のことを調べようとしたのか。

江原は被害者の何を調べようとしたのか――

考えれば考えるほど、頭の中で糸が絡まり合ったようなもどかしさが募ってくる。

「このあたりですね」

その声に、勝瀬は我に返って窓の外に目を向けた。目当てのビルを探していると『荒木デザイン事務所』という看板を見つけた。

車が停まると勝瀬は若林とともに目の前のビルに向かった。四階でエレベーターを降りると荒木デザイン事務所に入っていく。

「突然申し訳ありません。長野県警の勝瀬と言いますが、荒木誠二さんはいらっしゃいますか」

勝瀬が警察手帳を示すと、受付の女性が驚いたように目を見開いた。

「所長はちょっと食事に出ておりますが……」

「あらためてお伺いしてもいいんですが、もしすぐにお戻りになるようでしたら待たせていただきたいのですが」

勝瀬が言うと、女性は戸惑いながらも応接室に案内してくれた。

ソファに座って二十分ほど待っているとノックの音がしてドアが開いた。ラフなジャケットを着込んだ中年の男性が入ってくる。

「荒木ですが……」

荒木が戸惑うような表情で近づいてきた。マンションの申込書に書かれていた年齢は勝瀬と同世代だが、身なりから十歳は若く見える。

「警察のかたが何か？」

「成海俊さんのことでお話を聞かせてほしいのですが。マンションの保証人になってらっしゃいますよね」

「俊のことでって……」

荒木はそこまで言って何かを思いついたように表情を曇らせた。

「長野県警って……まさか、中軽井沢で起きた事件の？」

「そうです」

勝瀬が頷くと、荒木は全身から力が抜け落ちてしまったようにソファに崩れた。

「今朝のニュースを観て同姓同名だと思っていたんですが……まさか、被害者というのは本当に……」それ以上言葉が出てこないというように荒木がうなだれた。

「まだ断定はされておりません。現在、彼のＤＮＡ鑑定を行っているところです。ただ、所持していた携帯が彼のものなのでおそらく」

「そうですか……」

「失礼ですが、成海さんとはどのようなご関係なんでしょうか」

勝瀬が訊くと、荒木がゆっくりと顔を上げた。言葉を探すように視線をさまよわせている。

「ちょっとした知り合いです」

「ちょっとした知り合いといいますと」

「まあ、軽い飲み友達のひとりでした」

「いつ頃お知り合いになったんですか」

「三年ぐらい前でしょうか。新宿の飲み屋で意気投合しまして……それからちょくちょく会うような仲でしたね」

「三年前といいますと、成海さんが二十二歳のときですね。荒木さんとはかなり年齢が離れていますが、どういったきっかけで仲良くなられたんですか？　何か共通の趣味があったとか」

荒木がその言葉に反応したように少し視線をそらした。すぐに勝瀬に視線を戻す。

「いや……まあ……映画の話とか音楽の話が合いましてね。こういう仕事をしていると、若い人の話で刺激を受けたりしますから……」

「そうですね。わたしにはよくわからないのですが、デザインの仕事というのはいろいろと感性を磨かなければならないでしょうからね」勝瀬はとりあえずそう答えておいた。

「ええ」

「成海さんとはそれからずっとお付き合いがあったんですか」

「いえ……数ヵ月ぐらいです。それから連絡が取れなくなってしまって……」

「そうなんですか？」

「二ヵ月ほど前に突然ここを訪ねてきたんです。家を借りたいので保証人になってもらえないかと」

「それで神楽坂のマンションの保証人になられたんですね」

「ええ……そうです……」

「最後にお会いになられたのはいつですか」

「二週間ほど前ですかね。一緒に飯を食いました」

その言葉に勝瀬は反応した。

そういえば、成海は二ヵ月以上前に神楽坂のマンションを借りているのに区役所に転入届を出したのは二週間前だった。携帯電話の契約もその頃にしている。

「そのときに何か今回の事件につながるような話はされませんでしたか？　誰かに恨みを持たれているだとか、中軽井沢に知り合いがいるとか」

「いいえ、まったく聞いていません」

「この人物に心当たりはありませんか。神谷信司さんと綾香さんとおっしゃるんですが」勝瀬は神谷夫妻の写真をテーブルに置いた。

「いえ……わかりません」荒木が首を横に振った。

「そうですか。これはお話を聞いたみなさんにお伺いしているのですが、九日の夕方から夜中にかけて荒木さんはどちらに？」

「ちょっと待ってください」

荒木が立ち上がって応接室から出て行った。しばらくすると手帳を持って戻ってきた。

「その日は仕事で会食をしてますね。こちらの須藤さんというかたに訊いていただければわかると思います」

荒木が名刺を差し出した。若林が名刺にあった会社名と住所と須藤の名前をメモする。

「ところで成海さんの写真をお持ちではありませんか？」勝瀬は訊いた。

成海の部屋には写真の類はいっさいなかった。

「いえ、ありません」荒木がしばしの後、言った。

「そうですか。どうもお手数をおかけいたしました」

勝瀬は立ち上がって礼を言うとドアに向かった。ひとつ訊き忘れていたことを思い出して振り返った。

「もうひとつお訊きしたいのですが、成海さんはピアスをされていましたか」勝瀬は自分の耳に指を当てながら訊いた。

「どうだったかなあ……覚えていません」

「そうですか。思い出されましたらお知らせください」

勝瀬は軽く頭を下げて、若林とともに応接室から出て行った。

「気のせいかもしれませんが、何か変な感じですよね」

事務所を出てエレベーターに乗り込むと若林が呟いた。

「ああ」

何か隠していると、勝瀬も感じている。

二十二歳の青年と五十代の男性が飲み屋で意気投合という話も少し引っかかっているし、自分の前からいったん姿を消した人物の保証人を簡単に引き受けたりするだろうかという思いもあった。

荒木が語っていた以上に、もっと親密な間柄であったのではないだろうかと推測している。それがどんなものかはわからないでいるが。

24

「大変だッ――!」

鈴木の声が聞こえた瞬間、激しく肩を揺すられた。

「どうしたんですか」

仁は目を開けて、目の前に立っている鈴木を見上げた。

「いいから早くっ！」

鈴木に急き立てられ、仁はしかたなく立ち上がると台所に向かった。鈴木が指さしたほうを見て、心臓が飛び出しそうになった。

テレビ画面に自分の顔写真が映し出されている。『江原仁容疑者（25）』とテロップが出ていた。

「ついに公開捜査になっちまったよ……」鈴木が動揺したように呟いた。

呆然としたように椅子に座ってテレビを観ている舞を見た。舞がこちらを向いた。表情を強張らせながらじっと仁を見つめている。

「これからどうするよ。こんなのが出ちまったらもう外を出歩けねえぞ。それにおまえと一緒に行動しているおれたちも危険にさらされる。なあ？」

鈴木が同意を求めるように舞を見た。舞は何も言葉を返さず仁を見つめたままだ。

いつかはこういうときが来ると覚悟はしていたが、いざ現実になると、目の前に映るすべてのことを受け入れられないでいる。

「続いてのニュースです。本日未明、アパートで人が倒れていると男性から一一九番通報があり救急隊が駆けつけると、北区東十条六丁目『松沢荘』二〇三号室に住む菅野剛志さんの遺体が発見されました……」

仁は我に返ってテレビに目を向けた。

画面には『死亡　菅野剛志さん（30）』とテロップが出ている。顔写真は出ていない。

それとなく鈴木と舞に目を向けると、ニュースが変わって興味をなくしたという素振りをしている。

「菅野さんは背中をナイフで刺されて死亡しており、警察では殺人事件として捜査を進めています……」

仁はニュースを聞きながら、ふたりの挙動に注目した。

「どうした……？」仁の視線に気づいたらしく鈴木が訊いてきた。

「この事件の被害者がバーボンです」

仁が告げても、鈴木は意味がわからないというようにぽかんとしている。

「何よ、この事件って……」舞が訊いた。

「東十条のアパートで殺された菅野剛志という男がバーボンだ」

仁が言うと、ふたりが驚いたように目を見開いた。

「どういうことだよ……何で、おまえがバーボンの名前を知ってるんだよ」鈴木が混乱したようにまくし立ててくる。

「昨夜、グロスに行ってバーボンの本名を確認しました。その後、菅野のアパートに行ったんです」

「おまえが殺したのか？」

「ちがいます。おれが行ったときにはすでにナイフで刺されていて虫の息でした。すぐに救急車を呼んで逃げてきたんです」

「バーボンが殺されたって……どうして……いったい誰に……」

舞が口をはさんだ。舞もこの事実に衝撃を受けているようで、唇を震わせている。

「この事件の首謀者に殺されたんだろう」

「首謀者って……？」舞が訊いた。

菅野にメールしたサカイと名乗る人物だと確信しているが、仁はわからないと首を横に振った。

ふたりに自分が知り得たことを話すのをためらっている。

ファミレスを出た直後にサカイはウオッカを外せと菅野にメールを送っている。あの場にいた者でなければその呼び名はわからないはずだ。あのとき自分たちの席の近くに客はいなかった。もしかしたら盗聴器を仕掛けて会話を聞いていたのかと考えたが、あの店と席を選んだのは自分自身だ。

鈴木か舞かショウゴのいずれかがサカイか、もしくはその仲間の可能性が高いということだ。

だが、鈴木か舞がサカイ、もしくはその仲間であったとしたら、どうして自分のそばにいるのかがわからない。行方をくらまそうと思えばいくらでもできる。

「ちょっと出かけてきます……」

仁は部屋に戻って帽子を被りマスクをすると玄関に向かった。

「ちょっと出かけるって……おまえ、危険だぞ」後ろから鈴木が引き止めた。

「大丈夫です。もし、おれが捕まったとしてもここのことは絶対に話しません。ちょっと頭を冷やしたいだけです」

ドアを開けて外に出ると舞が追いかけてきた。

「どこに行くの？」

「すぐに戻る。鈴木さんがここから出て行かないように見張っててくれないかな」

舞が仁の思いを察したように頷いたが、自分が疑っているのは鈴木だけではない。

それを悟られないように、「よろしく」と舞に目配せして歩き出した。

仁はアパートから二、三分ほど行ったところにある大きな公園に入っていった。

木々に囲まれた遊歩道を歩いていくと広場の手前に電話ボックスが見えた。その近くに段ボールを敷いた上で、ニット帽をかぶりぼろぼろのコートを身にまとったホームレスが横になっている。

まさか自分の顔を悟られることはないと思ったが、顔を伏せながら電話ボックスに入った。小銭を入れるとポケットから紙切れを取り出してそこに書かれている番号に電話をした。

「もしもし……」

カツセの声が聞こえてくると、先ほどまでの決心が崩れ去ったようにすぐに言葉が出てこなくなった。

「江原か――？」

しばらく言葉を出せずにいると、カツセが気づいたように訊いてきた。

「はい……」

「出頭する気になったのか」

「ちがいます。あまり時間がないので用件だけ伝えたらすぐに切ります」

「逆探知はしていない」

「おれたちに神谷家の襲撃を持ちかけた仲間の正体がわかりました」

カツセの言葉を遮って言うと、息を呑んだのがわかった。

「今日、東十条にあるアパートで遺体が発見された菅野剛志という男です」

「遺体が発見されたって……」

「背中をナイフで刺されて殺されたんです。直接それを見ていますから間違いありません」

「きみが殺したってことか？」

「ちがいます。おれはやっていません……」

ただ、警察の捜査で仁の犯行であるとされるだろう。その部屋には仁の指紋がたくさんついているはずだ。

神谷邸には仁の指紋がついたナイフが残されていたという。おそらく気絶している間に握らされたのだろう。菅野を刺したナイフにも同様の細工がされていた可能性もある。

「おれたちが主犯だと思っていた男の他に首謀者がいるということです。事件の二日前からおれの携帯に連絡があった最初の人物を調べてほしい」

「二日前の最初ということは鈴木明宏のことか？」

「そうです」

「その鈴木が事件の首謀者だということなのか？」

「証拠はありません。だから調べてほしいんです」

仁は鈴木明宏の名前と生年月日と本籍地をカツセに伝えた。先ほど、鈴木がトイレに入っている隙に財布の中の免許証を盗み見たのだ。

「この人物が本当に実在するのかどうかを調べてほしい」

鈴木の免許証が偽造だとしたらかぎりなく怪しいということだ。逆に自分の知っている鈴木が実在しているとしたら、舞が怪しいということだ。

舞は違う部屋にバッグを置いているので、住所を確認できる証明書などを盗み見ることができなかった。

「鈴木明宏は実在する。だが、我々も行方を捜しているがまだ見つかっていない」

はたしてその鈴木は自分が知っている鈴木なのだろうか。

「彼の写真をメールします。アドレスを教えてください」

寝ている間に携帯で鈴木の顔を写真に撮った。実在する鈴木と自分が知っている鈴木が同一人物なのかわかるはずだ。

「その鈴木はそばにいるのか？　それならばきみたちがいる場所を教えてくれ」

「それはできません」

あのアパートに踏み込まれたら、自分はもう逃げ場がない。

「テレビのニュースを観たか？　きみは公開指名手配になっている。もう逃げ切れない。きみが人を殺していないというなら早く警察に出頭するんだ！」

それはできない——真犯人が見つからないかぎり、自分は四人を殺害した罪で裁かれるのだ。

「とにかく鈴木明宏を捜してください。もし、その人物と自分が知っている彼が別人なら一緒に出頭します。早くアドレスをッ！」

仁の勢いに気圧されたようにカツセがアドレスを教えた。携帯番号にドメインをつけただけの簡単なアドレスだ。

「待ってくれ！　まだ切らないでくれ。ひとつだけ訊かせてほしい。どうしてきみたちは昨日被害者と思われる人物が住んでいるマンションの近くにいたんだ。成海俊の何を調べようとしてたんだ！」

被害者と思われる人物が住んでいるマンション——？

「被害者のことなんか知らない。成海俊という名前は昨日ニュースで初めて知ったんです」

「じゃあ、どうしてあそこにいたんだ」

「仲間のひとりが神谷家を襲撃する前にあのマンションの部屋でペットの餌やりのバイトをしてたんです。事件の首謀者が関与しているかもしれないと思って行っただけです」

「ペットの餌やり？　きみが訪ねようとしたのはどの部屋なんだ」

「ローズヒルズの六〇一――もう切ります！」

仁は電話を切ると、重い溜め息を吐き出しながらその場にしゃがみ込んだ。

気持ちが鎮まってくると、先ほどカツセが言っていたことが頭の中によみがえってくる。

昨日、自分たちが訪ねようとした部屋は被害者と思われる成海俊の家――いったいどういうことなのだろうか。

そこまで考えたときに、激しい衝撃が頭の中を駆け巡った。

今まで不思議に思っていた事柄の数々がひとつの太い糸になってつながっていくようだ。

サトウショウゴが依頼されたペットの餌やりの仕事――採用にあたって訊ねられたという年齢や身長や血液型――神谷家を襲撃する前にショウゴのピアスを外させるように菅野に命じたサカイからのメール――

まさか……

サトウショウゴは成海俊という男の身代わりにされたのではないか。

神谷家で発見された遺体と、被害者の家に残されているであろう毛髪などのDNAを一致させるために、サトウショウゴに一週間ただ部屋の中にいるだけの仕事を与えたとは考えられないだろうか。

もしそうであるならば、被害者である成海俊は生きているということになる。

仁はその場で大きな息を吐くと立ち上がってもう一件電話をかけた。

「もしもし……」

森下の声が聞こえた。

「江原です。ひとつお願いしたいことがあるんですが……」

「今どこにいるんです?」森下が訊いた。

「練馬区の氷川台というところにいます。少年鑑別所の前の公園です」

「わかりました。三十分ぐらいで行けるでしょう」

電話が切れると、仁は近くにあるベンチに座った。

25

「何の話だったんですか？」

若林の声に我に返って、勝瀬は運転席に目を向けた。

「ああ……何とも奇妙な話だよ」

勝瀬は江原から聞いた話を若林にした。

「そういえば……不動産会社の従業員がペットの臭いがするって言っていましたね」

どうして成海俊はそんなバイトを頼んだりしたのだろう。しかも、その直後にバイトを頼んだ男が神谷家の襲撃に加わっている。成海俊が被害者であるとすれば、自分が仕事を依頼した人物に彼は襲われたということだ。

いったいどういうことなのだ。

勝瀬は携帯を取り出して本部にいる平沢に連絡をした。

鈴木明宏の所在がつかめたかと訊ねたが、まだ行方はわからないという。

「どうしましょう。とりあえず本部に戻りますか？」

「いや、このまま向かってくれ」

成海俊という人物について一刻も早く詳しいことを知りたい。彼の存在こそが今回の事件の鍵を握っているような気がしてならなかった。


車を降りると若林とともに目の前に建っている古めかしいアパートに向かった。

成海は三年前まで、世田谷区松原《まつばら》にあるこの『コーポ斉田《さいだ》』に住んでいた。とりあえず成海が暮らしていたという一〇二号室に向かう。ドアをノックすると若い男が顔を出した。

「突然申し訳ありません。警察の者ですが、このアパートの大家さんか、ここを管理している不動産会社を教えていただけませんか」

若い男は警察手帳を見て少し驚いたようだが、アパートからふたつ隣の一軒家に住んでいる斉田が大家だと教えてくれた。

すぐに斉田家に行ってベルを押した。インターフォン越しに来意を告げると白髪交じりの老女が出てきた。

「警察のかたが何か」

警察手帳を示すと、誰もが見せる戸惑いの表情で問いかけてきた。

「三年ほど前まで、あちらのコーポ斉田の一〇二号室に住んでいた成海俊さんのことについてお聞きしたいのですが。覚えてらっしゃいますか」

「成海……」

老女は記憶を呼び起こすように視線をさまよわせたが、すぐにその名前に行き着いたように勝瀬を見つめた。

「よく覚えてますよ。迷惑をかけられましたからね。あの人が何か？」

「迷惑というのは」勝瀬は訊いた。

「夜逃げ同然に出て行ったんですよ。荷物を置いたままね。まったく困ったもんだったわ」

やはりそうか。成海の住民票には三年前にここを出て行ってから二ヵ月前に神楽坂のマンションに移るまでの間の記録がない。ここを出て行ってから区役所に転出届を出していなかったようで、住民票抹消の扱いになっていたのだ。

「保証人に連絡などはしなかったんですか」

「成海さんのおばあちゃんというかたが保証人になっていたんですけどね、そちらに電話をしてもいっこうにつながらなくて……しかたがないから、うちが費用を出して業者さんに荷物を捨ててもらったの」そのときの怒りをよみがえらせたように顔を紅潮させながら言った。

「そうだったんですか。成海さんは六年前にこちらに移ってこられたんですよね。学校に通うためでしょうか」

成海は十八歳の春まで茨城《いばらき》県水戸《みと》市内に祖母と一緒に住んでいた。

「いえ、学校じゃなくて劇団に入ってたのよ」

「劇団ですか？」

「チケットを買ってくれと頼みこまれて孫と一緒に観に行ったことがあったわ。わたしにとってはわけのわからない芝居だったけど」

「何という劇団か覚えてらっしゃいますか」

「わたしは芝居とかに興味がないから……ちょっと待ってね。もしかしたら孫が覚えてるかもしれない」

老女はそう言うと家の中に入っていった。しばらくすると二十代と思える若い女性を連れて戻ってきた。

「成海さんが入っていたのは『サードハウス』という劇団です。わたしは舞台とかけっこう好きで、そのお芝居も成海さんの演技もすごくよかったですけど……」

「成海さんとは親しかったんですか？」勝瀬は女性に訊いた。

「親しいというほどではないかもしれないですけど……会ったときに最近観た芝居や映画の話なんかをしてました。すごく熱心に芝居に励んでいたので、いつか有名になるのを楽しみにしていたんです。ここを出て行ってからも、もしかしたら劇団の活動は続けているんじゃないかと思って何度かサードハウスの舞台を観に行ったんですけど……」

女性が祖母の顔色を窺うようにしながら話した。

「あんた、あんないい加減な男の芝居に行ったりなんかしてたのかい？」祖母が咎《とが》めるように言った。

「おばあちゃんが思っているほど成海さんは悪い人じゃないよ」

「それ以降、彼は舞台に出ていなかった」

勝瀬が訊くと、女性が頷いた。

「劇団の人に訊いたら、アパートを出て行った同じ頃から劇団にも来なくなって、連絡もつかなくなってしまったそうで……」

「成海さんがアパートから出て行く前に何か変わったことはありませんでしたか」

「ガラの悪い男たちがよくアパートに訪ねてきてドアをどんどんやってたよ。借金取りかなんかじゃないのかねえ。まったく迷惑でしょうがなかった。あれ以来、無職とフリーターと役者の卵は入居をお断りしてるのよ」

祖母の吐き捨てるような言葉を、女性は複雑な表情で聞いている。

「あの……警察のかたってお聞きしたんですけど成海さんがいったい何を」

「ある事件の被害者の可能性があるんです」

「ある事件の被害者って……もしかして殺人ですか？」

勝瀬が頷くと、女性は目を見開いて表情を強張らせた。

今にも泣き出してしまいそうな女性の顔を見続けているのが辛くて、勝瀬は軽く頭を下げると斉田家を後にした。

26

公園の前に見覚えのある車が停まった。

仁は急いで車に駆け寄っていき、助手席のドアを開けて乗り込んだ。

「きみみたいな有名人とご一緒できて光栄だよ。もっとも、三人を殺害した凶悪犯にしてはニュースに出ていた写真は少し迫力不足だけどね」森下が笑うように言った。

「もうすぐ四人ですよ」

仁が憮然《ぶぜん》として答えると、森下がちらっとこちらを見た。

「主犯だと思っていたバーボンが殺された」

「八方ふさがりというやつですか。で……わたしに用というのは？」

「その前に車を走らせてください。できるだけ遠くに行きたいんです」

「有名人と楽しいドライブというわけですね」

十分ほど走ったところで携帯の電源を入れた。鈴木の写真を添付すると先ほどカッセから聞いたメールアドレスに送信する。すぐに電源を切った。

「どこかで停めてください」

仁が言うと、森下は少し先にあるパチンコ店の駐車場に入った。

「ここに住んでいる男のことを調べたいんです」

車を停めると、ポケットからピザ店の伝票を取り出して渡した。

「サトウショウゴ？」森下が伝票に書かれている名前を読み上げた。

「そうではないです。この部屋を借りているのは成海俊という二十五歳の男です。この現住所から以前住んでいた場所や通っていた学校なんかはわかりませんか」

「成海俊……どこかで聞いたような名前ですね」森下が思い出すように言った。

「今回の事件の被害者のひとりと思われる人物です」

「どうしてそんな人間の過去など知りたいんです。今のあなたはそんなことをしている場合ではないでしょう」森下が不思議そうに問いかけてきた。

「この男は生きているのではないか……そう思っています」

「あなたの言っている意味がよくわからないんですが」森下が探るように見つめてくる。

「うまく説明できるか自信はないんですが……」

仁はこれまでの経緯を森下に説明した。

説明しながら、あらためて自分の推測を整理していく。

「その菅野という人物が持っていた携帯を見せてもらえますか」

仁が携帯を渡すと、森下が画面に目を向けた。しばらく菅野とサカイとのメールのやり取りを見ていた森下の目がかすかに反応した。仁に視線を向けた。

「つまりこういうことですか？　その成海俊という被害者が本当は事件の首謀者であるサカイで、サトウショウゴを身代わりにして自分が死んだことに見せかけた、と……」

「ええ」仁は頷いた。

「どうしてそんなことをする必要があるんです？」

森下に訊かれ、仁は言葉に詰まった。

「わかりません。ただ、そう考えると今までに感じた不自然なことがつながるように思えるんです」

「まあ、成海俊は神谷という人物と顔見知りだったのかもしれませんね。神谷が殺されれば自分が疑われる立場にあった。それでいっそのこと自分の存在も消してしまおうと……」

「そうです！」

「今の世の中、金さえあれば新しい戸籍など簡単に得られるでしょうしね。わたしのところにもよくそういう依頼が舞い込んできます。あなたにもそろそろ必要じゃないですか？」仁を見つめながら森下がおかしそうに笑った。

「成海俊のことを調べてもらえませんか」

成海俊という男がどういう人物なのか確かめたい。

仁はポケットの中からすべての札を取り出した。とりあえず十枚だけ自分の手もとに残し、それ以外を森下に差し出した。

「今回だけは後払いでいいですよ。あなたにはまだまだ警察に捕まってもらいたくない。事件の首謀者を見つけたらきちんと借りは返してもらいますから」森下がそう言って微笑んだ。

それが心からの笑みに思え、今まで接してきて初めて、この男の人間的な部分を垣《かい》間《ま》見《み》たような気がした。


ドアを開けて部屋に入ると、意外な光景に呆気にとられた。

舞と鈴木が椅子に座ってテレビを観ていた。

「ハーヴェイ・カイテルっていやあ、やっぱりピアノ・レッスンだろう」鈴木がテレビを観ながら言った。

テーブルの上にDVDのケースがある。ファミレスで会ったときに話題に上っていた『レザボア・ドッグス』という映画を観ているようだ。

「ピアノ・レッスンってカンヌで賞をとった？」

「そうそう。ホリー・ハンターと共演した。あのときの演技は最高だったよ」

「それは観てなかったなあ。けっこう映画に詳しいんだね」

「映画おたくだったからな。たぶんおまえよりも観ている自信がある」

鈴木が得意げに言ったところで、仁に気づいた。

「何をしているんですか？」仁は訊いた。

「映画を観てるんだよ」

「よくそんなものを観る気になれますよね」

「いいじゃない」

そう言った舞に目を向けた。

「映画はいつだって嫌な現実を忘れさせてくれるから」

鈴木が「そうそう」と舞に同調した。

仁はふたりに呆れて部屋に入るとドアを叩きつけるように閉めた。

27

「ええ、成海のことはよく覚えていますよ――」

劇団サードハウスの代表で演出をしている久米《くめ》という男性が答えた。

「うちの中でも特に才能のある役者でしたから」

久米が正面のテーブルから稽古場《けいこば》を見回したので、勝瀬もつられて目を向けた。

五十畳はあるだろう広い板張りの稽古場で、十人ほどの劇団員たちが柔軟体操や発声練習をしている。だが、突然の刑事の訪問に気が散っているようで、久米の隣に座っている勝瀬や若林をちらちらと見ている。

「それにしても、成海がそんな事件に巻き込まれてしまったかもしれないなんて……」久米が沈痛な面持ちで呟《つぶや》いた。

劇団サードハウスの稽古場と事務所があるここを訪れてすぐに、代表である久米に成海が殺人事件の被害者の可能性があると告げた。その上で彼の話を聞かせてほしいと。

「彼は高校を卒業してこちらの劇団に入ったんですよね」勝瀬は言った。

「ええ。うちは毎年二月に入団のオーディションをするんですが、成海は高校三年生のときにオーディションを受けました。その時点で進学も就職もまったく考えてなかったようですね」

「プロの役者になると心に決めていたわけですか」

「そうです。両親は成海が幼い時に亡くなって寂しい生活をしていたようですね。家でテレビドラマや映画を観るのが唯一の楽しみで、その頃から役者になりたいと憧れを抱くようになったみたいです。実際、オーディションのときから目を引かれましたね。小柄で童顔だったけど、演技力がずば抜けていました」

「そうなんですか。子供の頃から劇団などに入っていたんでしょうか」

「いや、それまで演技経験はなかったそうです。それに一緒に暮らしていたおばあちゃんからそういう世界に入ることを反対されていたみたいですから。ここのオーディションに受かってからも東京に行くことをかなり反対されたみたいでしてね。まあ、最後は本人の熱意で説き伏せて上京したんでしょう。おばあちゃんも一度彼が出ている芝居を観に来たことがありましてね、この子をよろしくお願いしますと丁寧に挨拶してくださいました」

「劇団の舞台が主な活動だったんですか？」

「ええ、どんな役でもうまく演じ分けられたのでうちの芝居にとってはなくてはならない存在でした。でも、他にもＣＭやドラマの端役などをやったりして、連続ドラマの準主役のオーディションも最終選考まで進んでいたんですよ。そんなときにうちからいなくなってしまったんです」

「どうしてですか？」勝瀬は少し身を乗り出して訊いた。

「ぼくにもわかりません。まったく理解に苦しみますよ。必ずしもその役を得られるかどうかはわからないけど、彼にとっては大きなチャンスだったんです。あまり期待を持たせすぎると悪いと思って本人には伝えなかったけど、ドラマのプロデューサーも成海のことをかなり買っていましたからね」

「そんなときにどうして……」

「ひとつだけ考えられることがあるとすれば、その時期におばあちゃんが亡くなってしまったことでしょうか。自殺したと……」

「自殺ですか？」勝瀬は訊き返した。

「もしかしたら、成海はおばあちゃんの自殺を自分のせいだと考えたのかもしれませんね。おばあちゃんの反対を押し切って自分が上京したせいではないかと……」

「自殺の原因は何だったんですか」

「詳しいことは何も……なかなか訊けない話でしょう。ただ、自分がそばにいれば寂しい思いをさせることもなかっただろうし、悩みを聞いてあげることもできた……そんなことを考えてしまったんじゃないでしょうか。葬儀が終わってこちらに戻ってきてからはしばらく劇団に来ていましたけど、ある日を境にぷっつりと連絡が取れなくなってしまったんです」

「いつ頃の話ですか」

「三年ぐらい前ですかね。アパートからも出て行ったみたいで、携帯に連絡しても解約していてつながらなかったですし。もう少し親身になって悩みを聞いてやっていればと思うと悔しいですね」久米が嘆息を漏らした。

成海俊は劇団を辞め、アパートを出てからの三年間、どんな生活を送っていたのだろうか。

記録上、彼がどこで生活していたのかはまったくわからない。

「それ以来、成海さんとはお会いになっていないんですね」

「ええ、わたしは。ただ、劇団員のひとりが半年ほど前に彼と会ったと言ってましたね」

「そのかたは今いらっしゃいますか？」

「ええ、いますよ。田中《たなか》――」

久米が呼ぶと、柔軟体操をしていた若い男が動きを止めて立ち上がった。こちらに向かってくる。

「刑事さんたちに、半年前に成海と会ったときのことを話してくれないか」

田中は緊張した面持ちで勝瀬たちの前に立った。

「どこで彼と会ったんですか？」勝瀬は緊張をほぐすように軽く笑みを浮かべながら訊いた。

「池袋です……サンシャイン通りを歩いているときにすれ違って声をかけました」

「そのとき彼とどんな話をしましたか」

「どんな話と言われても……たいしたことは話してません」

「どこに住んでいるとか、今何をやっているとか」

「もちろんそういうことは訊きましたよ。だけど、何を訊いてもあまり口を利いてくれなくて早くこの場から離れたいという感じだったんで……」

「彼はどんな様子でしたか」

「昔とはずいぶん変わっていました。いや、変わっていたというよりもまるで別人みたいでしたね。ここにいたときには本当に明るくて朗らかなやつだったんだけど、顔つきが険しくなっていて、目も血走っていてちょっと怖かったです」

「それで別れたんですね」

「ええ。あきらかに拒絶されているみたいだったんで。最後に『みんな心配してるから劇団に顔を出せよ』って声をかけました。するとわけのわからないことを言って立ち去っていきました」

「わけのわからないこと？」

「本当の自分に戻るからもうみんなとは会えない……とか何とか。そういう風なことです」

　どういう意味だろう。しばらく考えてみたがわからなかった。

「ありがとう」

　勝瀬が礼を言うと、田中は軽く頭を下げて戻っていった。

「申し訳ありませんが、成海さんの写真などはありませんか？」

「たしかオーディション用のスナップがあったと思います」

　久米が立ち上がってテーブルの後ろにある棚を探し始めた。一枚の写真を手にすると勝瀬に差し出した。

　今までの捜査で成海の写真は手に入れられていなかった。成海の顔を初めて目にする。

　写真を見つめているうちに、妙な既視感《きしかん》を覚えた。どこかで見かけたことがあるような気がしたのだ。

　どこでだろう。頭の中で必死に記憶を手繰《たぐ》り寄せてみたが思い出せない。

「これをお預かりしてよろしいでしょうか」

　勝瀬が訊くと、久米が「どうぞ」と頷いた。

「最後にもうひとつお伺いしたいのですが」

「何でしょうか」

「成海さんはピアスをしていましたか?」勝瀬は訊いた。

「ピアスですか？」

久米がそう言って頭を巡らせた。思い出そうとしているようだが、すぐに勝瀬に視線を戻した。

「ここにいた頃にはしていませんでしたね。小柄で童顔なのがコンプレックスだったのか、必要以上に男っぽさを求めていたので。あまりひげが濃くないのにがんばって伸ばしていたこともありましたよ」

「そうですか。お忙しいところありがとうございました」勝瀬は立ち上がって礼を言った。

「成海が殺されたなんて今でも考えたくありませんが……もしそうなら犯人を必ず捕まえてください」

久米の言葉に頷くと、自分の夢に向かって頑張っている若者たちにちらっと目を向けてから稽古場を出て行った。

「なあ、若林……」

勝瀬は若林に写真を差し出した。

「さっきからどこかで見かけたような気がしてならないんだが……おまえに覚えはないか？」

若林はしばらく写真を見つめてから首を横に振った。

「いえ、テレビかなんかじゃないですか。ＣＭやドラマに出てたっていいますし」

成海がテレビに出ていたのは三年以上前のことだが、つい最近この男を見たような気がしてならない。だが、いくら頭の中をかき回しても、その記憶を引き出せずにいる。

28

もうすぐ午後四時だ——

昨日の森下の話では、今日の夕方ぐらいまでに成海俊の情報を集めておいてくれるとのことだった。

仁が椅子から立ち上がると、目の前にいた鈴木と舞が同時にこちらを見上げた。

「おまえ、どこへ行く気だ」鈴木が睨んだ。

「手がかりを探してきます」

「まだそんなこと言ってんのかよ」鈴木が信じられないというように仁の袖口をつかんだ。

「わかってます。だけど、ここでじっとしているだけじゃ気が変になってしまいそうです」

仁はそう言って鈴木の手を振り解いた。

「わたしたちも一緒に行ったほうがいい?」舞が立ち上がりながら訊いた。

「いや、この前みたいにふたりを巻き込むわけにはいかないからひとりで行ってくる」

仁は帽子をかぶりマスクをすると部屋から出た。

公園の電話ボックスに向かうと、近くのベンチで昨日見かけたホームレスの男が新聞を読んでいる。ちらっとこちらに目を向けた男と目が合い、からだが強張った。

男が何事もなかったようにふたたび新聞に視線を戻したのを見て、仁は電話ボックスに入りすぐにカツセの携帯に連絡した。

「もしもし――」

すでに仁からだと察していたような硬い口調だった。

「鈴木明宏のことは何かわかりましたか」

仁は腕時計に目を向けながら訊いた。逆探知をされているかもしれない。

「いや……まだわからない。彼が働いていた職場にあった履歴書の写真と昨日メールで送ってきた写真を見比べた」

「どうでしたか」

「似ているようにも見えるしそうでないようにも思える。いずれにしてもずいぶんと雰囲気がちがう。目を開けている写真はないのか」

「ありません」

起きているときに写真を撮れば鈴木に不審がられるだろう。

「なあ、江原……悪いことは言わない。早く出頭するんだ。きみの話をきちんと聞く。悪いようにはしない。これ以上、お母さんに……」

「もう切ります――」

仁は母への未練を断ち切るように電話を切った。すぐに森下に電話をかける。

「江原ですけど、わかりましたか」

森下が電話に出るとすぐに訊いた。

「だいたいのところはね。もうすぐ公園に着きますよ」

電話を切ってしばらく待っていると森下の車がやってきた。ドアを開けて助手席に乗り込むとすぐに車を発進させた。

「ダッシュボードの中に入ってます」

仁はダッシュボードを開けた。中に紙が入っている。ワープロで打たれた成海俊に関する情報だ。

成海の生年月日と、これまでの住所歴と、小中高の学校名が記されていた。茨城県土浦《つちうら》市生まれとなっていて、その後、水戸市、世田谷区松原、新宿区天神町と移り住んでいる。

水戸市内の高校を卒業した後の項目に目が留まった。劇団サードハウスとある。

「この劇団サードハウスというのは?」仁は訊いた。

「成海は高校を卒業した後、そこの劇団に所属していたようですね。役者として」

「役者?」

「まあ、役者といってもアマチュアに毛が生えたようなものでしょうが。ただその世界では演技力があると評価されていたみたいですね」

役者の経験があるというのなら、年齢よりも老けて見せるのも難しくないかもしれない。もしかしたら鈴木自身が成海という可能性も考えられるだろう。

「これからどうするんですか」森下がこちらに顔を向けずに訊いた。

「これらのどこかを訪ねようと思っています」

成海のことを知っている人物に当たっていくつもりだ。カツセは鈴木の写真が目を閉じていてよくわからないと言っていたが、成海と近しかった人物であれば鈴木と同一人物かどうかわかるのではないだろうか。

「すっかり忘れているようですがあなたは有名人ですよ」

「承知してます。だけど、やるしかありません」仁は覚悟を決めて言った。

「成海は松原のアパートを出てからしばらく住み込みで仕事をしていたそうです」

「住み込みで仕事？」仁は訊き返した。

「多額の借金を抱え込んでしまって強制的にそこで働かされていたんですね。わたしも知っている連中でしてね……訳ありの人種なので、あなたが訪ねて行ったとしてもきっと警察に通報などしないでしょう」

「訳ありの人種って……」

「訪ねればわかりますよ。どうしますか？」

仁は森下の横顔を見た。口もとをかすかに歪めて笑っているように思えた。

29

成海と祖母が住んでいた水戸市内のアパートにたどり着くと、勝瀬はとりあえず二人がいた部屋の隣のベルを鳴らした。

しばらくするとドアが開いて、年配の女性が顔を出した。

「長野県警の者ですが、以前隣に住んでらっしゃった成海さんのことをお訊ねしたいんですが」

「成海さんのことでって……いったいどんなことでしょうか」女性が怪訝な表情を向けてきた。

「成海さんのことはご存知ですか？」

「ええ。おばあちゃんとは長い付き合いでしたから」

「孫の俊くんは」

「もちろん知っています。たしか小学校五年生のときからここに住んでいましたからね」

「俊くんのご両親のことは」

「お会いしたことはありませんね。ここに来るまでは家族三人で土浦のほうに住んでいたみたいですけど、ご両親が亡くなってしまったのでおばあちゃんが俊くんを預かることにしたんです」

「ご両親はどうしてお亡くなりになられたんですか」

「交通事故だったそうです。もっともひき逃げで犯人はけっきょく捕まっていないみたいですけど」

「そうですか……」

「ご両親もあまり保険に入ってらっしゃらなかったみたいでね……おばあちゃんも年金だけで経済的に余裕があったわけではなかったでしょうから、俊くんを預かることになってけっこう大変だったと思います。ただ、自分のお孫さんですからね。大変だったでしょうけど、パートをいくつか掛け持ちしながらきちんと育てていましたよ」

「俊くんはどんなお子さんでしたか」

「優しい子でしたよ。ここに移ってきてしばらくはいじめに遭ったりして不登校になった時期もありましたけど」

「いじめですか」

「小柄で内気でしたからね。何かとからかわれたりしたんじゃないですか。おばあちゃんがそれではいけないと合気道を習わせたりして、それからは活発になって友達もできるようになったみたいですけど」

「おばあちゃんが亡くなったときのことをお聞きしたいんですけど」

勝瀬が切り出すと、女性の表情が少し暗くなった。

「自殺だったとお聞きしたんですが、原因をご存じでしょうか」

「遺書はなかったそうだから本当のところはわからないんですけど、おそらく借金だと思いますね。あの頃は毎日のようにガラの悪い取り立て屋が押しかけてきていましたから。それを苦にしてでしょう」

「借金しなければならない事情でもあったんでしょうか」

「おばあちゃん、詐欺に遭ってしまったんです」

「詐欺？」

「ええ、振り込め詐欺というやつですよ。俊くんが東京で事件を起こしてしまって示談のために数百万もの金が必要だと言われて……そんなお金は手元になかったでしょうから、そういうタイミングにいかがわしい闇金から金を貸してやると言われて借りてしまったんですよ。それからは借金がどんどん膨らんでどうにもならなくなってしまったんでしょう……」

「俊くんはそのことを」勝瀬は訊いた。

「おばあちゃんが自殺するまで知らなかったみたいです。詐欺に遭ったことも、借金のことも。葬儀のときまで取り立て屋がやってきて、おばあちゃんの借金はおまえの責任だからおまえが肩代わりしろと脅されていました。俊くんはとてもそんな大金は支払えないと必死に訴えていましたが」

成海が住んでいた松原のアパートにも借金の取り立てがやってきていたという。おそらく、祖母の借金の取り立てだろう。成海が三年間、役所に転出入届を出さなかった理由もこれで理解できた。借金の取り立てから逃れようとしたのだろう。

「ですが、おばあちゃんの借金なら俊くんが肩代わりする法的義務はないでしょう」

「おばあちゃんの遺産の相続を放棄すれば借金も負わずに済んだんでしょうね。俊くんはまだ若かったからそんな知識もなかったんでしょう。そういうわたしも俊くんから連絡を受けて初めて知ったんですけど」

「彼から連絡ですか？」

「ええ。憔悴し切った声で少しでもいいからお金を貸してもらえないだろうかと連絡してきたんです。おばあちゃんの借金が原因なのかと訊くと、俊くんが事情を話してくれました」

祖母の葬式が終わってからしばらく取り立て屋からの連絡は一切なくなったそうだ。成海はそれですっかり自分の訴えをわかってもらえたと安心したらしい。ただ、数ヵ月後に突然、松原のアパートに取り立て屋が現れて、祖母の借金を返済しろと激しく脅されたのだという。

三ヵ月以内に相続放棄しなければ負債も引き継ぐことになる。しばらく連絡をしなかったのは闇金業者の常套手段なのだろう。

「何とか助けてあげたかったけど、わたしたちもそれほど生活に余裕があるというわけではないので……十万円だけ送ってあげました」女性が少し顔を伏せるように言った。

「俊くんとはそれから……」

「まったく連絡がありませんね。気になってはいたんですけど。ところで……警察のかたがどうして俊くんのことを？」女性が顔を上げて問いかけてきた。

「ひどい話ですね」

車に戻ると若林が腹立たしそうに言った。

「そうだな……」

成海の人生を思うと胸が痛くなってくる。

両親はひき逃げで殺され、祖母は詐欺に遭い自殺に追い込まれた。

昔は内気だった少年がようやく自分の夢を見つけて大きく踏み出そうとしていたのに、その闇金の取り立てによってすべてを踏みにじられてしまったのだろう。

女性から聞いた話を思い返していたとき、頭の中に激しい衝撃が走った。

「本部に戻ってくれ！」勝瀬は叫んだ。

「いったいどうしたんですか」

後ろから呼びかけてくる若林にかまわず、勝瀬は講堂に向かった。

「どこで成海を見たのか思い出したんだよ」

講堂に入ると壁際に置かれたパソコンに向かった。この中に軽井沢駅に設置された事件当日の防犯カメラの映像が収められている。神谷が軽井沢駅まで迎えに行ったという人物の手がかりを得るために押収して、パソコンに取り込んだのだ。

売店と記されたファイルをクリックすると映像が流れた。

軽井沢駅にある売店の防犯カメラの映像で、レジと表の様子が映し出されている。

売店の前の通路を進んだところがトイレになっているので、何人もの男女が行き交っている。しばらく早回しをしながら観ていたが、背広を着た男性が通りかかったところで勝瀬は一時停止した。

「これだ」

勝瀬が言うと、若林が食い入るようにモニターを見つめた。

「本当だ。やっぱり神谷家の来客というのは成海だったんですね」

「そうじゃない」

勝瀬は映像を映し出したまま巻き戻していった。

30

新宿の街の一角にネオンが瞬き始めた。

「そろそろ開店する頃だと思います。権藤《ごんどう》という男が成海のことを知っているそうです」

運転席の森下がそう言って住所を書いたメモを差し出した。

仁はメモを受け取るとドアを開けて車から降りた。

「わたしはこれで失礼しますよ。あなたと一緒にいると何かと危険ですからね」

「これでじゅうぶんです。ありがとうございます」

「健闘を祈ります」森下がこちらを見て微笑んだ。

「どうして、ここまでしてくれるんですか」

仁はドアを閉めようとしていた手を止めて森下に訊いた。

「いつかあなたに借りを返してもらうためですよ」

「借りを……」

返せるかどうかわからない――という言葉を飲み込んだ。

ここで弱気になるな。自分は絶対に無実を晴らしてやる。そして、ここまでしてくれた森下にいつか借りを返すんだ。

「わかりました」仁はそう答えてドアを閉めた。

車が走り去っていくのも見ずに、あたりを警戒しながらメモに書かれたビルを探す。

路地裏の奥まった場所にそのビルはあった。五階建てのかなり古い建物だ。薄暗いエントランスに入っていくと空き缶や弁当箱などのごみがそこらじゅうに散乱している。郵便受けを確認してみたがほとんどの部屋に名前は出ていない。メモにはこのビルの四〇一号室とあるが、やはり会社名などは記されていなかった。

森下は住み込みの仕事と言っていたが、いったいどんな会社なのだろうか。

エレベーターがついていないので階段を上って四階に向かった。四〇一号室の前まで来てベルを押した。

しばらくすると中から気配がした。覗き穴からこちらを窺っているようだ。やがてドアが開いて金髪の男が顔を出した。一見してすぐに堅気ではないと思える風情の男だった。

「江原ですが……」

緊張しながら言うと、男が舐め回すような視線を仁に向けた。

「森下さんが言ってた奴か……まあ、入んな」

男に促されて仁は部屋に入った。

薄暗い部屋の中でまず目に入ったのはカウンターだった。六人ほど座れるカウンターの奥にソファセットが置いてあり、もうひとり男が座っていた。

この部屋に入るまでは違法カジノでもやっているのかと思っていたが、どうやらそうではないようだ。バーだろうかと思ったが、それにしてはどこにも酒瓶が置かれていない。

ここが何をする場所なのかはわからないが、ひとつだけ言えるのは、自分が今までに味わったことのない澱んだ空気が部屋中から漂ってくるということだ。

ソファに座ってこちらに鋭い視線を投げかけていた男が仁を手招きした。

「成海俊のことを訊きたいんだってな」

男が向かいの席に手を向けたので、仁は近づいてソファに座った。

「権藤さんですか？」

仁が訊くと男が頷いた。

「何を知りたいんだ」

権藤が煙草に火をつけながら笑った。鼻から頰にかけて走る大きな傷がかすかにうねった。

「成海はこの男でしょうか」

仁はポケットから携帯を取り出して電源を入れた。鈴木の写真を画面に出すと権藤に見せた。携帯をしばらく見つめていた権藤が首を横に振った。

「おれたちが知ってる成海じゃねえな。もっとも二年間も逃亡生活をしてりゃこんなになっちまうかもしれねえが」

「逃亡生活?」仁は携帯の電源を切りながら訊いた。

「二年前にあいつはおれたちの借金を踏み倒して逃げやがったんだ。だけど、逃げ切れやしないけどな。こうやって逃げている間にも利子はどんどんかさんでいく。次に見つけたときにはここで経験した以上の思いをさせてやる」

権藤の薄笑いを見て、背中におぞましい感触が走った。

ドアが開く音がして、仁は振り返った。自分と同年代に思える若い男が四人入ってきた。若い男たちはカウンターの中に入ると上着を脱いでタンクトップ姿になった。そこで何をするわけでもなく所在なさそうに立ち尽くしている。

しばらくするとベルが鳴ってドアが開いた。

「いらっしゃいませ」

金髪の男の声に続いて、ロングコートを羽織った中年の男が部屋に入ってきた。中年の男はコートを脱ぐとカウンターに座った。

中年の男は値踏みするようなねっとりとした視線をそれぞれの若い男たちに向けて、やがてひとりの男に指をさした。

「前金でいただきます」

指を指された若い男は金を受け取るとすぐに金髪の男に渡して上着を羽織った。

金髪の男が若い男の両腕に手錠をかけた。

カウンターから出てきた若い男と目が合った。すべての感情を失ったような虚ろな眼差しだった。

「五〇一号室です。逃がさないようにしてくださいね」

金髪の男が鍵を渡しながら言うと、中年の男は「わかってる」と頷いて若い男に自分のコートをかけた。

若い男は中年の男に肩を抱かれて部屋を出て行った。

その光景を目の当たりにして、ここがどういう場所であるのかを悟った。

「成海はここで働いていたんですか？」仁は訊いた。

「借金のかたにここで働かせるつもりだったが、違うところに行ってもらった」権藤がそう言って薄笑いを浮かべた。

「成海はどうして借金を……」

「ばばあがこさえた借金を肩代わりしてもらったんだ。ばばあが首をくっちまったからさ。財産もまともにねえばばあに金貸してどうするんだと思ったけど、しっかり奴という担保を取ってたんだな」

権藤の嘲笑を見て胸の奥から不快なものがこみ上げてきた。

「兄ちゃんもなかなかいい顔つきをしてるじゃねえか」

権藤がからみつくような視線を向けてくる。

「警察から逃げてるんだってな。いざとなったら匿《かくま》ってやるよ」

「成海の……成海の写真なんかはありませんか」

早くこの場から立ち去りたい。この澱んだ空気に吐き気がして止まらない。

「あるよ」

権藤が立ち上がってソファの奥のドアを開けた。あちらにも部屋があるらしい。DVDのケースのようなものを手にして出てくると、「ついてきな」と顎をしゃくった。

権藤に続いて部屋を出た。四階の廊下を歩いてふたつ隣の四〇三号室に行くとドアを開けた。中に入ると両側の壁に二つずつ二段ベッドが並べられている。それぞれのベッドの上には服や鞄などが乱雑に放られている。あそこにいた若い男たちが住んでいるのではないかと思った。

真ん中の空いたスペースに十四インチのテレビがあった。DVDデッキと一体型になったものだ。

権藤が笑みを漏らしながらDVDをデッキに入れた。

テレビ画面に若い男の姿が映し出された。パンツだけを穿《は》いた小柄な若い男が怯えたような表情でこちらを見ている。

若い男は懇願するような表情を向けながら「いやだ……いやだ……」と後ずさっていく。男の後ろには大きなベッドがあった。若い男ににじり寄っていく男の背中が映った。上半身裸で背中一面に刺青《いれずみ》を彫っている。

これからの光景を想像して、視線をそらしたくなった。

若い男がテーブルの上のビール瓶をつかんで割った。近づいていく刺青の男に向かって割れたビール瓶を振り回して抵抗している。

刺青の男がビール瓶を奪おうと向かっていった。次の瞬間、刺青の男が顔を押さえてこちらを向いた。鼻から頬にかけて血が流れている。権藤だとわかった。

権藤は荒れ狂ったように若い男に向かっていき、ビール瓶を持った手をつかむと若い男を殴りつけた。ベッドに崩れた若い男を力ずくで押さえつけ、パンツをむしり取った。

若い男の絶叫が響き渡り、全身が総毛立った。

これ以上観たくない。だが、成海の顔をこの目に焼きつけなければならない。

息苦しさと吐き気に気が遠くなりながら、必死に助けを求める男の顔を見つめた。

男の表情が苦悶に歪んでいる。

絶望的なほど悲しい眼差しを見て、はっと息を呑んだ。

仁は重い足取りで氷川台のアパートに向かった。

薄暗い住宅街を進んでいくと、背後に何台かの車が停まる気配があった。

後ろを確認したいという衝動をこらえながらそのまま歩き続ける。カーブミラーにさりげなく目を向け、後をつけるように歩いてくる数人の男の姿を確認した。

仁は曲がり角に入ると駆け出した。後ろから追ってくる男たちを撒こうと細い路地を何度も曲がりながらアパートに走っていく。

アパートの前に人がいないことを確認して部屋に向かった。ベルを鳴らすとドアが開いて舞が顔を出した。すぐに部屋の中に入って鍵を閉める。

「いったいどうしたの？」

仁の表情にただならぬものを感じ取ったようで、舞が顔を強張らせながら訊いてきた。台所には鈴木もいる。

「この近くに警察がいるんだ」

仁が言うと、鈴木が取り乱したように「何だって！」と叫んだ。

「どうしてここに戻ってくるんだよッ！　馬鹿野郎！」

「ちょっと静かにして」舞が鈴木に言って部屋の電気を消した。

次の瞬間、けたたましく部屋のベルが鳴った。次いでどんどんドアを叩きつける。

「警察だ――江原仁、そこにいるのはわかってる！」

その声を聞いた瞬間、仁は部屋を駆け抜けた。窓を開けてベランダから外に飛び出した。隣の部屋の窓からバッグを抱えた舞と鈴木が出てくる。

仁は薄暗いアパートの庭を走り抜けて塀をよじ登った。路地に出ると全速力で走った。ちらっと後ろを見ると舞と鈴木が走ってくるのが見えた。

前を向くと路地の陰から男が飛び出してきて仁のからだをつかんできた。何とか逃げようともがいたが、足払いを食らって地面に倒された。

顔を上げると鈴木と舞が反対方向に逃げていくのが見えた。

「江原仁、殺人の容疑で逮捕する――」

遠ざかっていく鈴木と舞の後ろ姿を見つめながら、その言葉を聞いた。

公園のトイレのドアが開いて背広姿の男が出てきた。

あたりは薄暗く、この距離からでは男の顔ははっきりと確認できない。男はちらっとこちらを一瞥《いちべつ》したが、すぐに背を向けて広場を歩いていった。

男から背を向けるとコートのポケットから携帯を取り出した。用件を伝えると男が向かっていったほうに歩いていく。

男の背中を見つめながら、木々が生い茂った薄闇の中を進んだ。少しずつ男の背中に近づいていく。

「成海俊――」

仁が呼びかけると、男がびくっと肩を反応させて立ち止まった。ゆっくりとこちらを振り向く。

短い髪に幼さを感じさせる顔つきは先ほど観たあの映像のままだ。

深い絶望と悲しみを宿した男の目を見て胸が締めつけられそうになった。

この数日、ずっとこの目を見てきた。

男はすぐに気づかなかったようだが、ようやく目の前にいるのが仁だとわかるとかすかに口もとを歪めた。

「おまえがそこにいるってことは、さっきの捕り物は茶番だったってわけか」成海が鼻で笑うように言った。

「ああ。森下さんに人を集めてもらった」

新宿のビルから出ると森下に電話をした。そして人を集めて警官を装った芝居をしてあの部屋に踏み込んでほしいと頼んだ。

「森下……例の男か。いろいろと便利な奴だな」成海が冷ややかに言った。

氷川台に戻ってくると、仁はアパートの周辺を歩き回った。アパートの近くにスーパーやコンビニなどの店舗やここ以外の公園がないかどうか調べるためだ。アパートからすぐに駆け込めそうなトイレはここだけだった。それを確認するとこの二日ほど見かけたホームレスに一万円を渡してぼろぼろのコートとニット帽を譲ってもらったのだ。

「どうしてわかったんだ。ひげの剃り残しでもあったか?」成海がこちらに視線を据えて茶化すように言った。

「新宿のビルに行ってきた。そしておまえの映像を観た……」

仁が告げると、成海の表情が一瞬にして険しいものに変わった。

「気づいたのならあんな茶番ではなく本物の警官を呼べばよかったものを」成海がすぐに表情を緩めて言った。

「ふたりっきりで話がしたかった。警察に捕まればもう話はできなくなるだろう」

舞――いや、成海の話が聞きたかった。

目の前の男がどうしてあんな残虐なことに手を染めなければならなかったのかを。

そして、どうして自分を欺《あざむ》き続けてきたのかを。

「そこがジンくんの甘いところだね」

「どうして神谷夫妻を殺害したんだ。神谷が持っていた金を手に入れるためか？」仁は成海の目をじっと見つめながら訊いた。

「そうだね。人生を一からやり直すためにはそれなりの金が必要だからさ。あいつの家にはいくつかの隠し金庫があって悪いことをして貯めた金がたんまりあるのを知っていたからね」

「借金に追われていた自分の人生を清算するために四人の人間を殺したというのか」

先ほどの光景や映像を見て、成海に対する同情がないわけではない。成海は仁と同い年だが、きっと自分が想像もできないような苦痛を味わってきたのだろう。だけど、だからといって四人の人間を殺すなんて……

「だからどうした。闇の掲示板に群がってくる人間の命などこれっぽっちも価値のないものだろう。おれのおばあちゃんはそういう人間たちに殺された。自分の命をもって償ってもらっただけだ」

「殺された？」

成海の祖母は首をくって自殺したと権藤は言っていた。

「振り込め詐欺に引っかけられ、闇金からお金を借りて多額の借金を背負わされて自殺したんだ。おれはおばあちゃんが死ぬまで自分をネタにそんなに苦しめられていたなんてまったく知らなかった。そしておれはその借金を背負わされ、自分の夢も希望もずたずたに切り裂かれたんだ。まず手始めにやくざに力ずくで犯された」

「酷い思いをしてきたのは知ってる」

仁が言うと、成海が鼻で笑った。

「それならこれ以上話すことはないだろう」

権藤の顔に傷をつけた代償として、成海は無理やり麻酔で眠らされ、闇医者の手術で男にとって一番大切なものを切り取られたのだ。それからは女として生きることを強要され、その手の趣味の男たちが集う違法な店で監視つきで働かされることになったのだと、権藤が嬉々とした表情で語っていた。

「権藤たちのもとから逃げてからはどうしていたんだ」仁は訊いた。

「とりあえず表面上は男の姿に戻ることができたけど、それからの日々もおれにとっては地獄だったよ。奴らから追われているかぎり、成海俊として生きることはできない。路上生活者として当てもなく街をさまよっているときに、知り合った男から仕事に誘われた。振り込め詐欺の仕事だよ。生きるためとはいえ、おばあちゃんを殺した連中と同じ仕事をするしかおれには道はなかった。どれだけ辛い時間だったかおまえに想像できるか？」

成海から憎悪の目で見据えられて、仁は何も言葉を返せなかった。

「奴らが使っていた騙す相手のリストの中にはところどころにペンで『ＢＬ』やら『ＨＬ』の記号が書いてあった。これがどういう意味かわかるか？」

成海に訊かれて、仁は首を横に振った。

「『ＢＬ』はバッドラック、つまり運の悪いやつでうまく引っかかったカモのことさ。また引っかけられるかもしれない上得意だ。『ＨＬ』はハードラック。さらに運の悪いやつで首をくっちまってもう用なしって意味さ。そしておれはそのリストの中におばあちゃんの名前を見つけた。その横に書かれていた『ＨＬ』の記号を見たとき、おれは心に誓ったんだ。この組織のトップの顔を見てやるぞってな」

「それが神谷信司か？」

「そうだ。おれは悪魔に魂を売って、ひたすら組織の信頼を得るために仕事に励んだ。そして神谷に金を届けに行ったり仕事の指示を直接仰ぐまでの存在になった」

「それでおれたちを利用して神谷を殺す計画を立てたのか」

「ああ。神谷を殺すチャンスはいくらでもあったが、おれが殺せば組織から永久に追われることになる。だからおれも一緒に死んで生まれ変わることにしたんだ」

「サトウショウゴはおまえの身代わりか」

「そうだ。おれにも多少なりとも慈悲の心があるからな。ファミレスで会うまでこいつを身代わりにして殺すべきか少し悩んでいた。だが、てめえのくだらない夢のために闇の掲示板で仕事を探していると聞いて迷いが吹っ切れた。菅野もヘタな欲をかかなきゃ死なずに済んだものを。馬鹿な男だったよ」

「神谷家の金庫から奪ったUSBメモリーというのはいったい何なんだ。菅野を殺してまで必要なものなのか？」

成海がどうして知っているのだと少し怪訝な表情を浮かべた。

「そうか、携帯を回収するのを忘れていたな」

すぐに察したように言って上着のポケットからUSBメモリーを取り出した。

「これにはどうしようもない屑どもを一網打尽にできる情報が入ってるんだよ。すべてが終わったら警察に送ってやるのさ」

「鈴木さんを外したのはどうしてだ」

「おれひとりで四人の人間を屋敷で殺すのが面倒だったからだ。バーボンとテキーラと、あとひとり車を運転できる人間がいればそれでいい。別におまえを外してもよかったんだが、あのときの言葉でおまえをスケープゴートにすることに決めた」

「あのときの言葉？」仁は意味がわからずに訊き返した。

「女であれば最悪、どうやってでも生きていけるじゃないか」

成海の言葉を聞いて、仁は息を呑んだ。

「からだを無理やり奪われることの苦痛を……おれがずっと味わわされてきた恐怖と屈辱を、おまえにも分け与えてやろうと思ったのさ」

成海を見つめながら、からだが激しく震えだした。

「それでおれの前に現れたのか？　おれが警察に追われて怯えているところを近くから見物するために。そのためにわざとおれの前に金を置いたのか？」仁は信じられない思いで言った。

「そうだよ。女の格好をするなんて二度とごめんだったが、これはおれにとっての儀式だと思い直した。絶望のどん底で喘いでいたときと同じ姿で神谷やおまえらへの復讐を果たしたら、心の底から本当の自分に戻れるような気がしたんだ。計画を遂行するために女性ホルモンの錠剤まで飲んでな。昔打たされ続けてきた注射ほどの効き目はなかったが、おまえらの濁った目を欺くぐらいは楽にできたってことだな」

「どうして！」

仁は成海の言い草に耐えきれなくなって叫んだ。

「おれがいったいおまえに何をしたというんだ！　そこまでおまえに恨まれる理由はない。おれだけじゃない。サトウショウゴも菅野剛志もおまえに殺されるような理由なんかない！」

「ちがうッ！」

成海の絶叫が響き渡った。

「おまえらはみんな同じなんだよ。闇の掲示板に集ってくるような奴らはみんななッ！　小遣い稼ぎのために携帯や銀行口座を売ったり、振り込め詐欺の電話をかけたり、金を引き出したり……おまえらがたいした悪だと思ってないことの積み重ねが、おれのおばあちゃんを殺し、おれの人生を壊したんだ！」

成海の言葉が胸の奥深くに突き刺さってきた。

「おれは闇の掲示板に集ってくる愚かな奴らを利用しておばあちゃんと自分の仇を討ったんだ。そしてそれぞれの人生に『ハードラック』の印をつけてやったまでだ。おばあちゃんがそうされたようにな」

「そんな……」

「おまえの孤独や絶望なんか、おれからすればちゃんちゃらおかしいんだよ」

成海が憎悪のこもった眼差しで仁を睨みつけている。やがてふっと笑った。

「そろそろお別れだな」成海が抑揚のない声で言った。

「どこにも逃げられないぞ」

「いや、おれは生まれ変わる。今の世の中、金とネットがあればたいていのものは手に入れられるからな。強盗を手伝ってくれる仲間も、新しい戸籍も、パスポートも。それにこういうものもな――」

成海が上着をめくってズボンに挟み込んでいたものを取り出してこちらに向けた。拳銃だ。

成海がじっと仁を見据えながら銃口をこちらに向けている。

「日本を離れる前に権藤を始末しようと用意したんだ。まったく便利な世の中だよな」

不思議なことに、銃口を向けられているというのにまったく恐怖を感じない。その代わり、胸の中で激しい痛みが暴れ回っている。

「おまえと権藤を始末したら東南アジアにでも行って失ったものを元に戻してもらう。実際に役に立たなかったとしてもかまわない。それで心もからだも本当の自分に戻るんだ」

「すぐに警察がやってくる」仁は後ろ手に持っていた携帯を成海にかざした。

森下に電話をかけた後、カツセに連絡を入れて、この公園からそう遠くない光が丘周辺にいるからすぐに来てほしいと伝えた。そして成海を呼び止める前にこの公園の場所を知らせた。もうすぐここに到着するだろう。

「今まで話したこともすべて聞かれている。もう逃げようがない」

成海が憎々しげな目で仁を睨みつけながら引き金に指をかけた。

このまま撃たれてもしかたのない過ちを犯したのだと心の中で悟っている。

「おれも同罪だ。一緒に償おう」仁は必死に訴えかけた。

「いやだね」

銃口から閃光が見えた瞬間、仁は身を引いて目を閉じた。

だが、自分のからだに痛みはない。ゆっくりと目を開けると、目の前にいた成海が地面に倒れている。銃を片手に苦しそうに悶えている。

そばにいた人影に気づいて目を向けた。

森下がゆっくりとこちらに向かってくる。右手に拳銃を握っていた。

目の前までやってくると、仁の手から携帯を奪って通話を切った。

「どうして……」

目の前の光景が理解できなかった。夢でも見ているのではないかと思ったが、かすかに漂ってくる火薬の臭いだけが自分を現実に押し留めている。

「簡単に言えば落とし前をつけたということです。神谷さんは闇の世界の大事な先輩だったんでね」森下が静かに言った。

神谷と知り合いだったというのか——？

だから、警察に追われている自分のことを今まで助けていたのか。

「長生きしたければ余計なことは言わないことです。そうだな……五十代ぐらいの大柄な外国人がいきなりやってきて成海を撃ったということにでもしておけばいいでしょう」

氷のような冷たい視線で見つめられ、からだが小刻みに震えだした。

森下は仁の肩を軽く叩くと倒れている成海のもとに向かっていった。苦しみ悶えている成海を見て冷笑を浮かべるとしゃがんだ。ポケットからUSBメモリーを取り出すと立ち上がった。

「これが警察の手に渡るとわたしもまずいことになっていました。ごくろうさま。これであなたとは貸し借りなしです」

そう言うと森下がこちらに背を向けて歩き出した。

闇の中にその姿が消えていくのと同時に、遠くからパトカーのサイレンの音が聞こえてきた。

仁は我に返って成海の傍に駆け寄った。

「大丈夫か！」

苦しそうに呻いている成海を抱きかかえた。成海はからだを痙攣《けいれん》させながら必死に何かを訴えている。だが、近づいてくるサイレンの音でその言葉を聞きとれない。

「どうした……」仁は血があふれ出る成海の口もとに耳を近づけた。

「レザ……ボア……D……VD……警察……」

絞り出すように言うと成海の目から力が消えた。

「成海……死ぬな……死ぬなッ……！」

仁は漆黒の闇に向かって叫んだ。

31

車から降りると他の捜査員が出てくるのも待たずに、勝瀬は公園の中に駆け出していった。

いったいさっきの銃声のような音は何なのだ。

十分ほど前に江原からこの公園にいると連絡があった。電話はつながったままでしばらく江原と成海の会話に耳を傾けていると突然銃声のようなものが耳に響いた。そして電話が切れた。

「江原——江原——!」

焦燥感に駆られながら木々が生い茂る薄闇の中を進んでいった。

すぐ向こうの地面に倒れている人影があった。

江原——?

駆け寄っていくと背広姿の男が倒れていた。右手に拳銃を握り締めている。すぐに男の脈を確かめたがすでに死んでいた。

男の顔を見てすぐに成海だとわかった。

軽井沢駅の売店の防犯カメラに写っていた背広姿の男——

神楽坂駅の男子用トイレの個室から出てきた男だ。

売店の防犯カメラに写っていた男は、歩いている方向からしてトイレから出てきたようだった。映像を巻き戻していくと、トイレに向かって歩いていく女の姿があった。

　自分が知っている北代舞だった——

　勝瀬のもとに次々と捜査員が集まってくる。

「江原は？」あたりを見回しながら上杉が言った。

「近くにいるはずだ。公園の中と周辺を手分けして捜してくれ」

　捜査員に指示を出したときに、遊歩道の向こうから人影が近づいてくるのが見えた。

　勝瀬の視線に気づいたのか捜査員たちもそちらに目を向ける。ゆっくりとこちらに向かってくる男に勝瀬も近づいていった。

「江原仁だね」

　勝瀬が訊くと目の前の男が頷いた。片手にＤＶＤケースを持っている。無言で勝瀬に渡した。

「これは？」勝瀬は訊いた。

「後で観てください」

　江原はそう言うと神妙な眼差しで両手を差し出してきた。勝瀬は上杉に目配せした。

「江原仁——強盗殺人と放火の容疑で逮捕する」

上杉が江原に手錠をかけた。他の捜査員とともに江原を公園の外に連れて行く。

しばらく江原の背中に向けていた視線を手もとのＤＶＤに移した。よく見ると成海の部屋にあったのと同じ映画だ。

勝瀬は意味がわからないままケースを開けた。隙間に何かが入っている。取り出してみるとＵＳＢメモリーだった。

エピローグ

「二四五一番――面会だ」

刑務官に呼ばれて仁は立ち上がった。

雑居房を出ると刑務官に付き添われながら面会室に向かった。

面会者はおそらく鈴木だろう。この刑務所に服役してからもうすぐ半年が経つが、鈴木は入所してから一ヵ月に一回は面会に来てくれていた。会話はもっぱら半年前から働き始めた職場の愚痴だ。安月給で思いっきりこき使われるのだと散々愚痴を言った後に、「こうして対面しているとそれでもまだましだと思える」と笑いながら帰っていく。

あのとき仁から受けた理不尽な仕打ちの仕返しをしているのか、それともそもそも底意地が悪いだけなのかわからないが、それでも鈴木の顔を見ていると少しばかり気持ちが和んだ。

他に面会に来てくれたのは長野県警の勝瀬刑事だ。

三ヵ月前に面会に来たときに、成海が残したＵＳＢメモリーの情報によって多くの犯罪者を検挙することができたと語っていた。

だが、正確な情報を伝えたにもかかわらず森下はまだ捕まっていない。

森下はきっと闇の世界の中に今も潜んでいるのだろう。そしてそこからじっと仁のことを見ているような気がしてならない。いつか自分を裏切った仁に制裁を下すために。

それを考えると怖くてしかたがないが、一生その影に怯え続け、闘っていくのが、懲役七年の刑とは別に自分に科せられたもうひとつの罰だと思っている。

おまえらがたいした悪だと思ってないことの積み重ねが、おれのおばあちゃんを殺し、おれの人生を壊したんだ——

あのときの成海の顔が脳裏に焼きついたまま今も離れないでいる。

刑務官がドアを開いて、仁は面会室に入った。アクリル板の外にいる人物を見て息が詰まりそうになった。

仁は涙を必死にこらえながら母の前に座った。

母と顔を合わせるのは裁判のとき以来だ。仁は弁護士が用意していた母の情状証人を断った。母は仁が起こした事件のせいで光雄と離婚したと弁護士から聞いていた。

自分が犯した過ちのために、これ以上母に辛いことをさせるのが耐えられなかった。

母は傍聴席から仁に視線を投げかけていた。その視線は検察官の追及よりも、仁の心を深くえぐった。

仁は言葉もなくずっとうつむいていた。母も何も言葉をかけずにいる。永遠のように感じる長い時間だった。

「そろそろ時間です」

刑務官の声に、仁は母の姿を見ないように立ち上がった。すぐに背を向ける。

「仁——」

初めて発した母の声にためらいながら振り返った。

「裁判所で言えなかったことを言うわ。わたしが生きている間に出てきてちょうだい」

仁は少し顔を上げて母を見た。

「こんなアクリル板に隔てられていたらあなたのことを叩けないから。そんなこと、刑事さんにも、裁判官にも頼めないでしょう。それができるのはあなたの親だけなんだから……」

その言葉を聞いた瞬間、どうにも感情が抑えきれなくなってその場に崩れ落ちた。

おまえの孤独や絶望なんか、おれからすればちゃんちゃらおかしいんだよ――
あのとき成海に言われた言葉を心に刻みながらむせび泣いている。

解説

池上冬樹（文芸評論家）

第五十一回江戸川乱歩賞を受賞した、薬丸岳の『天使のナイフ』を読んだとき、ああ、新しい社会派ミステリのスターが出てきたなと思った。扱いの難しい少年犯罪や少年法の問題を正面から捉えて、被害者側だけでなく加害者側の視点も忘れず、罪と罰の問題に深く切り込んでいる。ミステリとしても、〝伏線の張り方が巧みで、謎解きの意外性にも二重、三重の仕掛けが施され、極めて水準の高い社会派ミステリーになった〟（逢坂剛）という賛辞に頷《うなず》いたものだ。実によくできているし、新人にしてはなかなか巧みだった。

ただ、そうはいっても、ちょっと真摯《しんし》すぎるのではないかという印象もあった。真摯、言葉をかえるなら真面目であることは非難されることではないけれど、多様な人生の捉え方にしろ、物語としての風通しの良さや人物像の膨らみにかけるきらいがあった。

もちろん新人のデビュー作にそんなことをいうのは間違っている。ベテラン作家や大御所と比較するのがおかしいのは重々承知しているものの、社会派ミステリはときに硬直したイデオロギー（生真面目な政治的メッセージ性）を感じさせる恐れもあって、それをいささか心配したのである。だが、その後の活躍をみると、その心配は杞《き》憂《ゆう》で、ミステリとしての面白さを追求しながらも、胸をうつドラマも作り上げて、実に読み応えがある。

たとえば〝渾身の全面大改稿！〟と謳《うた》われた講談社文庫版『逃走』を最近読んで、思わずラストで落涙した。大矢博子氏は解説（単行本と文庫の相違を事細かに論じていてためになる）で、〝読後感はとても清々《すがすが》しい〟〝優しい物語〟であるというけれど、そしてたしかにその通りではあるのだけれど、どうして目頭が熱くなることをいわないのだろう。それとも僕がたんに涙腺が弱いだけなのか（それは否定しないけれども）。

そのことは『逃走』だけでなく、久々に文庫で『虚夢』を読み返したら、これまた目頭が熱くなる真相があり、ラストには胸をうたれた。切々と訴えたい思いがあり、それに応えたい思いがあり、その人物たちの抱えた感情の強さに心を揺さぶられてしまうのだ。デビュー作の『天使のナイフ』からそうだったが、薬丸岳は、人の善性の部分によりそおうとしている。しかも嬉しいのは、いくつもストーリーにひねりをきかせ、驚きを与えながらである。単に泣かせるだけではない。『逃走』などは、文庫化に際して大幅に改稿しているからか、ずいぶん人生観に幅が出てきて、物語もまた包容力が深まった感がある。

さて、『ハードラック』である。いま、人の善性によりそうところが泣かせると書いたけれど、この小説はやや趣がことなる。経済状況が逼迫《ひっぱく》して、もはや人の善意を感謝する余裕すらもてなくなりつつある若者たちを主人公にしている。それゆえにいささかイメージが違う印象をもたれるかもしれないが、それはそれでまた新鮮である。

物語は、残酷な殺しの場面をプロローグにおいて、そのあと二十五歳の青年の経済的・精神的窮状が語られていく。

江原仁は、ネットカフェで一夜を明かしては、また日雇いの仕事に出かけるだけの毎日だった。所持金も少なく、部屋もかりられない。しかも運が悪いことに詐欺にもあって、もうどうにもこうにも身動きがとれなくなっていた。

江原は、闇の掲示板で知り得た森下に命じられるまま、振り込め詐欺の出し子のようなものを経験するが、やがて自分から闇の仕事をするようになる。闇の掲示板で仲間を募り、仲間の情報から知った軽井沢の金持ちの屋敷に押し入ることにしたのだ。メンバーは五人。江原は仁なのでジンと呼ばれ、ほかのメンバーも酒に例えられ、革ジャンの男はバーボン、ピアスをしている男はテキーラ、足の悪い男はウオッカ、そして紅一点の彼女はラムと呼ばれた。

家人には危害を加えないことを約束させて、ジンたちは家を強襲するものの、仁は何者かに頭を殴られて昏倒。ようやく独り逃げた彼はテレビのニュースで、屋敷が全焼し、三人の遺体が発見されたことを知る。誰も傷つけないはずだった。いったい何があったのだ？　仁は、正体も知らぬ仲間を探して、事件の真相に肉薄していく。

薬丸岳の小説がみなそうであるように、読み始めたら一気読みだろう。プロローグで示された事件がどのように仁たちの強盗と絡《から》んでいくのかで、まず読者を惹《ひ》きつける。次に、仁をはじめとする闇のネット掲示板に集まる人物像に惹きつけられるのだが、なかでもヒーローの仁の役割が興味深く感じられる。というのも、薬丸岳は過去の世代とは異なるヒーロー像の書き方をしているからである。

たとえば仁が闇の掲示板で仲間を募る場面がある。仲間を募るのはいいけれど、きちんとした目的や犯罪行為を意識して仲間を集めるのではなく、自分と同じ境遇の者たちを集めて、そこから何かに話が発展すればいいかなといった場当たり的行為である。こういう場当たり的な行動は、犯罪小説のヒーロー像からいってありえなかった。ミステリの主人公として、主体性をもたないで進んでいくというのは、強奪小説というジャンルでは考えられないだろう。何かしら明確な意志をもち、漠然とでもいいから倒すべき（襲うべき）ものをもち、それを成功させるための人材ハントを行い、強盗のメンバーを決めていくというのが昔からある古き良き小説のパターンである。

ところが、薬丸岳は異なる書き方をした。金がないこともあるが、とりあえず同じ境遇のメンバーを集めて儲《もう》け話を考える。これがネットを通じて簡単につながりあい、貧しくて特技もなく、犯罪に対する罪の意識もとても低い、そして何とかして金を得ないともはや生きていけない切羽詰《せっぱつ》まった若者たちの現状をうつしている。いまや玄人ではなく素人の時代であるが、犯罪の世界でもプロではなくアマチュアが幅をきかす。とはいえ、スタイルだけはプロの犯罪者たちに憧れて真似をする。

仁たちは裏掲示板で連絡をとって集まるけれど、ジン、バーボン、テキーラ、ウオッカ、ラムとあだ名で呼び合って襲撃計画を練ることにする。これは本文でも触れられているが、クエンティン・タランティーノの初期の名作『レザボア・ドッグス』（一九九二年）を真似したもの。〝仲間同士がホワイトとかオレンジとかピンクとかって呼び合ってる〟〝超有名な〟ギャング映画で、〝ギャングが宝石強盗をして自分たちの隠れ家に逃げ込む話〟だ。そこで腹の探り合いがはじまり、誰が裏切り者なのかがわかる仕組みである。

もうひとつ映画がらみでいうなら、本書には『ユージュアル・サスペクツ』（一九九五年。監督ブライアン・シンガー）の話も出てくる。ラムこと舞がウオッカ（鈴木）が足を引きずって歩く姿に、『ユージュアル・サスペクツ』の主要人物であるキントみたいと言及するのだが、仁は〝自分たちが殺人事件の容疑者にされようとしているときに、そんな話をしている場合ではないだろう〟と苛立《いらだ》つ場面でもある。

この映画、いまや『X－MEN』シリーズで、世界的なヒットメーカーになった映画監督ブライアン・シンガーの出世作で、舞がいうように『レザボア・ドッグス』同様、強盗団の話であるけれど、作者がわざわざ登場人物に触れさせるのは、『ユージュアル・サスペクツ』同様、終盤に大きな驚きを隠しているからである。映画ファンならご存じのように、『ユージュアル・サスペクツ』のラストには大きなどんでん返しがあり、観客は、え？　嘘だろう！　とびっくりするのだが、本書の物語でも終盤で黒幕の正体に驚く仕掛けになっている。切れ味ではとても『ユージュアル・サスペクツ』にはかなわないが（何しろどんでん返し映画の名作ですから）、いささか遊戯的な『ユージュアル・サスペクツ』の真相とは異なり、本書の真相には、薬丸岳らしい切なる動機が隠されていて、仁自身が自分の発言の甘さをひどくかえりみるほどだ。

そう、真犯人の登場と、語られる悲劇的な人生。犯罪によってしか自らをかえられぬ者たちの絶望が読むものに激しく迫ってくる。人情に訴えるようなところが薬丸岳の良さであり、それを甘さと捉える向きもあるが、ここには甘さはない。非情な現実をどこまで反映させ、人間の魂の良き部分をどこまで信じられるのか？　と自ら問いかけるような地点で小説を書いている。その姿勢、逃げずに真摯に向き合う姿勢がいい。

もちろん最終的には、薬丸岳の小説なので、人の善性に対する信頼、愛に対する共感が示される。それが決して感涙という形ではないにしろ、人の幸福と良き魂を願う思いは貫かれて、ラストシーンはここでも温かい。そこが薬丸岳の小説が面白く、なおかつ感動的という信頼のおける点であり、読者が離れずにずっと読み続ける理由でもある。

といいながら、いささか矛盾する言い方になるが、最後にひとつ個人的な好みを書いておきたい。薬丸岳がどこまで意識しているのかわからないけれど、本書の物語のなかでもっとも興味深い存在は、闇の世界の住人の森下である。森下という男がいちばん不気味で、謎にみちていて惹きつけられる。人を殺すことに何のためらいもなく、たんたんと適度な距離をたもちながら（しかもきちんと闇の世界のルールを守りながら）仁と関わっている。背景も何もわからないけれど、ビジネスライクに邪魔者を消すあたりの存在感には、颯爽としたリアリティがある。薬丸岳は本書のなかで、印象的な映画を二本引用しているけれど、映画ファンとしてはポリティカル・サスペンスの名作『コンドル』（一九七五年。監督シドニー・ポラック、主演ロバート・レッドフォード、フェイ・ダナウェイ）もあげておきたい。森下の終盤の登場などは、マックス・フォン・シドー演じる殺し屋のそれを思い出す。森下は若いけれど、その老成した雰囲気と、変な言い方になるが憎めない冷酷さが、マックス・フォン・シドー演じた老年の殺し屋を思い出させるのである。ノワール色の強い作品で、いずれ再登場してほしいキャラクターだ。

本書は二〇一一年九月、徳間書店より単行本として
刊行されたものを改稿しました。

|著者|薬丸 岳 1969年兵庫県明石市生まれ。駒澤大学高等学校卒業。2005年、『天使のナイフ』(講談社文庫)で第51回江戸川乱歩賞を受賞。その他の著書に『闇の底』『虚夢』『悪党』『死命』『友罪』『神の子』『逃走』など。連続ドラマ化された刑事・夏目信人シリーズ『刑事のまなざし』『その鏡は嘘をつく』『刑事の約束』がある。

ハードラック

薬丸《やくまる》 岳《がく》

講談社文庫

定価はカバーに
表示してあります

2015年2月13日第1刷発行

発行者──鈴木 哲
発行所──株式会社 講談社
東京都文京区音羽2-12-21 〒112-8001
電話 出版部 (03) 5395-3510
販売部 (03) 5395-5817
業務部 (03) 5395-3615

Printed in Japan

デザイン─菊地信義
本文データ制作─講談社デジタル製作部
印刷───大日本印刷株式会社
製本───大日本印刷株式会社

ISBN978-4-06-293032-1

講談社文庫刊行の辞

二十一世紀の到来を目睫に望みながら、われわれはいま、人類史上かつて例を見ない巨大な転換期をむかえようとしている。

世界も、日本も、激動の予兆に対する期待とおののきを内に蔵して、未知の時代に歩み入ろうとしている。このときにあたり、創業の人野間清治の「ナショナル・エデュケイター」への志を現代に甦らせようと意図して、われわれはここに古今の文芸作品はいうまでもなく、ひろく人文・社会・自然の諸科学から東西の名著を網羅する、新しい綜合文庫の発刊を決意した。

激動の転換期はまた断絶の時代である。われわれは戦後二十五年間の出版文化のありかたへの深い反省をこめて、この断絶の時代にあえて人間的な持続を求めようとする。いたずらに浮薄な商業主義のあだ花を追い求めることなく、長期にわたって良書に生命をあたえようとつとめるところにしか、今後の出版文化の真の繁栄はあり得ないと信じるからである。

同時にわれわれはこの綜合文庫の刊行を通じて、人文・社会・自然の諸科学が、結局人間の学にほかならないことを立証しようと願っている。かつて知識とは、「汝自身を知る」ことにつきていた。現代社会の瑣末な情報の氾濫のなかから、力強い知識の源泉を掘り起し、技術文明のただなかに、生きた人間の姿を復活させること。それこそわれわれの切なる希求である。

われわれは権威に盲従せず、俗流に媚びることなく、渾然一体となって日本の「草の根」をかたちづくる若く新しい世代の人々に、心をこめてこの新しい綜合文庫をおくり届けたい。それは知識の泉であるとともに感受性のふるさとであり、もっとも有機的に組織され、社会に開かれた万人のための大学をめざしている。大方の支援と協力を衷心より切望してやまない。

一九七一年七月

野間省一

講談社文芸文庫

太宰 治
男性作家が選ぶ太宰治
奥泉光・佐伯一麦・高橋源一郎・中村文則・堀江敏幸・町田康・松浦寿輝。七人の男性作家がそれぞれの視点で選ぶ、他に類を見ない太宰短篇選集。
年譜＝講談社文芸文庫
978-4-06-290258-8 たＡＫ１

太宰 治
女性作家が選ぶ太宰治
江國香織・角田光代・川上弘美・川上未映子・桐野夏生・松浦理英子・山田詠美。七人の女性作家がそれぞれの感性で選ぶ、未だかつてない太宰短篇選集。
著書目録＝柿谷浩一
978-4-06-290259-5 たＡＫ２

野田宇太郎
新東京文学散歩 上野から麻布まで
東京——そこは近代文学史上に名を刻んだ主だった作家たちの私生活の場がある。近代文学の真実を捜して文学者と土地と作品に触れる、文学好きの為の文学案内。
解説＝坂崎重盛　挿画＝織田一磨
978-4-06-290260-1 のＧ１

日本文藝家協会編
現代小説クロニクル1985～1989
現代文学は四〇年間で如何なる変貌を遂げたのか——。時代を象徴する名作シリーズ第三弾。村上春樹・島田雅彦・津島佑子・村田喜代子・池澤夏樹・宇野千代・佐藤泰志。
解説＝川村湊
978-4-06-290261-8 にＣ３

講談社文庫 目録

村上　龍　海の向こうで戦争が始まる
村上　龍　アメリカン★ドリーム
村上　龍　ポップアートのある部屋
村上　龍　走れ！タカハシ
村上　龍　愛と幻想のファシズム(上)(下)
村上　龍　村上龍全エッセイ〈1976〜1981〉
村上　龍　村上龍全エッセイ〈1982〜1986〉
村上　龍　村上龍全エッセイ〈1987〜1991〉
村上　龍　超電導ナイトクラブ
村上　龍　イ　ビ　サ
村上　龍　長崎オランダ村
村上　龍　フィジーの小人
村上　龍　368Y Par4 第2打
村上　龍　音　楽　の　海　岸
村上　龍　村上龍料理小説集
村上　龍　村上龍映画小説集
村上　龍　ストレンジ・デイズ
村上　龍　共　生　虫
村上　龍　新装版 限りなく透明に近いブルー
村上　龍　新装版 コインロッカー・ベイビーズ
村上　龍　歌うクジラ(上)(下)
村上　龍／坂本　龍一　EV. Café──超進化論
向田邦子　眠　る　盃
向田邦子　夜　中　の　薔　薇
村上春樹　風の歌を聴け
村上春樹　1973年のピンボール
村上春樹　羊をめぐる冒険(上)(下)
村上春樹　カンガルー日和
村上春樹　回転木馬のデッド・ヒート
村上春樹　ノルウェイの森(上)(下)
村上春樹　ダンス・ダンス・ダンス(上)(下)
村上春樹　遠　い　太　鼓
村上春樹　国境の南、太陽の西
村上春樹　やがて哀しき外国語
村上春樹　アンダーグラウンド
村上春樹　スプートニクの恋人
村上春樹　アフターダーク
村上春樹／佐々木マキ絵　羊男のクリスマス
村上春樹／佐々木マキ絵　ふしぎな図書館
村上春樹／糸井重里　夢で会いましょう
村上春樹・文／安西水丸・絵　ふ　わ　ふ　わ
U・K・ル＝グウィン／村上春樹訳　空　飛　び　猫
U・K・ル＝グウィン／村上春樹訳　帰ってきた空飛び猫
U・K・ル＝グウィン／村上春樹訳　素晴らしいアレキサンダーと、空飛び猫たち
U・K・ル＝グウィン／村上春樹訳　空を駆けるジェーン
T・ファリッシュ著／B・ルート絵／村上春樹訳　ポテト・スープが大好きな猫
群ようこ　濃い人々〈いとしの作中人物たち〉
群ようこ　いいわけ劇場
群ようこ　浮　世　道　場
群ようこ　馬　琴　の　嫁
室井佑月　Piss ピス
室井佑月　子作り爆裂伝
室井佑月　ママの神様
室井佑月／丸山あかね　プチ美人の悲劇
村山由佳　すべての雲は銀の…(上)(下)
村山由佳　永　遠。
室井　滋　ふ　ぐ　マ　マ

講談社文庫　目録

講談社文庫　目録

森村誠一　死者の配達人
森村誠一　名誉の条件
森村誠一　真説忠臣蔵
森村誠一　霧笛の余韻
森村誠一　悪道
森村誠一　悪道　西国謀反
森村誠一　ミッドウェイ
森　瑤子　夜ごとの揺り籠、舟、あるいは戦場
守　誠　3分単〈1日3分・「簡単パズル」で覚える・英単語〉
森　詠　吉原首代　左助始末帳
毛利恒之　月光の夏
毛利恒之　地獄の虹
毛利恒之　虹の絆〈ハワイ日系人　母の記録〉
森まゆみ　抱きしめる、東京〈町とわたし〉
森田靖郎　東京チャイニーズ〈裏歌舞伎町の流氓《コンス》たち〉
森田靖郎　TOKYO犯罪公司
森　博嗣　すべてがFになる〈THE PERFECT INSIDER〉
森　博嗣　冷たい密室と博士たち〈DOCTORS IN ISOLATED ROOM〉
森　博嗣　笑わない数学者〈MATHEMATICAL GOODBYE〉

森　博嗣　詩的私的ジャック〈JACK THE POETICAL PRIVATE〉
森　博嗣　封印再度〈WHO INSIDE〉
森　博嗣　まどろみ消去〈MISSING UNDER THE MISTLETOE〉
森　博嗣　幻惑の死と使途〈ILLUSION ACTS LIKE MAGIC〉
森　博嗣　夏のレプリカ〈REPLACEABLE SUMMER〉
森　博嗣　今はもうない〈SWITCH BACK〉
森　博嗣　数奇にして模型〈NUMERICAL MODELS〉
森　博嗣　有限と微小のパン〈THE PERFECT OUTSIDER〉
森　博嗣　地球儀のスライス〈A SLICE OF TERRESTRIAL GLOBE〉
森　博嗣　黒猫の三角〈Delta in the Darkness〉
森　博嗣　人形式モナリザ〈Shape of Things Human〉
森　博嗣　月は幽咽のデバイス〈The Sound Walks When the Moon Talks〉
森　博嗣　夢・出逢い・魔性〈You May Die in My Show〉
森　博嗣　魔剣天翔〈Cockpit on knife Edge〉
森　博嗣　今夜はパラシュート博物館へ〈THE LAST DIVE TO PARACHUTE MUSEUM〉
森　博嗣　恋恋蓮歩の演習〈A Sea of Deceits〉
森　博嗣　六人の超音波科学者〈Six Supersonic Scientists〉
森　博嗣　捩れ屋敷の利鈍〈The Riddle in Torsional Nest〉
森　博嗣　朽ちる散る落ちる〈Rot off and Drop away〉

森　博嗣　赤緑黒白〈Red Green Black and White〉
森　博嗣　虚空の逆マトリクス〈INVERSE OF VOID MATRIX〉
森　博嗣　ϕ《ファイ》は壊れたね〈PATH CONNECTED ϕ BROKE〉
森　博嗣　θ《シータ》は遊んでくれたよ〈ANOTHER PLAYMATE θ〉
森　博嗣　τ《タウ》になるまで待って〈PLEASE STAY UNTIL τ〉
森　博嗣　ε《イプシロン》に誓って〈SWEARING ON SOLEMN ε〉
森　博嗣　λ《ラムダ》に歯がない〈λ HAS NO TEETH〉
森　博嗣　η《イータ》なのに夢のよう〈DREAMILY IN SPITE OF η〉
森　博嗣　目薬α《アルファ》で殺菌します〈DISINFECTANT α FOR THE EYES〉
森　博嗣　イナイ×イナイ〈PEEKABOO〉
森　博嗣　キラレ×キラレ〈CUTTHROAT〉
森　博嗣　タカイ×タカイ〈CRUCIFIXION〉
森　博嗣　議論の余地しかない〈A Space under Discussion〉
森　博嗣　探偵伯爵と僕〈His name is Earl〉
森　博嗣　レタス・フライ〈Lettuce Fry〉
森　博嗣　君の夢　僕の思考〈You will dream while I think〉
森　博嗣　四季　春〜冬
森　博嗣　森博嗣のミステリィ工作室
森　博嗣　アイソパラメトリック

森　博嗣　悠悠おもちゃライフ
森　博嗣　僕は秋子に借りがある I'm in Debt to Akiko 〈森博嗣自選短編集〉
森　博嗣　どちらかが魔女 Which is the Witch? 〈森博嗣シリーズ短編集〉
森　博嗣　的を射る言葉 〈Gathering the Pointed Wits〉
森　博嗣　森博嗣の半熟セミナ 博士、質問があります！
森　博嗣　DOG&DOLL
森　博嗣　TRUCK&TROLL
森　博嗣　100人の森博嗣 〈100 MORI Hiroshies〉
森　博嗣　銀河不動産の超越 〈Transcendence of Ginga Estate Agency〉
森　博嗣　つぶやきのクリーム 〈The cream of the notes〉
森　博嗣　つぼやきのテリーヌ 〈The cream of the notes 2〉
森　博嗣　つぼねのカトリーヌ 〈The cream of the notes 3〉
森　博嗣　喜嶋先生の静かな世界 〈The Silent World of Dr. Kishima〉
森　博嗣　実験的経験 〈Experimental experience〉
森　博嗣／ささきすばる 絵　悪戯王子と猫の物語
森　博嗣／土屋賢二　人間は考えるFになる
森枝卓士　私的メコン物語 〈食から覗くアジア〉
森　浩美　推定恋愛
森　浩美　推定恋愛 two-years

諸田玲子　鬼あざみ
諸田玲子　笠《かさ》雲《ぐも》
諸田玲子　からくり乱れ蝶
諸田玲子　其《そ》の一日《いちにち》
諸田玲子　末世炎上
諸田玲子　昔日《せきじつ》より
諸田玲子　日《にち》月《げつ》めぐる
諸田玲子　天女湯おれん
諸田玲子　天女湯おれん これがはじまり
諸田玲子　天女湯おれん 春色恋ぐるい
森福　都　楽昌珠
森津純子　家族が「がん」になったら 〈誰も教えてくれなかった介護法と心のケア〉
森　達也　ぼくの歌、みんなの歌
桃谷方子　百合祭
森　孝一　「ジョージ・ブッシュ」のアタマの中身 〈アメリカ「超保守派」の世界観〉
本谷有希子　腑抜けども、悲しみの愛を見せろ
本谷有希子　江利子と絶対 〈本谷有希子文学大全集〉
本谷有希子　あの子の考えることは変
森下くるみ　すべては「裸になる」から始まって

茂木健一郎　「赤毛のアン」に学ぶ幸福《しあわせ》になる方法
茂木健一郎　セレンディピティの時代 〈偶然の幸運に出会う方法〉
茂木健一郎　漱石に学ぶ心の平安を得る方法
茂木健一郎 with ダイアログ・イン・ザ・ダーク　まっくらな中での対話
望月守宮　無貌伝 〈～双児の子ら～〉
森川智喜　キャットフード
森川智喜　スノーホワイト
森　繁和　参謀
山口　瞳／常盤新平 編　新装版 諸君！この人生、大変なんだ
山田風太郎　婆沙羅
山田風太郎　甲賀忍法帖 〈山田風太郎忍法帖①〉
山田風太郎　忍法忠臣蔵 〈山田風太郎忍法帖②〉
山田風太郎　伊賀忍法帖 〈山田風太郎忍法帖③〉
山田風太郎　忍法八犬伝 〈山田風太郎忍法帖④〉
山田風太郎　くノ一忍法帖 〈山田風太郎忍法帖⑤〉
山田風太郎　魔界転生 (上)(下) 〈山田風太郎忍法帖⑥⑦〉
山田風太郎　江戸忍法帖 〈山田風太郎忍法帖⑧〉
山田風太郎　柳生忍法帖 (上)(下) 〈山田風太郎忍法帖⑨⑩〉
山田風太郎　風来忍法帖 〈山田風太郎忍法帖⑪〉

山田風太郎 かげろう忍法帖〈山田風太郎忍法帖⑫〉
山田風太郎 野ざらし忍法帖〈山田風太郎忍法帖⑬〉
山田風太郎 忍法関ヶ原〈山田風太郎忍法帖⑭〉
山田風太郎 妖説太閤記(上)(下)
山田風太郎 新装版戦中派不戦日記
山田風太郎 奇想小説集
山村美紗 三十三間堂の矢殺人事件
山村美紗 ヘアデザイナー殺人事件
山村美紗 京都新婚旅行殺人事件
山村美紗 大阪国際空港殺人事件
山村美紗 小京都連続殺人事件
山村美紗 グルメ列車殺人事件
山村美紗 天の橋立殺人事件
山村美紗 愛の立待岬
山村美紗 花嫁は容疑者
山村美紗 十二秒の誤算
山村美紗 京都・沖縄殺人事件
山村美紗 京都三船祭り殺人事件
山村美紗 京都絵馬堂殺人事件〈名探偵キャサリン傑作集〉

山村美紗 京都不倫旅行殺人事件
山村美紗 京友禅の秘密
山村美紗 京都・十二単衣《じゅうにひとえ》殺人事件
山村美紗 燃えた花嫁
山村美紗 千利休・謎の殺人事件
山田正紀 長靴をはいた犬〈神性探偵・佐伯神一郎〉
山田詠美 晩年の子供
山田詠美 熱血ポンちゃんが来りて笛を吹く
山田詠美 日はまた熱血ポンちゃん
山田詠美 A《エイ》2《トゥ》Z《ズィ》
山田詠美 新装版 ハーレムワールド
山田詠美 ジェントルマン
山田詠美 ピーコ ファッション ファッショ
山田詠美 ピーコ ファッション ファッショ〈マインド編〉
山田詠美 高橋源一郎 顰蹙文学カフェ
柳家小三治 ま・く・ら
柳家小三治 もひとつ ま・く・ら
柳家小三治 バ・イ・ク
山口雅也 ミステリーズ《完全版》

山口雅也 垂里冴子のお見合いと推理
山口雅也 続・垂里冴子のお見合いと推理
山口雅也 垂里冴子のお見合いと推理 vol3
山口雅也 マニアックス
山口雅也 13人目の探偵士
山口雅也 奇偶(上)(下)
山口雅也 PLAYプレイ
山口雅也 モンスターズ
山口雅也 古城駅の奥の奥
山本ふみこ 元気がでるふだんのごはん
山本一力 深川黄表紙掛取り帖
山本一力 牡丹酒〈深川黄表紙掛取り帖(二)〉
山本一力 ワシントンハイツの旋風《かぜ》
山本一力 ジョン・マン1 波濤編
山本一力 ジョン・マン2 大洋編
山根基世 ことばで「私」を育てる
山崎光夫 東京検死官〈三千の変死体と語った男〉
椰月美智子 十二歳
椰月美智子 しずかな日々

講談社文庫　目録

椰月美智子　みきわめ検定
椰月美智子　枝付き干し葡萄とワイングラス
椰月美智子　坂道の向こう
椰月美智子　ガミガミ女とスーダラ男
椰月美智子　市立第二中学校2年C組〈10月19日月曜日〉
椰月美智子　恋愛小説
八幡和郎・八幡衣代　『篤姫』と島津・徳川の五百年　日本でいちばん長く成功した二つの家の物語
柳　広司　ザビエルの首
柳　広司　キング&クイーン
柳　広司　怪談
薬丸　岳　天使のナイフ
薬丸　岳　闇の底
薬丸　岳　虚夢
薬丸　岳　刑事のまなざし
薬丸　岳　逃走
矢野龍王　極限推理コロシアム
矢野龍王　箱の中の天国と地獄
山本　優　京都黄金池殺人事件
山下和美　天才柳沢教授の生活　ベスト盤〈The Blue Side〉〈The Red Side〉

山下和美　天才柳沢教授の生活　ベスト盤〈The Green Side〉〈The Orange Side〉
矢作俊彦　傷だらけの天使〈魔都に天使のハンマーを〉
山崎ナオコーラ　論理と感性は相反しない
山崎ナオコーラ　長い終わりが始まる
山田芳裕　へうげもの　一服
山田芳裕　へうげもの　二服
山田芳裕　へうげもの　三服
山田芳裕　へうげもの　四服
山田芳裕　へうげもの　五服
山田芳裕　へうげもの　六服
山田芳裕　へうげもの　七服
山田芳裕　へうげもの　八服
山田芳裕　へうげもの　九服
山田芳裕　へうげもの　十服
山本兼一　狂い咲き正宗〈刀剣商ちょうじ屋光三郎〉
山本兼一　黄金の太刀〈刀剣商ちょうじ屋光三郎〉
矢口敦子　傷痕
山形優子フットマン　なんでもアリの国イギリス　なんでもダメの国ニッポン
柳内たくみ　戦国スナイパー〈信長との遭遇篇〉

柳内たくみ　戦国スナイパー〈謀略・本能寺篇〉
山口正介　正太郎の粋　瞳の洒脱
山本文緒・文　伊藤理佐・漫画　ひとり上手な結婚
夢枕　獏　大江戸釣客伝(上)(下)
柳　美里　家族シネマ
柳　美里　オンエア(上)(下)
柳　美里　ファミリー・シークレット
唯川　恵　雨心中
由良秀之　司法記者
吉村　昭　新装版　日本医家伝
吉村　昭　私の好きな悪い癖
吉村　昭　吉村昭の平家物語
吉村　昭　暁の旅人
吉村　昭　新装版　白い航跡(上)(下)
吉村　昭　新装版　海も暮れきる
吉村　昭　新装版　間宮林蔵
吉村　昭　新装版　赤い人
吉村　昭　新装版　落日の宴(上)(下)
吉田ルイ子　ハーレムの熱い日々

2014年12月15日現在